家藏文库

姜夔词

〔宋〕姜夔 著　孙克强　张海涛 注评

中州古籍出版社
·郑州·

图书在版编目（CIP）数据

姜夔词/（宋）姜夔著；孙克强，张海涛注评. —郑州：中州古籍出版社，2019.1
（家藏文库）
ISBN 978-7-5348-7434-5

Ⅰ.①姜… Ⅱ.①姜…②孙…③张… Ⅲ.①宋词-选集 ②宋词-注释 Ⅳ.①I222.844

中国版本图书馆CIP数据核字（2017）第264985号

家藏文库：姜夔词

选题策划　卢欣欣　赵发杰
约稿统筹　卢欣欣
责任编辑　李　芳
责任校对　王　健
封面设计　王　歌
版式设计　曾晶晶

出　版　中州古籍出版社
　　　　　地址：郑州市郑东新区金水东路39号
　　　　　邮编：450016
　　　　　电话：0371-65788693
经　销　新华书店
印　刷　郑州市毛庄印刷厂
版　次　2019年1月第1版
印　次　2019年1月第1次印刷
开　本　640毫米×960毫米　1/16
印　张　17.5印张
字　数　200千字
定　价　36.00元

导　读

姜夔是南宋中期的著名词人。他的词音律精严，且以"清空""骚雅"的风格特点在词坛独树一帜，并赢得了当时及后世的赞誉和追随，形成了"姜派"。这一派亦被后世称为格律词派或清雅（醇雅、骚雅）词派，清雅词派成为与所谓婉约、豪放词派鼎足而立的"第三派"。清代从康熙年间起，形成了崇尚白石词的风潮。有将白石词视为词中最高成就的代表："文极于左，诗极于杜，词极于姜。"（吴蔚光《自怡轩词选序》）有将姜夔比作唐代诗圣杜甫者："词家之有姜石帚，犹诗家之有杜少陵。继往开来，文中关键。"（宋翔凤《乐府余论》）享誉之高为其他唐宋词人所不及。

一、生平经历

姜夔（1155？—1221？）字尧章，号白石道人。姜夔出生于饶州鄱阳（今江西鄱阳）的一个没落官宦之家，其父姜噩是绍兴十八年（1148）进士，先后官任新喻（今江西新余）县丞、汉阳（今湖北武汉）知县，在知县任上病卒。姜夔幼年随父居任职地，父亡后，约十四岁的姜夔依靠姐姐居汉川县山阳村，直到成年。姜夔曾四次回家乡饶州鄱阳参加科举考试，均名落孙山。其间曾流寓江淮一带，后又客居湖南。

姜夔虽为布衣却享誉诗坛，这得益于当时一些诗坛名家的推赏。约在淳熙十二年（1185），姜夔认识了诗人萧德藻。萧德藻与范成大、陆游、尤袤齐名，有"四诗翁"之誉。由于赏识姜夔的才华，萧德藻将自己的侄女许配给姜夔。淳熙十三年（1186）冬天，萧德藻调官湖州，姜夔随行。途经杭州，结识了著名诗人杨万里。杨万里对姜夔的诗词赞赏有加，并以唐代著名诗人陆龟蒙相比。杨万里还写信向另一著名诗人范成大推荐姜夔。范成大曾官任参知政事（副宰相），当时已经告病回老家苏州休养，读了姜夔的诗词，极为赞赏，认为姜夔高雅脱俗似魏晋间名士。可以想见，这些名家的延誉对姜夔扬名诗坛起到重要的作用。

姜夔曾寓居湖州达十多年，绍熙元年（1190），卜居弁山苕溪的白石洞天，遂有"白石道人"之号。居湖州期间，姜夔四处游历，往来于苏州、杭州、合肥、金陵、南昌等地。绍熙元年（1190），他客游合肥，寓居赤阑桥，在此他与一位（或者是两位）歌妓情深意厚，后人称之为"合肥情事"。绍熙二年（1191），姜夔从合肥出发，泛巢湖，游金陵，再赴合肥，到苏州，谒见范成大，在范家踏雪赏梅，填《暗香》《疏影》二词。范成大让家妓习唱，音节谐婉，大为喜悦，特意把家妓小红赠送给姜夔。此事一时传为词苑美谈。

绍熙四年（1193），姜夔大约三十九岁，在杭州结识了世家公子张鉴。张鉴是南宋大将张俊的诸孙，家境豪富，在杭州、无锡都有田宅。他对姜夔的才华也很欣赏，此后姜夔经常出入张鉴家，作诗填词，相互唱和。庆元二年（1196），姜夔移家杭州，依附张鉴及其族兄张镃，后不再迁徙，在杭州居住终老。

姜夔精研音乐，曾希望用整理散落的乐典的特长得到朝廷的重用。庆元三年（1197），约四十三岁的姜夔曾向朝廷献《大乐议》《琴瑟考古图》，但没有得到朝廷的重视。两年之后，姜夔再次向朝廷献上《圣宋铙歌鼓吹十二章》，这次朝廷下诏允许他破格到礼部参加进士考试，但他仍旧落选。从此他完全绝了仕途之念，以布衣终老。嘉定十四年（1221），姜夔在贫病中去世，还是依靠友朋吴潜等人捐资才勉强葬于杭州钱塘门外的西马塍，这也是他晚年居住了十多年的地方。

姜夔是一位文艺全才，诗、词、散文、书法、音乐无不精善。有《白石道人歌曲》《白石道人诗集》《诗说》《绛帖平》《续书谱》传世。姜夔词融入了诗学、书学及音乐美学的精神，表现出特有的艺术品质。

姜夔词作风格与其本人的性格气质有深刻的内在关系。宋人陈郁形容姜夔的容貌气质："白石道人姜尧章，气貌若不胜衣，而笔力足以扛百斛之鼎，家无立锥，而一饭未尝无食客。图史翰墨之藏，充栋汗牛。襟期洒落，如晋宋间人，意到语工，不期于高远而自高远。"（《藏一话腴》甲集卷下）这段描写展现出来姜夔的外表是一个弱不禁风的文人样貌，但气质超凡脱俗，如同魏晋南北朝时期的名士。姜夔身为一介布衣，无官职无财富却受到当时许多社会名流和达官显贵的尊敬礼遇，究其原因，除了钦佩其才学（尤其是其精通乐学），更多是向慕其飘逸的风度。晚清人郑文焯说："余平生慕尧章之为人，疏古冲澹，有晋宋间风，又能深于礼乐，以敷文博古自娱。"（《瘦碧词自序》）姜夔身上的"晋宋间风"又被人称之为"雅"，是一种超凡脱俗的高雅。郑文焯说："白石一布衣，才不为时求，心不与物竞，独以歌曲声江湖，幸免于庆元伪学之党籍，可不谓之知几者乎？"（同上）称赞姜夔不为富贵而折腰，不为仕进而钻营，正如宋人所称赞的"人品高"（《砚北杂志》）。将其高雅的人品写入词中，就形成了白石词独特的词品。郑文焯说:"独石帚幽寒自逸,其所作一如其人之馨絜,无忏微身世之感,意绝荣落,终老江湖,故所为词虽少,逊清真之高浑,而超逸纯粹则过之,当时论者翕然无异词,且服其行谊之高焉。"(《批校唐五代词选》)在姜夔的词作中没有阿谀献媚之作,也没有迎合失节之作;没有绮靡狎亵之作,也没有低级趣味之作。姜夔词作的这些品质特点都是与其人品气节相表里的。

二、题材内容

姜夔的词作记录了他的心路历程。姜夔生活于南宋中期,虽然战事平息,呈现偏安局面,但仍笼罩在亡国的阴影之中。姜夔一生布衣,依人而存,漂泊四方,清寂孤贫。姜夔词的题材可大体分为感时伤世、感时伤情、感时伤怀三类。

第一,感时伤世的家国之痛。姜夔所处之时,朝野靖康之难、朝廷南渡的悲愤激切情绪虽已渐淡,但战争摧残下的废墟仍触目惊心,家国之痛时时涌上心头。姜夔《扬州慢》一词即是这样的感时伤世之作。词人路过扬州,目睹了金主完颜亮南侵之后,遭到战争洗劫的扬州萧条景象,"四顾萧条""戍角悲吟",发出悲叹。扬州当年曾是一个繁华的都市,唐朝杜牧曾经说过:"春风十里扬州路,卷上珠帘总不如。"(《赠别二首》其一)当年满目的富丽景象与姜夔所见形成了鲜明的对比。作者在小序中特意指出"千岩老人(萧德藻)以为有《黍离》之悲也",点明了作品的主旨感情。荒凉之境的渲染、名都之悲的感慨,均可见出词人的家国情怀。

姜夔的《翠楼吟》也是一首感时之作。淳熙十三年(1186)姜夔路过武昌为安远楼落成而作,此词主旨的关键是"安远"二字。词中写了安远楼的气象宏阔,楼中景象"萦红""飞翠"精丽繁盛,然而姜夔的意旨正如陈匪石所指出的:"以意境言,则北氛正恶,而空言'安远',白石胸中本有泾渭,故全篇皆以微讽之词,示针砭之旨。"(《宋词举》)俞平伯先生进一步解释:"其时北敌方强,奈何空言'安远'。虽描摹得十分壮丽繁华,而上下嬉恬,宴安酖毒的光景便寄托在言外。像这样的写法,放宽一步便逼紧一步,正不必粗犷'骂题',而自己的本怀已和盘托出了。"(《唐宋词选释》)

第二,感时伤情的怀人之思。如前所述,姜夔曾有一段刻骨铭心的"合肥情事",姜夔词集中有二十多首是追忆其事其情的。《江梅引》(人间离别易多时)词小序云:"因梦思以述志。"上片写见梅起兴,梅花的清丽与梦中佳人每每相系;下片写相会无期,相思之苦倍增。白石记梦,每与合肥有关。一种相思,屡成梦寐,可谓深于情者。

姜夔词集中有四首《鹧鸪天》都抒写了怀念合肥女的情感。这四首《鹧鸪天》都是在正月十五前后写的,原因即在于当年姜夔与合肥女分别之时正是正月十五灯节前后。从时间上排列,第一首写于正月十一日。第二、三首写于正月十五当天,其中一首写于白天,一首记梦。第四首写于正月十六。第一首写出门观灯,然而触景生情,"少年情事老来悲"回忆当年与情人的相爱及分离,涌出无限感慨。第二首虽然正是写于十五观灯之日,词人却"而今正是欢游夕,却怕春寒自掩扉",当年的分别正当正月十五,伤感之情无法自已。第三首记"元夕有所梦",开篇即云:"肥水东流无尽期,当初不合种相思。"所谓"不合"反用其意,表达出对这段感情无法忘怀的深挚。第四首"十六夜出",词人走出家门,"鼓声渐远游人散,惆怅归来有月知",词人只能将逝去之情埋入心底,惟有明月可共倾诉。

第三，感时伤怀的人生之悲。姜夔一生漂泊，怀才不遇，作为文人难免慨叹命运不公。《玲珑四犯》（越中岁暮，闻箫鼓感怀）有句："文章信美知何用，漫赢得、天涯羁旅。"正是他心态的真实体现。约写于三十二岁的《霓裳中序第一》上片道："亭皋正望极。乱落江莲归未得。多病却无气力。况纨扇渐疏，罗衣初索。流光过隙。叹杏梁、双燕如客。人何在，一帘淡月，仿佛照颜色。"萧瑟的秋景、多病的身体与他悲凉的心境交织在一起。《徵招》（潮回却过西陵浦）一词写于宋宁宗嘉泰元年（1201），时姜夔已约四十七岁，词中写道："客途今倦矣。漫赢得、一襟诗思。"身在旅途，身心俱疲，有天涯作客的无限感慨。

姜夔的咏物词颇负盛名。有咏梅的，有咏柳的，有咏荷花的，有咏芍药的，有咏茉莉的，还有咏蟋蟀的。其中咏梅词和咏柳词最多，各有二十多首。以咏蟋蟀的《齐天乐》和咏梅的《暗香》《疏影》最为有名。姜夔的咏物词具有鲜明的个性特色，在传物之神、寄己之意之外往往又杂以人事。历史与现实、景物与典故交错使用，所思所感，难以一一指实。但又物事与人事相应成趣，词情郁勃。如其《齐天乐》咏蟋蟀即包含了时事艰辛、身世感伤和恋情悲苦的多重感受。姜夔的词大多像这首词一样，并无坐实单一的词本事，而是感时触景的情感表现。

姜夔词并不以题材拓展见长，有的词论者以"比兴寄托"论姜夔词，如清人宋翔凤《乐府余论》说："其流落江湖，不忘君国，皆借托比兴，于长短句寄之。如《齐天乐》，伤二帝北狩也。《扬州慢》，惜无意恢复也。《暗香》《疏影》，恨偏安也。"如此评论恐失之穿凿。然而同样是传统的感时伤世、咏物言志之作，姜夔总能别出机杼，在意境营造、气氛烘托、语言修辞等方面表现出独到之处。

三、艺术特色

姜夔词远承周邦彦，南宋黄昇说姜夔"词极精妙，不减清真乐府"（《中兴以来绝妙词选》卷六《题白石词》），论词者将二人并称为"周姜"。缪钺先生《论姜夔词》比较了周邦彦与姜夔各自的特点："周词华艳，姜词隽澹；周词丰腴，姜词瘦劲；周词如春圃繁英，姜词如秋林疏叶。姜词清峻劲折，格澹神寒，为周词所无。"① 如将周邦彦与姜夔相比较，两人在词律严谨、意境深邃等方面有相似之处；但在题材、语言、风格等方面又有明显的差异。简而言之，周、姜两人可分别视为北宋、南宋词风的代表。关于姜夔的词风，南宋末的张炎以"清空""骚雅"概括之。其《词源》卷下说："词要清空，不要质实。清空则古雅峭拔，质实则凝涩晦昧。姜白石词如野云孤飞，去留无迹。吴梦窗词如七宝楼台，眩人眼目，碎拆下来，不成片断。此清空质实之说。……白石词如《疏影》《暗香》《扬州慢》《一萼红》《琵琶仙》《探春》《八归》《淡黄柳》等曲，不惟清空，又且骚雅，读之使人神观飞越。"从此，"清空""骚雅"（或称之为"清雅"）就成为姜夔词独特风格的代称。姜夔词"清雅"词风的内涵可从以下三个方面来认识：

第一，词乐之清雅。姜夔词开始引人注目，是因其音律精严，所以论者常将姜夔与北宋末年精于词律的周邦彦相提并论。如宋人陈模说："近时作词者，只说周美成、姜尧章等，……或云美成、尧章以其晓音律，自能撰词调，故人尤服之。"（《怀古录》卷中）清人朱彝尊《群雅集序》

---

① 缪钺：《灵谿词说（续十）——论姜夔词》，《四川大学学报》（哲学社会科学版），1984年第4期。

云:"姜夔审音尤精。"词是音乐文学,姜夔于词中求雅也是从音乐开始的。姜夔精通音律,尤其是他既通俗乐又精于雅乐①。在南宋词体尚雅的风潮中,姜夔在词乐方面的求雅实践是最为突出的一个。南宋人赵与訔说:"白石留心学古,有志雅乐,……声文之美,概具此编(指《白石道人歌曲》)。"(《白石道人歌曲跋》)现存姜夔词作有八十四首,其中"自制曲"(自度曲)十三首:《扬州慢》《长亭怨慢》《淡黄柳》《石湖仙》《暗香》《疏影》《惜红衣》《角招》《徵招》《秋宵吟》《凄凉犯》《翠楼吟》《湘月》。还有两首是按古谱填词:《霓裳中序第一》《醉吟商小品》。

姜夔以雅乐注入词体,主要有两种方法:一是以古乐府入词。如推演汉乐《铙歌》,作《圣宋铙歌吹曲十四首》,依古《九歌》作《越九歌》,并作《琴曲》。作品的内容以"感藏人心,永念宗德"(《圣宋铙歌吹曲十四首·小序》)为宗旨,其艺术品味也与俗词俗乐截然不同,"言辞峻洁,意度萧远"(周密《浩然斋雅谈》)。再如《琴曲·古怨》,词乐风格也迥异于唐宋以来的绮靡俗艳。晚清词学大家郑文焯品味《古怨》词的风格云:"此曲则音澹节希,一洗筝琶之耳。……其泛音散声,较今谱幽淡绝俗。"(夏承焘《姜白石词编年笺校》引)可见此词的词乐风格与艳曲的秾丽纷杂形成了鲜明的对照。二是以唐法曲音乐注入词中。所谓"法曲"是隋唐宫廷音乐中的一种形式,其主要特点在于它的曲调和所用乐器方面与晚唐五代以来流行于胡夷里巷的燕乐有所不同,而更接近古典的清乐系统,风格较为优雅。法曲的音乐特点如《新唐书·礼乐志十二》所说:"初,隋有法曲,其音清而近雅。……隋炀帝厌其声淡。"姜夔将"唐法曲"的音乐因素引入词中,使"清""雅""淡"的风格代替胡乐的浓艳

---

① 参见徐养源《拟南宋姜夔传》,夏承焘《姜白石词编年笺校》附。

急促。如姜夔作《霓裳中序第一》，小序云《霓裳曲》"音节闲雅，不类今曲"。《霓裳羽衣曲》是经唐玄宗润色加工定名法曲，姜夔借其"闲雅"风格来改造"今曲"。郑文焯评论云："白石以沉忧善歌之士，意在复古。"（《郑大鹤先生论词手简》）此言得之。据音乐史家研究，姜夔的词无论是"自制曲"还是借鉴古乐而创造新词调，皆体现清雅的品格，与晚唐五代北宋以来流行的"今曲"柔靡之调形成了鲜明的对照。可以说，姜夔词的清雅风格是以音乐的清雅为基础的。

第二，虚字的使用。南宋张炎指出，虚字的运用"句语自活，必不质实"（《词源》卷下）。姜夔词在语句转折处多运用虚字，这种语言特点是构成姜夔词"清空"的重要因素。唐圭璋先生说："虚字能使语意转折灵活，流走自如，而又传神入微，且能避免平铺直叙的缺点，在这方面，姜夔词是有着独到的造诣。"如姜夔《疏影》词，"这儿几乎是每句上面用虚字，使它们自为开合，变化虚实，跌宕曲折，空灵夭矫，且又余韵无穷；词中所出现的许多平实典故，由于有虚字的前后承应，在音节上是给人以谐婉灵动的感觉，在内容上则启发人由怀古而思今，由此生出无限的遐想"①。另如《扬州慢》"杜郎俊赏，算而今、重到须惊。纵豆蔻词工，青楼梦好，难赋深情。二十四桥仍在，波心荡、冷月无声"几句中的"算""须""纵""仍"等虚字，使词张弛、吞吐有致，转折、跌宕有力。

第三，意境的诗性品格。音乐与语言的特点为姜夔词的清雅奠定了基础，姜夔又在词的性情、意境上融入清拔绝俗的诗性韵味。清空与质实相对。大致说来，清空的审美特征如清人沈祥龙《论词随笔》所说："清者

---

① 唐圭璋：《论姜白石及其词》，《南京师范学院学报》，1962年第3期。

不染尘埃之谓，空者不著色相之谓。清则丽，空则灵，如月之曙，如气之秋。"姜夔的清空表现在清幽空灵的意境上，如《暗香》这首词借咏梅以怀人。前人的怀人词往往缠绵悱恻，溺于情中不能自拔。而姜夔此词，"感慨全在虚处，无迹可寻，人自不察耳"（陈廷焯《白雨斋词话》）。词中多用素洁的意象，如"月色""玉人""疏花""冷香""瑶席""夜雪""寒碧"等，营造出清疏高旷的境界。

所谓诗性是指具有表现文人情志的内容与适应于文人欣赏的清远意韵的艺术品味。词本产生于民间，流行于胡夷里巷、勾栏瓦肆。无论内容意境、节奏韵味还是手法语言，都带有民间俗文学的特点。经过五代、北宋文人的改造，词体的俚俗色彩已淡去不少，但与诗相比仍雅俗判然。为提高词的品味，使词体雅化，姜夔做了理论和实践上的积极的探索。近代诗词学家沈曾植曾指出姜夔的"诗与词几合同而化"（《海日楼丛钞》）。姜夔诗词兼擅，在诗学批评方面有《诗说》一部，见解独到而深刻。这使他引诗性入词成为水到渠成之事。有词论家将姜白石与陶渊明相比，如陈锐《袌碧斋词话》有"白石得渊明之性情"之说。陶诗在诗史上以高雅脱俗而著称，以姜比陶实是肯定了姜夔词洗却词体所胎带的俗艳色彩，而具有诗性。刘熙载"在乐则琴，在花则梅"（《艺概·词曲概》）的比喻是对姜夔词诗性意味的最好说明。将在诗中尚称高雅的风格引入词中，词体的雅化在姜夔的努力下向诗迈进了一大步。在词学史上，姜夔词为文人雅士所心仪，是与其诗性分不开的。

尚须说明的是，无论是在南宋或是后世，姜夔的词风都存在争议，对他的批评也从未断绝。南宋后期著名的词学家沈义父就说"姜白石清劲知音，亦未免有生硬处"（《乐府指迷》）。如前所述，姜夔对词乐进行了改造，对这种新的清雅词风，有赞誉者，如张炎称其"古雅峭拔""读之使人神观飞越"(《词源》卷下),沈义父也肯定姜夔词"清劲",但又认为太过"生硬",是指姜夔词的风格与以周邦彦为代表的传统委婉柔曼风格有明显的差异。

清代中期之后常州词派的周济对姜夔词颇有微辞,说他的词"即事叙景,使深者反浅,曲者反直",又说"白石词如明七子诗,看是高格响调,不耐人细思。白石以诗法入词,门径浅狭,如孙过庭书,但便后人模仿"(《介存斋论词杂著》),"白石疏放,酝酿不深"(《词辨自序》)。清代后期的词学家谢章铤认为"白石字雕句炼,雕炼太过,故气时不免滞,意时不免晦"(《赌棋山庄词话》卷一)。王国维《人间词话》对姜夔词多有批评:一是说姜夔词"有格而无情""无内美而但有修能";二是说姜夔词病在"隔""虽格韵高绝,然如雾里看花,终隔一层""不于意境上用力,故觉无言外之味、弦外之响"。

对于这些批评,我们的意见是,除了批评者对风格的取舍有偏好的因素之外,姜夔词确有不易接受、不易理解的特点。分析其原因主要有两个:其一,与姜夔词主旨隐幽有关。姜夔词多用典故或者景物意象托寓主旨,有时就会造成因寓意遥深而不易晓悟的结果。如《疏影》一词的寓意何在,众说纷纭。一则谓发徽、钦二帝之愤,伤在位之无人;二则谓慨叹北庭后妃播迁,甚乃直言为柔福帝姬而作;三则谓指南北议和事;四则谓写合肥情事;五则谓多重主旨。接受者读其词不能迅捷地领悟词中主旨,感染其情韵,自然会感觉有"隔"的阻碍。其二,与姜夔词的语言修辞有关。姜夔《诗说》云:"人所易言,我寡言之,人所难言,我易言之,自不俗。"姜夔作词也是如此①,力避陈俗,别开生面。无论是遣词

---

① 谢章铤云:"白石道人为词中大宗,论定久矣。读其说诗诸则,有与长短句相通者。"(《赌棋山庄词话》卷十二)

造句，或是典故选取，还是意境营造，皆表现出个性化的特点。姜夔填词可谓匠心独运，精心营造，乃人工美的典范。然而对于部分读者来说，他们更习惯直接受到作品的生发感动，对于姜夔的词风难免有些微辞。

四、对后世的影响

姜夔词以其精美的音律和独特的清雅风格受到当时及后世的推崇。在南宋末年，姜夔是知名度很高的词人。如邓牧说："古所谓歌者，诗三百止尔。唐宋间始为长短句，法非古，意古。然数百年来，工者几人？美成、白石逮今脍炙人口。"（《张叔夏词集序》）另一南宋人陈模说："近时作词者，只说周美成、姜尧章等。"（《怀古录》卷中）在南宋及后世人们的认识中，姜夔与周邦彦遥相呼应，分别是南宋与北宋的代表。南宋末年的柴望说："词起于唐而盛于宋，宋作尤莫盛于宣、靖间，美成、伯可各自堂奥，俱号称作者。近世姜白石一洗而更之，《暗香》《疏影》等作，当别家数也。"（《凉州鼓吹自序》）从某种意义上说，姜夔开辟了词史上的一个新时代。

姜夔首创的清雅词风于婉丽、豪放之外别立一宗，并蔚然成派，成为广为词家承认的"第三派"。这一成熟的风格流派的形成，丰富了词体风格的内涵，并使词最终能够与传统的诗文并列比肩起了重要的作用。明代张綖分词体为婉约、豪放二体（《诗余图谱·凡例》附识），清初王士禛又改张綖之"词体"为"词派"（《花草蒙拾》），此后词派二分之说盛行。按一般认识，唐宋词人除了苏轼、辛弃疾等豪放词人外，皆属婉约。如此分派过于简单粗疏。从词史的实际面貌考察，同为豪放派之外词人，姜夔与传统观念上"本色""当行"的花间词人及周邦彦风格颇为不同。

清人蒋兆兰说:"南渡以后,尧章崛起,清劲逋峭,于美成外别树一帜。"(《词说》)因而,论者将白石词风单列为一体派,并与其它体派并列对比,以显示其特征和地位。如清初人顾咸三云:"宋名家词最盛,体非一格。苏、辛之雄放豪宕,秦、柳之妩媚风流,判然分途,各极其妙。而姜白石、张叔夏辈,以冲澹秀洁得词之中正。"(《迦陵词全集序》引)顾氏将姜派的"冲澹秀洁"与"雄放豪宕""妩媚风流"二"格"区分开来,标举为一种新"格"。清人王鸣盛则明确以一个新的风格流派目之:"北宋词人原只有艳冶、豪荡两派,自姜夔、张炎、周密、王沂孙方开清空一派,五百年来,以此为正宗。"(《罐埜山人词评论》)

在南宋及元代有一批推崇、学习姜夔词的词人,这些词人被称为"姜派词人",也被称为"清雅词派"。关于这个词派,清代浙西词派的领袖朱彝尊列举出主要成员:"词莫善于姜夔,宗之者,张辑、卢祖皋、史达祖、吴文英、蒋捷、王沂孙、张炎、周密、陈允平、张翥、杨基,皆具夔之一体。"(《黑蝶斋诗余序》)另一位浙派词学家汪森亦云:"鄱阳姜夔出,句琢字炼,归于醇雅。于是史达祖、高观国羽翼之,张辑、吴文英师之于前,赵以夫、蒋捷、周密、陈允衡、王沂孙、张炎、张翥效之于后,譬之于乐,舞《箾》至于《九变》,而词之能事毕矣。"(《词综序》)在词史上往往有"姜(夔)史(达祖)"和"姜(夔)张(炎)"的并称,说明南宋词人群体的风格已经得到认可。以上名单中除了张翥为元代人,杨基为明代人之外,都是南宋人。说明姜夔不仅在南宋产生了巨大的影响,元明时期的追随者也不乏其人。且不论朱、汪二人所勾画的清雅词派的面貌是否完全精确①，能将姜夔及清雅词派从花间、南唐，晏、柳、周所形成的婉丽传统风气中区分出来，已是对词学的一大贡献。

姜夔词于南宋末年和清代初年两度显赫于词坛，并于清康、雍、乾、嘉四朝百余年间，一直被奉为词学楷模。即使道光以后常州词派笼罩词坛，姜夔词仍不时受到推举。纵观词学史，姜夔词在词学史上的每次凸现，皆标志着新旧词风的巨大变革以及对词体认识的重要改变。

让我们先来考察姜夔初登词坛亦即乾道、淳熙前后的词坛风尚。清人陈撰说"当乾、淳间俗学充斥"（《自跋白石词刊本》），四库馆臣说"其时方尚甜熟"（《四库全书总目提要·竹屋痴语》）。验之当时的词学文献，此言不谬。南渡以后，偏安局面已形成数十年，朝野激愤慷慨的情绪亦逐渐平息。社会各阶层虽不乏北望中原、壮志难酬的悲愤，然而达官显贵则更愿意及时享乐。于是举朝上下，文恬武嬉，沉醉在歌舞升平之中。词这种原本即为满足"娱宾遣兴"之需的文体，本以婉媚为本色，在此时则更加绮靡。如年龄稍长于姜夔的蔡戡谈及当时的词风云："靡丽之词，狎邪之语，适足劝淫，不可以训。"（《芦川居士词序》）在词坛的另一端，辛弃疾的"豪气词"，"至刘改之诸公极矣"（王世贞《艺苑卮言》），亦形成风气。正如王炎所概括的当时词坛风气："今之为长短句者，字字言闺阃事，故语懦而意卑；或者欲为豪壮语以矫之。"（《双溪诗余自序》）无论是溺于淫靡，还是故逞豪壮，其弊端都是显而易见的。正是在这种词学风尚的背景下，姜夔词的清雅才会受到推崇。如汪森所云："宣和君臣，转相矜尚。曲调愈多，流派因之亦别。短长互见，言情者或失之俚，

---

① 关于南宋末部分词人的流派归属尚存分歧。如蔡嵩云即把史达祖、吴文英、陈允平、周密等人视为"导源清真"者，而与白石分属二派，见《乐府指迷笺释·引言》。

使事者或失之伉。鄱阳姜夔出，句琢字炼，归于醇雅。"（《词综序》）姜夔词的出现，有矫正词坛弊端的作用。

历史往往会有惊人的相似。明代末年词坛风气竟与南宋乾、淳年间颇为相似，亦是香弱和豪宕两种词风盛行。明末人毛晋谈及当日词坛的状况云："近来填词家辄效颦柳屯田，作闺帏䙝媟之语，无论笔墨劝淫，应堕犁舌地狱，于纸窗、竹屋间，令人掩鼻而过，不惭惶无地邪！若彼白眼骂坐，臧否人物，自诧辛稼轩后身者，譬如雷大起舞，纵使极工，要非本色。"（《花间集跋》）到了清初，词风沿明末并无大的改观。一是"爨弄俚词，闺襜冶习"（陈维崧《词选序》）的淫靡词风依旧；二是康熙年间一些人模仿阳羡词人陈维崧的豪宕风格，沦于粗豪。正如当时人尤侗所批评的："予惟近日词家，烘写闺襜，易流狎昵；蹈扬湖海，动涉叫嚣，二者交病。"（《南溪词序》）针对清初词坛的现状，浙西派词人在批评两种弊端的基础上提出了新的词学理想。朱彝尊从批评明人词入手："词自宋元以后，明三百年无擅场者。排之以硬语，每与调乖；窜之以新腔，难与谱合。"（《水村琴趣序》）曹溶则从正面提出"豪旷不冒苏、辛，秽亵不落周、柳者，词之大家也"（《古今词话序》）。在这种词学思想的指导下，姜夔词的清雅就成为浙西派的必然选择。

在词学发展史上，强调词的本色，"曲尽其情"者，易流于淫亵；突出词的社会作用，抒不平之气者，易沦为叫嚣。而以姜夔词为代表的清雅词风就成为救偏补弊的针砭。词学史上，姜夔词的每一次被推举，都伴随有剧烈的词学思想的交锋，并预示着词风的丕变。

本书以夏承焘先生的《姜白石词编年笺校》为底本，广泛参考前辈学者的著述，并列示说明。在此谨表感谢之忱。

目　录

扬州慢（淮左名都）…………………………………………… 1

一萼红（古城阴）……………………………………………… 9

霓裳中序第一（亭皋正望极）………………………………… 12

湘月（五湖旧约）……………………………………………… 16

清波引（冷云迷浦）…………………………………………… 19

八归（芳莲坠粉）……………………………………………… 22

小重山令（人绕湘皋月坠时）………………………………… 25

眉妩（看垂杨连苑）…………………………………………… 27

浣溪沙（著酒行行满袂风）…………………………………… 29

探春慢（衰草愁烟）…………………………………………… 31

翠楼吟（月冷龙沙）…………………………………………… 33

踏莎行（燕燕轻盈）…………………………………………… 39

杏花天影（绿丝低拂鸳鸯浦）………………………………… 41

惜红衣（簟枕邀凉）…………………………………………… 43

石湖仙（松江烟浦）…………………………………………… 47

点绛唇（燕雁无心）	50
夜行船（略彴横溪人不度）	53
浣溪沙（春点疏梅雨后枝）	55
琵琶仙（双桨来时）	56
鹧鸪天（京洛风流绝代人）	61
念奴娇（闹红一舸）	63
浣溪沙（钗燕笼云晚不忺）	66
满江红（仙姥来时）	67
淡黄柳（空城晓角）	70
长亭怨慢（渐吹尽）	74
醉吟商小品（又正是春归）	79
摸鱼儿（向秋来）	81
凄凉犯（绿杨巷陌）	83
秋宵吟（古帘空）	86
点绛唇（金谷人归）	88
解连环（玉鞭重倚）	89
玉梅令（疏疏雪片）	91
暗香（旧时月色）	93
疏影（苔枝缀玉）	100
水龙吟（夜深客子移舟处）	113
玲珑四犯（叠鼓夜寒）	115
莺声绕红楼（十亩梅花作雪飞）	118
角招（为春瘦）	119
鹧鸪天（曾共君侯历聘来）	121

阮郎归（红云低压碧玻璃）……………………………… 123
　　又（旌阳宫殿昔徘徊）……………………………… 124
齐天乐（庾郎先自吟愁赋）…………………………… 125
庆宫春（双桨莼波）…………………………………… 133
江梅引（人间离别易多时）…………………………… 137
鬲溪梅令（好花不与殢香人）………………………… 139
浣溪沙（花里春风未觉时）…………………………… 140
　　又（翦翦寒花小更垂）……………………………… 141
浣溪沙（雁怯重云不肯啼）…………………………… 142
鹧鸪天（柏绿椒红事事新）…………………………… 143
　　又（巷陌风光纵赏时）……………………………… 145
　　又（忆昨天街预赏时）……………………………… 147
　　又（肥水东流无尽期）……………………………… 148
　　又（辇路珠帘两行垂）……………………………… 150
月下笛（与客携壶）…………………………………… 151
喜迁莺慢（玉珂朱组）………………………………… 153
徵招（潮回却过西陵浦）……………………………… 155
蓦山溪（与鸥为客）…………………………………… 159
汉宫春（云日归欤）…………………………………… 160
　　又（一顾倾吴）……………………………………… 162
洞仙歌（花中惯识）…………………………………… 164
念奴娇（昔游未远）…………………………………… 165
永遇乐（云隔迷楼）…………………………………… 167
虞美人（阑干表立苍龙背）…………………………… 169

姜夔词 | 3

水调歌头（日落爱山紫）......171
卜算子（江左咏梅人）......172
 又（月上海云沉）......173
 又（藓干石斜妨）......174
 又（家在马城西）......175
 又（摘蕊暝禽飞）......176
 又（绿萼更横枝）......177
 又（象笔带香题）......178
 又（御苑接湖波）......179
好事近（凉夜摘花钿）......180
虞美人（西园曾为梅花醉）......181
 又（摩挲紫盖峰头石）......182
忆王孙（冷红叶叶下塘秋）......183
少年游（双螺未合）......184
诉衷情（石榴一树浸溪红）......186
念奴娇（楚山修竹）......187
法曲献仙音（虚阁笼寒）......188
侧犯（恨春易去）......191
小重山令（寒食飞红满帝城）......192
蓦山溪（青青官柳）......193
永遇乐（我与先生）......195

存疑词

越女镜心（风竹吹香）......197
越女镜心（檀拨幺弦）......197

角招（甚时候）………………………………… 199
姜夔词总评 …………………………………… 200
参考文献 ……………………………………… 249
辑评征引书目 ………………………………… 251

扬 州 慢

　　淳熙丙申至日①，予过维扬②。夜雪初霁，荠麦弥望③。入其城则四顾萧条，寒水自碧。暮色渐起，戍角悲吟④。予怀怆然⑤，感慨今昔，因自度此曲⑥。千岩老人以为有《黍离》之悲也⑦。

　　淮左名都⑧，竹西佳处⑨，解鞍少驻初程⑩。过春风十里⑪，尽荠麦青青。自胡马窥江去后⑫，废池乔木，犹厌言兵。渐黄昏，清角吹寒，都在空城。　　杜郎俊赏⑬，算而今、重到须惊。纵豆蔻词工⑭，青楼梦好⑮，难赋深情。二十四桥仍在⑯，波心荡、冷月无声。念桥边红药⑰，年年知为谁生。

[注释]

　　①淳熙丙申至日：宋孝宗淳熙三年（1176）冬至日。②维扬：扬州的别称。《尚书·禹贡》："淮海维扬州。"后因截取二字以为名。③荠麦：野生的麦子。弥望：满眼。④戍角：边防驻军的号角声。⑤怆然：悲伤貌。⑥自度：在旧有曲调外，自行谱制新曲。姜夔《角招》词序："予每自度曲，吟洞箫。"今其集中有《扬州慢》《长亭怨慢》等十三首自度曲。⑦千岩老人：南宋诗人萧德藻，字东夫，福州闽清（今属福建）人。晚年居湖州，喜爱当地弁山千岩竞秀，自号千岩老人。赏爱姜夔才华，以侄女妻之。《黍离》之悲：《诗经·王风》有《黍离》一篇。毛传："《黍离》，闵宗周也。周大夫行役至于宗周，过故宗庙宫室，尽为禾黍。闵周

室之颠覆，彷徨不忍去，而作是诗也。"后借指亡国之慨。⑧淮左名都：指扬州。宋神宗熙宁五年（1072），分淮南路为东、西二路。淮南东路即淮左，首府扬州。⑨竹西：杜牧《题扬州禅智寺》："谁知竹西路，歌吹是扬州。"后人因于其处筑竹西亭。⑩初程：刚开始的旅程。⑪春风十里：指扬州昔时美景。杜牧《赠别》："春风十里扬州路，卷上珠帘总不如。"⑫胡马窥江：金兵南侵。宋高宗建炎三年（1129），金军初犯扬州。其后绍兴三十一年（1161）及宋孝宗隆兴二年（1164），金军又数次渡淮南侵。⑬杜郎：唐代诗人杜牧。俊赏：风流快意地游赏。杜牧在扬州生活过一段时间，写下很多描写扬州旖旎风情的诗篇。⑭豆蔻词工：杜牧《赠别》："娉娉袅袅十三余，豆蔻梢头二月初。"豆蔻云云比喻少女。⑮青楼梦好：浪漫美好的冶游经历。杜牧《遣怀》："十年一觉扬州梦，赢得青楼薄幸名。"⑯二十四桥：扬州的二十四座桥，乃一胜迹。杜牧《寄扬州韩绰判官》："二十四桥明月夜，玉人何处教吹箫？"沈括《梦溪补笔谈》："扬州在唐时最为富盛，旧城南北十五里一百一十步，东西七里十三步，可纪者有二十四桥。"⑰红药：芍药花。

[辑评]

张炎《词源》卷下：词中句法，要平妥精粹。一曲之中，安能句句高妙，只要拍搭衬副得去，于好发挥笔力处，极要用功，不可轻易放过，读之使人击节可也。如……姜白石《扬州慢》云："二十四桥仍在，波心荡、冷月无声。"此皆平易中有句法。

《扬州慢》……等曲，不惟清空，又且骚雅，读之使人神观飞越。

陆辅之《词旨》下：警句凡九十二则：……波心荡、冷月无声。

先著、程洪《词洁》卷四："二十四桥仍在，波心荡、冷月无声。"是"荡"字着力。所谓一字得力，通首光采，非炼字不能，然炼亦未易到。

周济《宋四家词选目录序论》：（评《扬州慢》"淮左名都，竹西佳处"）白石号为宗工，然亦有俗滥处。

陈澧《白石词评》：（评首三句）一顿。（评"过春风十里"二句）又顿。（评"自胡马窥江去后"）提。（评"渐黄昏"）跌。（评"清角吹寒"二句）凄入心脾，哀感顽艳。（评"二十四桥仍在"二句）月影湖光，一片空灵，何处捉摸。后阕一放一收，又各有两转。

陈廷焯《云韶集》卷六：起数语意不深而措词却独有千古，愈味愈出。"自胡马"数语写兵燹之后情景，任他人千百言总无此韵味。（评"二十四桥仍在"至结尾）古雅精炼，突过清真。

陈廷焯《白雨斋词话》卷二：白石《扬州慢·淳熙丙申至日过扬州》云："自胡马窥江去后，废池乔木，犹厌言兵。渐黄昏，清角吹寒，都在空城。"数语写兵燹后情景逼真。"犹厌言兵"四字，包括无限伤乱语。他人累千百言，亦无此韵味。

张德瀛《词徵》卷一：词有与风诗意义相近者，自唐迄宋，前人钜制，多寓微旨。如……姜白石"淮左名都"，《击鼓》怨暴也。

陈锐《袌碧斋词话》：其《扬州慢》"纵豆蔻词工"三句，语意亦不贯。

况周颐《历代词人考略》卷二：诵白石道人《扬州慢》换头以下令人想望低徊，为之意远。惜其倚声之作仅此吉光片羽耳。

俞陛云《唐五代两宋词选释·宋词选释》：此词极写兵后名都荒寒之状。"春风"二句其自序所谓"四顾萧条"也。"胡马"句言坏劫曾经，追思犹怵，况空城入暮，戍角吹寒，如李陵所谓"胡笳互动，……只令人悲增忉怛耳"。下阕过扬州者，以杜牧文词为最著，因以自况，言百感填膺,非笔墨所能罄。"冷月"二句诵之若商声激楚,令人心倒肠回。篇终"红药"句言春光依旧,人事全非,哀郢怀湘,同其沉郁矣。凡乱后感怀之作,词人所恒有,白石之精到处,凄异之音,沁入纸背,复能以浩气行之,由于天分高而蕴酿深也。近人蒋鹿潭乱后过江诸作,哀音秀句,略能似之。

王国维《人间词话》卷上:白石写景之作,如"二十四桥仍在,波心荡、冷月无声",……虽格韵高绝,然如雾里看花,终隔一层。

梁启勋《词学》下编:淳熙三年丙申,与稼轩之《摸鱼儿》作于前后三年间。时当金兵南犯后,宋使范成大行成于金。江北一带,经丧乱之余,疮痍满目。以多感之文人过此,能勿有缠绵悱恻之作?

蔡嵩云《柯亭词评》:"淮左"五句是兵燹前初到之扬州,"自胡马"以下五句是兵燹后重到之扬州。过片借杜牧事点明重到,发抒感慨,言虽有"豆蔻梢头"之诗,"青楼薄幸"之梦,因劫后人空,深情亦无可赋处。"清角吹寒""波心荡月"均劫后景物,却分前后遍夹写,格局便不平直。乔木"厌言兵",见"树犹如此,人何以堪",是进一层说法。"红药为谁生",愈使深情难赋之意完足,借草木发抒感慨,均是从侧面用笔写法。

陈匪石《宋词举》卷上:此为赋体,哀时念乱之感,一以摹写被兵后景象出之。起处从过扬州说入,曰"名都",曰"佳处",为下之"空城"反衬。极言扬州之名胜,风景应佳,亦"少驻初程"前之揣想,绝不料其"四顾萧条",即叙中所谓"昔"也。周济诋为"俗滥",愚未敢苟同。"过春风十里"一转,是"解鞍"时感觉。"十里"之遥,有似"春风"已转,而见为"青青"者,尽是"荠麦",则人与屋宇,荡然无存,可言外得之。杜诗"城春草木深",此十字之所祖,皆从《风》诗

"彼黍离离"化出者也。所以然者,"胡马窥江",兵祸极酷,事后之余痛,即无知之"废池乔木",犹厌兵革。陈廷焯评此数语,谓"情景逼真,'犹厌言兵'四字,包括无限伤乱语",谅哉!"渐黄昏"又一转,虽厌兵之极,而所闻犹是军声,不过所吹之寒,已无人感受,只空城一角,伴此黄昏。更进一层,语意更觉沉痛。"空城"二字,又全篇主眼,于前结揭出,即引起过变以后一段文章。寻金人南犯,屡至江淮。绍兴三十一年南至采石,隆兴二年复渡淮。丙申为淳熙三年,远者十五载,近者十二载,而元气依然未复,此白石所以叹也。然此为扬州之今,而非扬州之昔。回忆唐代,杜牧分司之时,何等繁盛!乃昔多"俊赏",今仅"空城"。料杜郎如果重来,亦当惊讶。"豆蔻梢头"之诗,薄幸青楼之梦,皆将以人踪寥落,无从赋此深情。则今日"仍在"者,惟是二十四桥,一丸冷月,摇荡波心,不复有箫声可听。因念桥边红药,扬州特产。虽年年花开如故,亦不知为谁而生矣。写被兵之地寂寞无人,鲍照之赋,杜陵之诗,亦不是过。玉田评"波心荡"七字"平易中有句法",《词旨》列入"警句"。

刘永济《唐五代两宋词简析》:此尧章过扬州感怀之词也。扬州自隋开运河后已成南北运输要道,因之商贾云集,歌楼舞榭,林立其间。及宋南渡,与金隔河相守,于是昔日繁华都会,一变而成边徼。自绍兴三十一年,完颜亮大举渡淮以后,已残破不堪。至尧章作此词时,已十六年矣。此词序所谓"感慨今昔"也。此词首言小驻"名都"。"过春风"以下,极形其荒芜之状,而"空城""清角",尤足引人悲感。后半阕设想杜牧重来,深情难赋。盖唐末杜牧曾游此地,有诗歌记事,故下文即用杜牧诗事。"二十四桥"遗迹虽存,而波心冷月,景象凄凉;吹箫玉人固已不见,而"桥边红药",年年犹生。曰"知为谁生"者,伤"俊赏"无人也。言外更有举国无人、危亡可惧之意，不但感一地之盛衰也。词中之"重到""杜郎"，盖尧章自谓也。尧章尝喜以杜牧自比，如《鹧鸪天》词有句曰："东风历历红楼下，谁识三生杜牧之。"《琵琶仙》词有句曰："十里扬州，三生杜牧，前事休说。"盖杜牧生当唐末，其诗多伤时闵乱语，又其人风流儒雅，尧章所企慕也。

　　胡适《词选》：姜夔是一个诗人，他的诗与词序皆有诗意。但他的词往往不如他的小序。如《扬州慢》一首序云：……但那首词的本身远不如这几句小序能使我们想象当日扬州的荒凉景象。

　　叶绍钧《〈周姜词〉绪言》：他有些词有自序，几乎全是诗的散文。如《扬州慢》自序说……，只六十多字，却已是独立而完整的一篇，凄凉荒寂，足感人心。本来散文比较"率意为长短句，然后协以律"的自制曲更为自由，由诗心来驱遣着，自成佳作。至于那首词，如"过春风十里，尽荠麦青青。自胡马窥江去后，废池乔木，犹厌言兵。渐黄昏，清角吹寒，都在空城"，固然能把悲感在淡远的情调里表现出来，可是后面就不免犯了"隔"的毛病。从全体讲，反不如那篇小序浑凝而无懈可击。这当然由于为音节所制限之故。

　　张伯驹《丛碧词话》：白石词，如"二十四桥仍在，波心荡、冷月无声"，又"念桥边红药，年年知为谁生"，……皆似神来之笔，直逼淮海。

　　唐圭璋《唐宋词简释》：此首写维扬乱后景色，悽怆已极。千岩老人以为有《黍离》之悲，信不虚也。至文笔之清刚，情韵之绵邈，亦令人讽诵不厌。起首八字，以拙重之笔，点明维扬昔时之繁盛。"解鞍"句，记过维扬。"过春风"两句，忽地折入现时荒凉景象，警动异常。且十字包括一切，十里荠麦，则乱后之人与屋宇，荡然无存可知矣。正与杜甫"城春草木深"同意。"自胡马"三句，更言乱事之惨，即废池乔木，犹厌言之，则人之伤心自不待言。"渐黄昏"两句，再点出空城寒角，尤觉悽寂万分。换头，用杜牧之诗意，伤今怀昔，不尽歔欷。"重到须惊"一层，"难赋深情"又进一层，"二十四"两句，以现景寓情，字炼句烹，振动全篇。末句收束，亦含哀无限，正亦杜甫"细柳新蒲为谁绿"之意。玉田谓白石《琵琶仙》，与少游《八六子》同工。若此首，亦与少游《满庭芳》同为情韵兼胜之作。惟少游笔柔，白石笔健。少游所写为身世之感，白石则感怀家国，哀时伤乱，境极凄焉可伤，语更沉痛无比。参军芜城之赋，似不得专美于前矣。周止庵既屈白石于稼轩下，又谓白石情浅，皆非公论。

胡云翼《宋词选》：在姜词中这本是一首反映现实比较深刻动人的作品，正由于包括得太含浑，如"犹厌言兵"究竟是"厌言"什么样的"兵"，说得不够明确。又如"青楼梦好""难赋深情"，都很容易使读者误解为追求过去的绮梦。

翁麟声《怡簃词话》：古词人品格之佳，要以太白之"西风残照，汉家宫阙"为最高。余如白石之"二十四桥仍在，波心荡、冷月无声"，虽不及太白，而清逸极矣。

沈祖棻《宋词赏析》：首两句，周济指为"俗滥处"，不知于天下名胜、昔日繁华，特郑重言之，益见"荠麦青青""废池乔木""黄昏清角"种种荒凉之不堪回首，乃有力之反衬，非漫然之滥调也。"过春风"两句，序所谓"《黍离》之悲"。十里长街，惟余荠麦，则屋宇荡然可知。"废池乔木，犹厌言兵"，则居人心情可知。"渐黄昏"两句，点明时刻，补足荒寒景况。下片用杜牧诗意，而以"重到须惊"四字翻进一层。"俊赏"与起两句绾合，"须惊""难赋"与"过春风"以下绾合，昔之繁盛，今之残破，俱在其中；而上片着重景色，下片着重情怀，意虽接连，词无重复。"二十四桥"两句,与"黄昏"相应,又以"仍在"二字点出今昔之感。结句言昔之"名都",今则"空城",纵"桥边红药",年年自开,岂复有春游之盛?"知为谁生",叹花固不知,人亦不知也。清初蒋超《金陵旧院》云:"锦绣歌残翠黛尘,楼台已尽曲池湮。荒园一种瓢儿菜,独占秦淮旧日春。"词中荠麦,即诗中瓢儿菜也。

朱庸斋《分春馆词话》卷二:有积字成句,积句成篇,以炼一字或一句取胜者,然通篇不浑成,以一二字佳妙,反觉不调和,反觉突兀;相反通篇浑成,突出一二好字或佳句,则见"一字得力,通篇光彩"。如姜白石《扬州慢》"二十四桥仍在,波心荡、冷月无声","荡"字生动精警,境界全出,使通篇更觉光彩。

[评析]

此词作于宋孝宗淳熙三年(1176)。在此之前的宋高宗绍兴三十一年(1161),金主完颜亮南侵,历史名城扬州惨遭摧残。姜夔行经此地,目睹了战争洗劫后扬州的萧条景象,发出悲叹。词中所描写的即"四顾萧条""戍角悲吟"的景象,作者所寄寓的即"《黍离》之悲"的感情。而荒凉之境的渲染、家国之悲的感慨,又主要借助于反衬、拟人等修辞手法实现。如本"春风十里",却"荠麦青青";本"杜郎俊赏",却"重到须惊";本"二十四桥",却"冷月无声"。皆以唐时扬州之繁华,反衬今日被兵之萧条。而"废池乔木,犹厌言兵""红药年年,知为谁生",均属拟人之妙用。总之,姜夔笔下的扬州是一个漫长的生命体。由"昔盛"以见"今衰",由草木之有情以见民生之多艰,从而形成其"感慨全在虚处"(陈廷焯《白雨斋词话》卷二)的艺术特色。

一萼红

丙午人日①,予客长沙别驾之观政堂②。堂下曲沼,沼西负古垣③,有卢橘幽篁④,一径深曲;穿径而南,官梅数十株⑤,如椒如菽⑥,或红破白露⑦,枝影扶疏。著屐苍苔细石间⑧,野兴横生,亟命驾登定王台⑨,乱湘流⑩,入麓山⑪。湘云低昂,湘波容与⑫,兴尽悲来,醉吟成调。

古城阴。有官梅几许,红萼未宜簪⑬。池面冰胶⑭,墙腰雪老,云意还又沉沉。翠藤共、闲穿径竹,渐笑语、惊起卧沙禽。野老林泉,故王台榭,呼唤登临。　　南去北来何事,荡湘云楚水,目极伤心。朱户黏鸡⑮,金盘簇燕⑯,空叹时序侵寻⑰。记曾共、西楼雅集,想垂杨、还袅万丝金。待得归鞍到时,只怕春深。

[注释]

①丙午人日:宋孝宗淳熙十三年(1186)农历正月初七。②别驾:宋代通判之别称。这里指萧德藻,时任湖南通判。③负:背靠。垣:墙,城墙。④卢橘:金橘的别称。幽篁:幽深的竹林。⑤官梅:官府所种的梅。⑥椒:花椒,开白色小花。菽:豆类的总称。此谓梅花其色似椒,其蕾似菽。⑦红破白露:梅花初绽,有红色,有白色。⑧屐(jī):木制的鞋,底大多有二齿,以行泥地。亦泛指鞋。⑨命驾:命人驾车马,即马上

动身。定王台：台名，位于湘江东岸。相传汉景帝子长沙定王刘发为想望其母唐姬而建。⑩乱湘流：横渡湘水。《诗经·大雅·公刘》有"涉渭为乱"，孔颖达正义："水以流为顺，横度则绝其流，故为乱。"⑪麓山：岳麓山，在湘江西岸。⑫容与：起伏舒缓貌。屈原《九章·涉江》："船容与而不进兮，淹回水而凝滞。"⑬簪：插，戴。宋人有折梅插头的习俗。陆游《看梅绝句》："老子舞时不须拍，梅花乱插乌巾香。"此句谓梅花初吐，尚难摘来插鬓。⑭胶：凝固，冻住。⑮朱户：富贵人家。黏鸡：旧时礼俗，正月初一为鸡日，画鸡贴于门上，以示谨始。宗懔《荆楚岁时记》："正月一日，……贴画鸡，或斫镂五采及土鸡于户上。"⑯金盘：富贵华丽的器皿。簇燕：立春时所供菜肴，形状仿燕。《武林旧事》"立春"："后苑办造春盘供进，及分赐贵邸宰臣巨珰。翠缕红丝，金鸡玉燕，备极精巧。"⑰侵寻：渐进，引申为流逝。

[辑评]

张炎《词源》卷下：《一萼红》……等曲，不惟清空，又且骚雅，读之使人神观飞越。

陆辅之《词旨》上：属对凡三十八则：……池面冰胶，墙腰雪老。

杨慎《词品》卷四：人日词云："池面冰胶，墙头雪老，云意还又沉沉。""朱户黏鸡，金盘簇燕，空叹时序侵寻。"……其腔皆自度者。传至今，不得其调，难入管弦，只爱其句之奇丽耳。

周济《宋四家词选目录序论》：（评《一萼红》"翠藤共、闲穿径竹""记曾共、西楼雅集"）白石号为宗工，然亦有……复处。

陈澧《白石词评》：（评首三句）咏梅只如此，可知不必多着笔。（评"池面冰胶"三句）又添一层，如善作画者，重重皴染，乃深厚有味。（评"南去北来何事"三句）豪极矣，而神不外散，何等勇力！高唱入云。(评结二句) 曲则不尽。

陈锐《裒碧斋词话》：换头处六字句有挺接者，如"南去北来何事"之类。

陈廷焯《云韶集》卷二十四：(评"池面冰胶"三句) 白石词字字和雅，却字字高俊，永宜笼罩千古。(评"野老林泉"三句) 只此三语胜他人吊古千百言，人才高下之殊至于如此。(评"待得归鞍到时"二句) 结得有情。

沈泽棠《忏庵词话》：白石《一萼红·人日登定王台》下阕换头处云："南去北来何事，荡湘云楚水，极目伤心。"一双冷眼，一腔热血，如陈伯玉登幽州古台，狂歌涕下。

填词，题贵雅隽。予最爱《白石道人歌曲》题云：……又云："丙午人日，……"此真仙境仙语。

叶绍钧《〈周姜词〉绪言》：他有些词句，音节有余，而吟味意境，却极平常。如"记曾共西楼雅集，想垂杨还袅万丝金。待得归鞍到时，只怕春深"，音节是优婉极了，但意境实平浅。

沈祖棻《宋词赏析》：起三句点题，序所谓"官梅数十株，如椒如菽"也。"池面"三句，写时，写梅未开之景，补足上三句。"翠藤"以下，写当前情境。"翠藤共、闲穿径竹"与下"记曾共、西楼雅集"，周济谓是"复处"，然"翠藤"为实写现在，"西楼"乃回忆过去，周说殆非也。下片宕开。"南去"三句，就空间说，伤漂流之无定。"朱户"三句，点人日 (《荆楚岁时记》"人日贴画鸡于户")，就时间说，叹光阴之易迁。"记曾"句，回忆以前。"想垂柳"句，由回忆而惋惜现在。"待得"两句，由现在而设想将来。末数语，由过去想到将来，春初想到春深，极沉郁。蒋捷《绛都春》云："纵然归近，风光又是，翠阴初夏。"

与此同意。王沂孙《高阳台》云："何人寄与天涯信，趁东风、急整归鞭。纵飘零、满院杨花，犹是春前。"翻用亦好。

[评析]

　　此词乃宋孝宗淳熙十三年（1186）作者客居长沙时登高所见，由游览赏景触发伤春怀人之感。序云"兴尽悲来"，使全词脉络分明。上片写野游之兴。起三句以"红萼未宜簪"点明红梅尚小，应"人日"之节，颇饶生趣。"胶""老"言新春之寒，炼字精到。"笑语""林泉"均见游兴之浓。下片写登临之感。词人登上定王古台，云山四面，慨然生悲。"南去北来"者，自述身世之漂泊。姜夔自幼从父宦游，辗转多地，依人而居。此词作于客居长沙之时，云水飘荡无定，恰如一己之身。"黏鸡""簇燕"乃新春礼俗，饱含欣喜热闹之意，而在词人眼中，只见时序之侵寻，适形客游之孤寂。"记曾"句回忆前事。末句明言归意，是则故处必有牵系于心之人事，然着一"怕"字，凛然有时光不待、物是人非之惧。

霓裳中序第一

　　丙午岁①，留长沙，登祝融②，因得其祠神之曲，曰黄帝盐、苏合香③。又于乐工故书中得商调霓裳曲十八阕④，皆虚谱无辞⑤。按沈氏乐律"霓裳道调"⑥，此乃商调；乐天诗云"散序六阕"⑦，此特两阕。未知孰是？然音节闲雅，不类今曲。予不暇尽作，作中序一阕传于世⑧。予方羁游⑨，感此古音，不自知其辞之怨抑也。

亭皋正望极⑩。乱落江莲归未得。多病却无气力。况纨扇渐疏⑪，罗衣初索⑫。流光过隙。叹杏梁⑬、双燕如客。人何在，一帘淡月，仿佛照颜色。　　幽寂。乱蛩吟壁⑭。动庾信、清愁似织⑮。沉思年少浪迹。笛里关山⑯，柳下坊陌⑰。坠红无信息⑱。漫暗水⑲、涓涓溜碧。漂零久，而今何意，醉卧酒垆侧⑳。

[注释]

①丙午岁：宋孝宗淳熙十三年（1186）。②祝融：祝融峰，南岳衡山的最高峰。③黄帝盐、苏合香：均为祭神的乐曲。《南岳总胜集》卷上："读祝献迎帝曲《五福降中央》，三献《苏合香》《黄帝炎》《四朵子》。"洪迈《容斋续笔》："今南岳庙献神乐曲，有《黄帝盐》，而俗传以为《皇帝炎》，《长沙志》从而书之，盖不考也。"④霓裳曲：霓裳羽衣曲，唐代著名乐曲。十八阕：十八遍。周密《齐东野语》："《霓裳》一曲共三十六段。"王国维《唐宋大曲考》："每遍二段，则三十六段即十八遍也。"⑤虚谱无辞：只有乐谱，没有歌词。《齐东野语》："《混成集》，修内司所刊本，巨帙百余。古今歌词之谱，靡不备具。只大曲一类凡数百解，他可知矣，然有谱无词者居半。"⑥霓裳道调：沈括《梦溪笔谈·乐律一》："《霓裳》本谓之道调法曲。"⑦散序六阕：白居易《霓裳羽衣歌》："散序六奏未动衣，阳台宿云慵不飞。"注云："散序六遍无拍，故不舞也。"⑧作中序一阕：即此词《霓裳中序第一》，乃选取《霓裳羽衣曲》中序第一遍曲子来填写歌词。按《霓裳羽衣曲》结构分三部分：散序、中序、破，各有遍数。⑨羁游：他乡游荡。⑩亭皋：水边的平地。⑪纨扇：细绢制成的团扇。⑫罗衣：轻软丝织品制成的衣服。索：萧索，冷落。⑬杏梁：文杏木所制的屋梁。司马相如《长门赋》："刻木兰以为榱兮，饰文

杏以为梁。"⑭螀：蟋蟀。⑮庾信清愁：南朝梁诗人庾信，出使西魏被扣留。位虽通显，而常有乡关之思，曾作《哀江南赋》以寄意。后因称乡思为"庾愁"。织：比喻情思纷乱纠结。⑯笛里关山：在哀怨的笛曲中离别故旧，远涉关山。⑰坊陌：指妓女居处。⑱坠红：落下的红叶。唐代范摅《云溪友议》记载，宣宗时舍人卢渥偶临御沟，得一红叶，上题绝句："流水何太急，深宫尽日闲。殷勤谢红叶，好去到人间。"其后宫中放出宫女择配，归卢者竟是题叶之人。后以"红叶"为传情之媒介。⑲暗水：潜藏不显露的水流。⑳"醉卧"句：《世说新语·任诞》："阮公邻家妇，有美色，当垆酤酒。阮与王安丰常从妇饮酒，阮醉，便眠其妇侧。"原本放诞不羁之意。姜夔用此，仅指借酒浇愁。

[辑评]

陈澧《白石词评》：纯作呜咽之音。通首俱沉顿，得此一结动荡之。

陈廷焯《词则·大雅集》卷三：骨韵俱古。

张伯驹《丛碧词话》：白石词，如……又"一帘淡月，仿佛照颜色"，……皆似神来之笔，直逼淮海。

俞陛云《唐五代两宋词选释·宋词选释》：白石于楚中祝融峰得祀神之曲，曰《黄帝盐》。又于乐工故书中得《商调霓裳曲》十八调，皆存虚谱而无辞。乃作《霓裳中序》一曲，以传古意。但谱虽仿古，而词则写怀。前五句言秋风人倦，"流光"二句叹急景之不居，"人何在"三句望伊人之宛在。"月到旧时明处，与谁同倚阑干"，白石殆同此感也。下阕回首当年，关河浪迹，坊陌春游，旧梦重重，逐暗水流花而去，赢得飘零词客，一醉埋愁。李后主所谓"醉乡路稳宜频到，此外不堪行"也。

沈祖棻《宋词赏析》：起句，伤高怀远之意。次句，见时之晚、客之久。"多病"句，更进一层。"况纨扇"四句，流连光景。"人何在"以下,羁旅之中更感别离之苦。过片实写羁情。"沉思"五句,同是作客,而少年羁旅,犹胜投老江湖,今之幽寂凄清,亦逊昔之疏狂豪放,虽欲求如昔之年少浪迹,岂可得乎?意愈深而情愈悲矣。结三句,即作者在另一首《浣溪沙》中所云"老夫无味已多时"也。此词多用杜诗。"江莲",出《巳上人茅斋》"江莲摇白羽"。"一帘"二句,出《梦李白》"落月满屋梁,犹疑照颜色"。"笛里关山",出《洗兵马》"三年笛里关山月"。"坠红",出《秋兴》"露冷莲房坠粉红",应上"乱落江莲"。"暗水",出《夜宴左氏庄》"暗水流花径"。

[评析]

此词与《一萼红》作于同年,即宋孝宗淳熙十三年(1186),乃姜夔调协《霓裳》古谱为之。"散序"无拍,"破"又急促,故姜夔选择"中序"来填词。《霓裳曲》属法曲系统,相对于富有娱乐性的燕乐,其风格较为清淡。故姜夔云"音节闲雅,不类今曲"。而音乐风格的闲雅,在很大程度上决定了这首词文辞风格的清空。至于内容,则与霓裳羽衣无涉,纯抒一己之怀。首二句时序与情境俱全:"乱落江莲"乃晚秋之景,"归未得"乃词人之处境。"多病"三句极言衰飒索寞之状。流光不居,客愁依旧。"人何在"三句始见怀人之意,"一帘淡月,仿佛照颜色"化用杜甫"落月满屋梁,犹疑照颜色",可见悬想之切。下片于羁旅之中怀想少年浪迹,度越关山,流连巷陌,虽则一例漂泊,尚不乏疏狂清兴。而今红叶漫随流水,不知何往,当时的情意自然也与年少光阴一并逝去,空余"怨抑"之情。末三句意态消沉,惟愿一醉浇愁,然尚需酒浇,则心中牵念仍在,即如晏殊"有情须殢酒杯深"是也。

湘 月

长溪杨声伯典长沙楫棹①,居濒湘江,窗间所见,如燕公、郭熙画图②,卧起幽适。丙午七月既望③,声伯约予与赵景鲁、景望、萧和父、裕父、时父、恭父④,大舟浮湘,放乎中流,山水空寒,烟月交映,凄然其为秋也。坐客皆小冠练服⑤,或弹琴,或浩歌,或自酌,或援笔搜句。予度此曲,即念奴娇之鬲指声也,于双调中吹之。鬲指亦谓之"过腔",见晁无咎集,凡能吹竹者便能过腔也⑥。

五湖旧约⑦,问经年底事⑧,长负清景。暝入西山,渐唤我、一叶夷犹乘兴⑨。倦网都收,归禽时度,月上汀洲冷。中流容与,画桡不点清镜⑩。 谁解唤起湘灵⑪,烟鬟雾鬓⑫,理哀弦鸿阵⑬。玉麈谈玄⑭,叹坐客、多少风流名胜⑮。暗柳萧萧,飞星冉冉,夜久知秋信。鲈鱼应好⑯,旧家乐事谁省。

[注释]

①长溪:古县名,宋代属福州。治今福建省霞浦县。杨声伯:其人不详。典长沙楫棹:主管长沙附近的舟船航运。②燕公:宋代燕姓名画家有二,均北宋时人。一为燕文贵,吴兴人,曾任县主簿,后被荐入翰林图画院。刘道醇《宋朝名画评》谓其"尤精于山水,凡所命意,不师于古人,

自成一家,而景物万变,观者如真临焉"。一为燕肃,益都人,进龙图阁直学士,官至礼部侍郎。《宋史》谓其"能画,入妙品,图山水罨布浓淡,意象微远"。姜夔尊称以"燕公",当是指燕肃。郭熙:北宋画家,字淳夫,河阳温县(今属河南)人,曾为翰林图画院艺学。《宣和画谱》谓其"善山水寒林,得名于时"。③丙午七月既望:宋孝宗淳熙十三年(1186)农历七月十六。④赵景鲁、景望:其人不详。萧和父、裕父、时父、恭父:皆萧德藻的子侄,姜夔妻党。⑤䌷(shū)服:粗麻服。⑥"予度此曲"至结尾:《湘月》乃姜夔自度,其字数、句式、平仄与《念奴娇》无异,惟音律不同。关于鬲(gé)指声(过腔),清人方成培《香研居词麈》有详解,其文曰:"盖《念奴娇》本大石调,即太簇商。双调为仲吕商。律虽异而同是商音,故其腔可过。太簇当用'四'字,仲吕当用'上'字。今姜词不用'四'字住,而用'上'字住。箫管'四''上'字中间只隔一孔,笛'四''上'字两孔相联,只在隔指之间。又此两调毕曲,当用'一'字、'尺'字,亦在隔指之间,故曰隔指声也。能吹竹便能过腔,正此之谓。"又晁补之(字无咎)词《消息》自注:"自过腔,即越调《永遇乐》。"⑦五湖:春秋末越国大夫范蠡,辅佐越王勾践灭吴,功成身退,泛舟隐于五湖。后以"五湖"喻隐遁之所。⑧经年:终年,一年到头。底事:何事。⑨夷犹:从容自得。⑩画桡:有画饰的船桨。清镜:月照湘江,波明如镜。⑪湘灵:古代传说中的湘水之神,善于鼓瑟。屈原《远游》:"使湘灵鼓瑟兮,令海若舞冯夷。"⑫烟鬟雾鬓:形容鬟发美丽。⑬理:弹奏。鸿阵:指雁柱。瑟与筝相似,弦下亦有承弦之柱,排列如雁行。汪元量《湘夫人祠》:"玉台有镜蚪铭古,锦瑟无弦雁柱空。"⑭玉麈:玉柄麈尾。谈玄:谈论玄理。《世说新语·容止》:"王夷甫容貌整丽,妙于谈玄。恒捉白玉柄麈尾,与手都无分别。"

⑮名胜：有名望的才俊之士。《晋书·王导传》："会三月上巳，帝亲观禊，乘肩舆，具威仪，敦、导及诸名胜皆骑从。"⑯鲈鱼应好：指思乡之情。《世说新语·识鉴》："张季鹰辟齐王东曹掾，在洛见秋风起，因思吴中菰菜羹、鲈鱼脍，曰：'人生贵得适意尔，何能羁宦数千里以要名爵！'遂命驾便归。"

[辑评]

杨慎《词品》卷四：《湘月》词云："归禽时度，月上汀洲冷。中流容与，画桡不点清镜。"从柳子厚"绿净不可唾"之语翻出。

沈雄《古今词话·词辨》卷下：至"暗柳萧萧，飞星冉冉，夜久知秋信"，写之得其神矣。……姜白石云："谁解唤起湘灵，烟鬟雾鬓，理哀弦鸿阵。"此以五字句作空头句，亦一法也。

周济《宋四家词选目录序论》：（评《湘月》"旧家乐事谁省"）白石号为宗工，然亦有……支处。

邓廷桢《双砚斋词话》：《湘月》一调，白石自注云："《念奴娇》之鬲指声。"白石精于宫谱，故于《念奴娇》外别为此词。若不会鬲指之理，贸然为之，即仍与《念奴娇》无异。寿陵余子，固不必学步邯郸也。

陈廷焯《词坛丛话》：姜白石《湘月》词注云："此《念奴娇》之鬲指声也。"则曲同字数同，而《湘月》《念奴娇》，调实不同，合之为一非矣。

陈廷焯《云韶集》卷六：遣词琢句亦犹夫人，而骨韵铮铮，风流蕴藉，自是他人不能到。"暗"字与"夜"字映射，细。"夜久知秋信"五字饶有意味。

陈廷焯《白雨斋词话》卷二：白石《湘月》云："暗柳萧萧，飞星冉冉，夜久知秋信。"写夜景高绝。点缀之工，意味之永，他手亦不能到。

[评析]

  本篇作于宋孝宗淳熙十三年（1186）农历七月十六，姜夔与亲友放舟湘水，徜徉月下，此乐何极。首句言"旧约"者，或与亲友有过山水之约，然年来多事，不及履践。今清景在前，始得尽情一游。"长负"二字，以惋惜之语见清景之佳美。"倦网""归禽"承"暝入西山"而言，"月上"者，从黄昏游至夜晚，更见清景之留人。着一"冷"字，暗传秋信。"中流"二句，颇见逍遥之乐，以"画桡不点清镜"形容荡舟不系之状，生动鲜明。下片遥想湘灵鼓瑟，既应湘水之地，又饶空灵缥缈之感，情意顿出。"玉麈"三句，实写座中诸客。"暗柳"三句是全篇佳处，属对工稳，择景精当，"暗柳"与"飞星"均为萧瑟清寒之物，与上片"冷"字相合。"夜久知秋信"句，写游人之主观体验极为细腻。盖孟秋湖上，初不甚寒，时久渐觉夜寒侵骨，如李太白诗"玉阶生白露，夜久侵罗袜"者是也。至此，全词景中之情已达顶点。惜乎末二句未能收得有力，用典熟惯，"旧家乐事谁省"更有勉强支撑之感，即周济所云"支处"。

清波引

  予久客古沔①，沧浪之烟雨②，鹦鹉之草树③，头陀、黄鹤之伟观④，郎官、大别之幽处⑤，无一日不在心目间。胜友二三，极意吟赏。揭来湘浦⑥，岁晚凄然，步绕园梅，摛笔以赋⑦。

  冷云迷浦。倩谁唤、玉妃起舞⑧。岁华如许。野梅弄眉妩⑨。

屐齿印苍藓,渐为寻花来去。自随秋雁南来,望江国⑩、渺何处。

新诗漫与⑪。好风景、长是暗度。故人知否。抱幽恨难语。何时共渔艇,莫负沧浪烟雨。况有清夜啼猿,怨人良苦。

[注释]

①古沔:今湖北武汉市汉阳区。姜夔《探春慢》序云:"予自孩幼从先人宦于古沔,女须因嫁焉。中去复来几二十年,岂惟姊弟之爱,沔之父老儿女子亦莫不予爱也。""久客"之谓,即指此也。女须,即女媭,屈原之姐。《离骚》:"女媭之婵媛兮,申申其詈予。"王逸注:"女媭,屈原姊也。"后以之为姊的代称。②沧浪:古水名,即汉水。《水经注·沔水》:"汉水中有洲,名沧浪洲。……《地说》曰:水出荆山,东南流,为沧浪之水,是近楚都。故渔父歌曰:沧浪之水清兮,可以濯我缨;沧浪之水浊兮,可以濯我足。余按《尚书·禹贡》言,导漾水东流为汉,又东为沧浪之水,不言过而言为者,明非他水决入也,盖汉沔水自下有沧浪通称耳。"③鹦鹉:鹦鹉洲,在今湖北省武汉市西南长江中。相传东汉末江夏太守黄祖长子射在此大会宾客,有人献鹦鹉,祢衡作《鹦鹉赋》,故名。崔颢《黄鹤楼》:"晴川历历汉阳树,芳草萋萋鹦鹉洲。"姜夔《以"长歌意无极,好为老夫听"为韵奉别沔鄂亲友》其九:"黄鹄眇云树,鹦鹉澹烟芜。倚杖得清赏,洗心观本初。"④头陀:头陀寺。祝穆《方舆胜览》卷二十八:"头陀寺,在黄鹤山上。自南齐王中作寺碑,遂为古今名刹。"李白《江夏赠韦南陵冰》:"头陀云月多僧气。"姜夔《春日书怀四首》其四:"武昌十万家,落日紫烟低。亭亭头陀塔,高处白鸟栖。"黄鹤:黄鹤楼。故址在武汉蛇山黄鹄矶。崔颢《黄鹤楼》:"昔人已乘黄鹤去,此地空余黄鹤楼。"⑤郎官:郎官湖,在今武汉市汉阳区,明正德

以后渐涸。大别：大别山，一名鲁山，在汉阳东北，汉江西岸。李白《泛沔州城南郎官湖》序："乾元岁秋八月，白迁于夜郎，遇故人尚书郎张谓出使夏口。……张公殊有胜概，四望超然，乃顾白曰：'此湖，古来贤豪游者非一，而枉践佳景，寂寥无闻。夫子可为我标之嘉名，以传不朽。'白因举酒酹水，号之曰郎官湖，亦由郑圃之有仆射陂也。席上文士辅翼、岑静以为知言，乃命赋诗纪事，刻石湖侧，将与大别山共相磨灭焉。"姜夔《春日书怀四首》其三："垂杨大别寺，春草郎官湖。"⑥揭（qiè）来：来，来到。湘浦：湘水之滨。⑦摛（chī）笔：执笔为文，铺陈翰藻。⑧倩（qìng）：请。玉妃：指梅花。皮日休《行次野梅》："筼拂萝捎一树梅，玉妃无侣独裴回。"又指雪花。韩愈《辛卯年雪》："白霓先启涂，从以万玉妃。"⑨眉妩：即眉怃，眉样妩媚可爱。《汉书·张敞传》："又为妇画眉，长安中传张京兆眉怃。"⑩江国：指汉阳。⑪漫与：率意而作。杜甫《江上值水如海势聊短述》："老去诗篇浑漫与，春来花鸟莫深愁。"

[辑评]

陈廷焯《云韶集》卷六：题是咏梅，而词则是纯写身世之感，特借题作一引子耳。结得凄切。

陈廷焯《词则·大雅集》卷三：白石诸词乡心最切，身世之感当于言外领会。

[评析]

此篇为宋孝宗淳熙十三年（1186）姜夔客居长沙而思念汉阳之作。姜夔自幼随父宦游汉阳，长姊亦在此出嫁，当地父老多所亲爱，故汉阳实乃其第二故乡。词以园梅起兴，通篇非咏梅，乃自述身世之感。"冷云迷浦"者，言时已初冬。姜夔于此年人日作《一萼红》述怀归之意，是则一年之中从春到冬，莫不起怀乡之情。"倩谁唤"三句，以梅花姿态见岁华流逝,"谁"字更有不知何所从来的怅惘之感。"屐齿印苍藓"化用宋人叶绍翁"应怜屐齿印苍苔,小扣柴扉久不开"。屐齿既清晰可见,则往来寻花之人必然稀少,孤寂清冷之状渐出。"自随"二句,明言来湘之后悬望汉阳故地。下片言新诗漫与、好景暗度,均是一种百无聊赖、无可无不可之心情,与《湘月》之"长负清景"相类。"故人"四句思念汉阳旧交,吐露"幽恨"怀抱,并遥想与故人泛舟沧浪之乐。盖何处无佳景,但少同游人耳。末二句情景俱在,"猿"与"怨"叠用,声调之重,益见怨情之深,最堪讽诵。

八归　湘中送胡德华①

芳莲坠粉②,疏桐吹绿,庭院暗雨乍歇。无端抱影销魂处,还见筱墙萤暗③,藓阶蛩切④。送客重寻西去路,问水面、琵琶谁拨⑤。最可惜、一片江山,总付与啼𫛢⑥。　　长恨相从未款⑦,而今何事,又对西风离别。渚寒烟淡⑧,棹移人远⑨,缥缈行舟如叶。想文君望久⑩,倚竹愁生步罗袜⑪。归来后,翠尊双饮,下了珠帘,玲珑闲看月⑫。

[注释]

①胡德华:白石友人,生平事迹不详。②芳莲坠粉:莲子成熟后,莲花花须脱落,有如坠粉。③筱墙:竹编篱笆墙。筱,小竹。④蛩切:蟋蟀之声凄切。⑤"问水面"句:白居易《琵琶行》:"忽闻水上琵琶声,主

人忘归客不发。"⑥鸩（jué）：杜鹃。⑦款：殷勤，亲密。⑧渚（zhǔ）：水边。⑨棹（zhào）：船桨，借指船。⑩文君：卓文君，嫁西汉文学家司马相如。这里指胡德华之妻。⑪倚竹：杜甫《佳人》："天寒翠袖薄，日暮倚修竹。"罗袜：李白《玉阶怨》："玉阶生白露，夜久侵罗袜。"此句设想胡德华妻相思情状。⑫"下了珠帘"二句：李白《玉阶怨》："却下水精帘，玲珑望秋月。"

[辑评]

张炎《词源》卷下：《八归》……等曲，不惟清空，又且骚雅，读之使人神观飞越。

许昂霄《词综偶评》：历叙离别之情，而终以室家之乐，即《豳风·东山》诗意也，谁谓长短句不源于三百篇乎？（评"翠尊双饮"三句）三句括尽康伯可《满庭芳》，翻用太白《玉阶怨》妙。

吴衡照《莲子居词话》卷二：言情之词，必藉景色映托，乃具深宛流美之致。白石……"想文君望久，倚竹愁生步罗袜。归来后，翠尊双饮，下了珠帘，玲珑闲看月"，似此造境，觉秦七、黄九尚有未到，何论余子！

陈澧《白石词评》：（评结四句）意境人人所有，而出语幽秀，自然不同。

陈廷焯《云韶集》卷六：声情激越，笔力精健，而意味仍是和婉。哀而不伤，真词圣也。

梁启勋《词学》下编：词题曰《湘中送胡德华》。先写惜别语，最后忽转变方向，用以慰行者留别之情，愈显得送者用情之真挚。《八声甘州》"想佳人"数句乃双方对照，此一首"想文君"数句则成三角式矣。

梁令娴《艺蘅馆词选》丙卷：麦丈云："全首一气到底，刀挥不断。"

张伯驹《丛碧词话》：白石词，如……"最可惜一片江山，总付与啼鴂"，……皆似神来之笔，直逼淮海。

唐圭璋《唐宋词简释》：此首送别词。起写雨后静院之莲、桐，是昼景；次写雨后静院之萤、蛩，是晚景。以上皆言送别时之处境，文字细密。"送客"以下，顿开疏荡，声情激越。初闻水面琵琶而欢，次见一片江山而惜。"长恨"三句，恨分别之速；"渚寒"三句，叹人去之远。"想文君"以下，运太白诗，想家人望归之切，与归后之乐。全篇一气舒卷，极沉着而和婉。

[评析]

此是姜夔客居长沙时送别友人之作。客中送客，别有一番情味。首六句历叙清秋景物，莲、桐、萤、蛩，构织出一片幽冷境界，离别之感伤尚在冷静节制之中。"送客"至上片结束，送别之情愈演愈烈，渐至凄厉。"长恨"句追思前事，以遗恨之语见友情之浓，如今骤然离别，情何以堪。"渚寒"三句宕开一笔，写别去之景空灵缥缈。行舟既已"如叶"，则离去之远可知。词人犹自凝伫，正是依依顾恋不忍离。友朋之交尚不忍离，闺中妻眷更是久久悬望。"想文君"以下翻用太白《玉阶怨》诗意。秋夜久望，佳人罗袜必已为白露所侵，巧借太白诗注入丰富联想。"归来"四句更翻新意，遥想胡氏归来以后与妻子并肩望月之乐。送别之作而具如此丰富之意蕴，殊为不易。且全词圆融流美，谓之"刀挥不断"，洵非过誉。

小重山令　赋潭州红梅①

人绕湘皋月坠时②。斜横花树小③，浸愁漪④。一春幽事有谁知。东风冷，香远茜裙归⑤。　　鸥去昔游非⑥。遥怜花可可⑦，梦依依。九疑云杳断魂啼⑧。相思血，都沁绿筠枝⑨。

[注释]

①潭州：今湖南长沙。②皋（gāo）：岸，水边地。③斜横：状梅花之姿态。林逋《山园小梅》："疏影横斜水清浅，暗香浮动月黄昏。"④漪（yī）:风吹水面形成的波纹。此句谓梅枝横斜，倒映于如有愁怨之湘水中。⑤茜裙：本意为绛红色的裙子，后为女子之代称。这里将红梅比作佳人。⑥鸥去：《列子·黄帝》："海上之人有好沤鸟者，每旦之海上，从沤鸟游，沤鸟之至者百住而不止。其父曰：'吾闻沤鸟皆从汝游，汝取来，吾玩之。'明日之海上，沤鸟舞而不下也。"沤，通"鸥"，成语"鸥鸟忘机"本此。此句是说自在闲适的旧游已经一去不返。⑦可可：隐约朦胧之意。周密《南楼令·次陈君衡韵》："暗想芙蓉城下路，花可可、雾冥冥。"⑧九疑：九嶷山，在湖南宁远县南。《山海经·海内经》："南方苍梧之丘，苍梧之渊，其中有九嶷山，舜之所葬，在长沙零陵界中。"郭璞注："其山九谿，皆相似，故云九疑。"⑨"相思血"二句：任昉《述异记》卷上："昔舜南巡而葬于苍梧之野，尧之二女娥皇、女英追之不及，相与恸哭，泪下沾竹，竹文上为之斑斑然。"筠（yún）：竹的青皮。

[辑评]

陈澧《白石词评》：细玩白石各词，咏景咏物，俱有一段深情，缠绵悱恻于其间。至其偶拈一义，用典必灵化无痕，尤为独步。（评"相思血"）"红"字一点已足。切"红"字，只此一句，余俱不沾沾于贴合，而自得神理。此等不宜多写，只用小令。

张德瀛《词徵》卷五：梅之以色胜者，有潭州红焉。张南轩《长沙梅园》二诗，美其嘉宾，乐其敷腴，而不言其色。楼钥谓当称之为红江梅，以别于他种，其诗有云"梦入山房三十树，何时醉倒看红云"，托兴远矣。词则无逾姜白石《小重山》一阕，白石词仙，固当有此温伟之笔。

俞陛云《唐五代两宋词选释·宋词选释》：梅苑人归，蘅皋月冷，感怀吊古，愁并毫端。其凄丽之致，颇似东山、淮海。

沈祖棻《宋词赏析》：首句点潭州。"斜横"句点梅。"一春"句因景及情。"东风"两句，因物及人，并点题"红"字。过片因今思昔。"鸥"应上"湘皋""愁漪"。"九疑"三句，用湘妃事，以竹之红斑比梅之红花，从贾岛《赠人斑竹拄杖》"莫嫌滴沥红斑少，恰是湘妃泪尽时"来，仍关合潭州，又点"红"字。即梅即人，一结凄艳。

[评析]

此篇咏梅，即物即人，乃姜夔寓居长沙时作。起句"绕"字言徘徊已久，"月坠"言寒夜已深。"斜横"二句点出梅花。红梅映水之寒夜，斯人徘徊多时，幽冷之感细味乃出。"一春"三句情景渐融，与"愁"字相应，凄迷怅惘，花与人和。下片追忆过往，安闲岁月一去不返。"遥怜"二句叠字娇软，与白石清刚之气大异，然前事之迷离正合如是。"九疑"三句以湘妃血泪比红梅，凄艳已极，感伤之情一览无余。"九疑"既为古典，与前"谁""归"等字合观，又添怅怅不知何往之意。

眉妩　戏张仲远①

看垂杨连苑，杜若侵沙②，愁损未归眼。信马青楼去，重帘下，娉婷人妙飞燕③。翠尊共款。听艳歌、郎意先感。便携手、月地云阶里④，爱良夜微暖。　　无限。风流疏散。有暗藏弓履⑤，偷寄香翰⑥。明日闻津鼓⑦，湘江上，催人还解春缆。乱红万点。怅断魂、烟水遥远。又争似相携，乘一舸，镇长见⑧。

[注释]

①张仲远：姜夔友人。《耆旧续闻》："尧章尝寓吴兴张仲远家，屡外出，其室人知书，宾客通问，必先窥来札，性颇妒。尧章戏作《百宜娇》词以遗之，竟为所见。仲远归，莫能辨，则受其指爪损面，至不能出外云。"②杜若：香草名。《九歌·湘君》："采芳洲兮杜若，将以遗兮下女。"③飞燕：赵飞燕，汉成帝皇后。《汉书·外戚传下》："孝成赵皇后，本长安宫人。……学歌舞，号曰飞燕。"后以"飞燕"指代体态轻盈婀娜之女子。④云阶：高阶。傅玄《菁赋》："弃原野之萧条，升云阶而内御。"⑤弓履：即弓鞋，旧时缠脚妇女所穿。⑥香翰：指情书。翰，文辞，书信。⑦津鼓：古代渡口设置的信号鼓。李端《古别离》："天晴见海樯，月落闻津鼓。"⑧镇：犹久、常。胡震亨《唐音癸签》卷二十四："六朝人诗用'镇'字，唐诗尤多，如褚亮'莫言春稍晚，自有镇开花'之类。韵书：镇，压也，亦安之也。盖有常之义。约略用之代'常'字，令声

俊耳。"

[辑评]

卓人月《古今词统》卷十四：笔笔另开径路，不肯驾轻就熟。

陈廷焯《云韶集》卷六："听艳歌"七字斯为精妙，他手纵写得百分婉丽，总无此入骨也。结笔秾至。

陈廷焯《词则·闲情集》卷二：（评"翠尊共款"二句）言情微至。

[评析]

此词题云"戏张仲远"，乃姜夔以访妓之作示其妒妻，读之令人解颐。起二句写垂杨、杜若生长之盛，正是唐人李康成"思君如百草，撩乱逐春生"之意，第三句即明言"愁"字。"信马"以下回忆当时青楼访妓之状，不外樽前歌舞云云。惟"听艳歌"七字言情甚妙，古人云"闻弦歌而知雅意"，此处亦有目成心许之契。"便携手"三句，言交情日密，共度良辰，"微暖"二字尤见旖旎风光。下片叹离别之苦，风流既散，只有把玩旧物、情寄书辞遣怀。"暗"与"偷"是冶游词中常有的情状，见其香艳。"湘江上"三句，言离人再解行舟，正是"离愁渐远渐无穷"。"乱红"三句更叹离别，声情凄苦。杜工部诗云："一片花飞减却春，风飘万点正愁人。"值此春光骀荡之际，万点飞红徒乱离人之绪。"又争似"三句，言难舍当日良辰携手之乐，但愿佳人能伴我轻舟，朝朝暮暮。全篇虽属游戏笔墨，然层次井然，亦有可观者焉。

浣溪沙

予女须家沔之山阳①,左白湖②,右云梦③;春水方生,浸数千里,冬寒沙露,衰草入云。丙午之秋④,予与安甥或荡舟采菱⑤,或举火置兔⑥,或观鱼簺下⑦。山行野吟,自适其适,凭虚怅望,因赋是阕。

著酒行行满袂风⑧。草枯霜鹘落晴空⑨。销魂都在夕阳中。恨入四弦人欲老⑩,梦寻千驿意难通⑪。当时何似莫匆匆。

[注释]

①山阳:村名。以其在九真山之南,故名。姜夔《春日书怀四首》其一:"九真何苍苍,乃在清汉尾。衡茅依草木,念远独伯姊。"②左:东。白湖:即太白湖,在湖北汉阳西南一百里,接沔阳县(今仙桃市)界,一名九真湖。③右:西。云梦:古薮泽名。《周礼·夏官·职方氏》:"正南曰荆州,其山镇曰衡山,其泽薮曰云瞢。"郑玄注:"衡山在湘南,云瞢在华容。"瞢,通"梦"。华容,古县名,今湖北潜江市西南。④丙午:宋孝宗淳熙十三年(1186)。⑤安甥:白石外甥名安。⑥置(jū):捕兔网。《诗经·周南·兔置》:"肃肃兔置,椓之丁丁。"这里用作动词,张网捕捉。⑦簺(sài):以竹木编成的拦水捕鱼的用具。《隋书·乞伏慧传》:"曾见人以簺捕鱼者,出绢买而放之。"⑧著酒:被酒。行行:不停

地前行。《古诗十九首》:"行行重行行,与君生别离。"⑨霜鹘(gǔ):即鹘。鹘鸟性猛鸷凶残,故称。元稹《有鸟》其五:"秋鹰迸逐霜鹘远,鹏鸟护巢当昼啼。"⑩四弦:指琵琶。因有四弦,故称。梁简文帝《生别离》:"别离四弦声,相思双笛引。"⑪驿:驿站,古时传递信息者暂歇之处所。

[辑评]

潘与刚《读红馆词话》:白石词有当我心者。若……"恨入四弦人欲老,梦寻千驿意难通。当时何似莫匆匆"(《浣溪沙》),……诸句所谓意象幽闲,不类人境。

沈祖棻《宋词赏析》:起二句意境高旷。第三句凄黯。第四句入人。第五句,虽千驿而不辞梦寻,虽梦寻而意仍难通,情愈深而愈苦,逼出结句,晏殊《踏莎行》所谓"当时轻别意中人,山长水远知何处"也。

[评析]

宋孝宗淳熙十三年(1186),姜夔曾回汉阳与长姊相聚。此词即是年秋天与外甥野游时所作。采菱捕兔,山野行吟,允为乐事。然兴尽悲来,词情转苦。起二句写秋日出游,风物俊爽而意兴飞扬。第三句乃凄然有"销魂"之想,此为词人"怅望"之始。下片极言"销魂"之状。"恨入四弦"以琵琶声之细碎悲凉喻年华渐老之苦。"梦寻千驿意难通"者,有寻寻觅觅而不可得之牵系。"驿""意"同音,短促哀急,连读更有情深一往、入而难出之感。末句叹当时不在意,好景终难留,清人纳兰性德"当时只道是寻常"似之。夏承焘先生《姜白石词编年笺校》谓:"此客汉阳游观之词,而实为怀合肥人作,其人善琵琶,故有'恨入四弦'句。序与词似不相应,低徊往复之情不欲明言也。"可备一说。

探春慢

予自孩幼从先人宦于古沔,女须因嫁焉。中去复来几二十年,岂惟姊弟之爱,沔之父老儿女子亦莫不予爱也。丙午冬,千岩老人约予过苕霅①,岁晚乘涛载雪而下,顾念依依,殆不能去。作此曲别郑次皋、辛克清、姚刚中诸君②。

衰草愁烟,乱鸦送日,风沙回旋平野。拂雪金鞭③,欺寒茸帽④,还记章台走马⑤。谁念漂零久,漫赢得、幽怀难写。故人清沔相逢,小窗闲共情话。　　长恨离多会少,重访问竹西,珠泪盈把。雁碛波平⑥,渔汀人散⑦,老去不堪游冶。无奈苕溪月,又照我、扁舟东下。甚日归来,梅花零乱春夜。

[注释]

①苕霅(tiáo zhá):苕溪、霅溪二水的并称,在今浙江湖州境内。②郑次皋、辛克清、姚刚中:皆为姜夔居沔时好友。郑次皋,名仁举。姜夔《以"长歌意无极,好为老夫听"为韵奉别沔鄂亲友》其三谓其:"英英白龙孙,眉目古人气。"辛克清,名泌。姜夔《以"长歌意无极,好为老夫听"为韵奉别沔鄂亲友》其四谓其:"诗人辛国士,句法似阿驹。"姚刚中,其名不详。姜夔《春日书怀四首》其三:"平生子姚子,貌古心甚儒。"或即此人。③金鞭:马鞭之美称。④欺寒:压寒,御寒。茸帽:

裘皮帽子。⑤章台：汉长安街名。《汉书·张敞传》："敞无威仪，时罢朝会，过走马章台街，使御史驱，自以便面拊马。"后以"走马章台"指代纵情游乐。⑥碛（qì）：沙石浅滩。雁碛，即大雁栖息之沙滩。⑦渔汀：渔舟停泊之岸渚。

[辑评]

张炎《词源》卷下：《探春》……等曲，不惟清空，又且骚雅，读之使人神观飞越。

杨慎《词品》卷四：其过苕雪云："拂雪金鞭，欺寒茸帽，不记章台走马。""雁碛波平，渔汀人散，老去不堪游冶。"……其腔皆自度者。传至今，不得其调，难入管弦，只爱其句之奇丽耳。

先著、程洪《词洁》卷三：求之字句，则字句未雕；求之音响，而音响已远。感人之深，不能指言其处。只一"唤"字，上下俱动。诸葛鼠须笔，除却右军，人不能用。（注者按：又照我，一本作"又唤我"）

陈廷焯《云韶集》卷六：起数语是岁暮旅行画图。人知其工，而不知其句句是"过"字神理，清真外无第二人。（评"无奈苕溪月"二句）词意都绝，正如野鹤闲云，去来无迹。

陈廷焯《白雨斋词话》卷二：白石词，如"无奈苕溪月，又唤我、扁舟东下"，……是开玉田一派。在白石集中，只算隽句，尚非夐高之境。

俞陛云《唐五代两宋词选释·宋词选释》：白石久寓于沔上，行将东下，赋此志别。毛晋所刻本标题云："过苕溪，别郑次皋诸君。""过"字语未明了。盖由沔将作吴兴之游，非经过苕雪，观词中"清沔相逢"及"扁舟东下"句可证之。通首序事录别，笔气高爽，自是白石本色。

[评析]

宋孝宗淳熙十三年（1186）冬，姜夔欲自汉阳往湖州。姜夔居汉阳日久,多有亲故。岁暮离乡,悲绪萦怀,遂填此词以寄意。起三句意境清旷,衰飒之中自饶高爽。"拂雪"三句意态潇洒,忆起年少同游,虽时在冬季,亦可遥想"侧帽风前花满路"之风流岁月。"谁念"三句实写眼下,飘零之苦,抒得劲直。"故人"二句言重逢,旧友情亲,历历可见。下片"恨离多会少",今当远别,情难自抑。"雁碛"三句言离人远引,送客已散,怀"老去不堪游冶"之心踏上茫茫来路,声情和缓而暗隐深悲。"无奈"三句紧承上句而来,言此行之不得不就也。人未行远,已念归期,遂有末尾二句。选取雁、月、梅等意象,清空峻峭,更添幽冷之致。

翠楼吟

淳熙丙午冬①,武昌安远楼成②,与刘去非诸友落之③,度曲见志。予去武昌十年④,故人有泊舟鹦鹉洲者,闻小姬歌此词,问之,颇能道其事,还吴为予言之。兴怀昔游,且伤今之离索也⑤。

月冷龙沙⑥,尘清虎落⑦,今年汉酺初赐⑧。新翻胡部曲⑨,听毡幕、元戎歌吹⑩。层楼高峙。看槛曲萦红,檐牙飞翠。人姝丽。粉香吹下,夜寒风细。　　此地。宜有词仙⑪,拥素云黄鹤,与君游戏。玉梯凝望久⑫,叹芳草、萋萋千里⑬。天涯情味。仗酒祓清愁⑭,花销英气。西山外。晚来还卷,一帘秋霁⑮。

[注释]

①淳熙丙午：宋孝宗淳熙十三年（1186）。②安远楼：一名南楼，在武昌西南黄鹤山上。姜夔《春日书怀四首》其四："南楼有佳人，再召且再辞。"③刘去非：姜夔友人。刘过《唐多令》序："安远楼小集，侑觞歌板之姬黄其姓者，乞词于龙洲道人，为赋此《唐多令》。同柳阜之、刘去非、石民瞻、周嘉仲、陈孟参、孟容，时八月五日也。"即此人也。落之：庆祝安远楼的落成。④去武昌十年：淳熙十三年（1186）冬，姜夔应萧德藻之约，离开武昌去吴兴（今浙江湖州）。此词序言作于十年之后。⑤离索：离群索居，寂寞冷清。⑥龙沙：泛指塞外荒寒之地。《后汉书·班梁列传》："赞曰：定远慷慨，专功西遐。坦步葱、雪，咫尺龙沙。"⑦虎落：古代用来遮护城邑的竹篱，亦为边塞分界的标志。《汉书·晁错传》："要害之处，通川之道，调立城邑，毋下千家，为中周虎落。"⑧酺（pú）：国有喜庆，特赐臣民聚会饮酒。《汉书·文帝纪》："朕初即位，其赦天下，赐民爵一级，女子百户牛酒，酺五日。"⑨新翻：重谱。胡部曲：胡乐。唐时即从西凉一带传入，包括西凉乐等元素。沈括《梦溪笔谈》卷五："外国之声，前世自别为四夷乐。自唐天宝十三载，始诏法曲与胡部合奏。自此乐奏全失古法，以先王之乐为雅乐，前世新声为清乐，合胡部者为宴乐。"⑩毡幕：毡帐，北方游牧民族以为居室。元戎：大的兵车。《诗经·小雅·六月》："元戎十乘，以先启行。"歌吹：歌声和乐声。⑪词仙：这里指乘鹤的仙人。《太平寰宇记》卷一百一十二："黄鹤山，在县东九里。其山断绝。耆旧相传云昔有仙人控黄鹤从天而夜响。"⑫玉梯：玉栏。杜牧《贵游》："门通碧树开金锁，楼对青山倚玉梯。"⑬"叹芳草"句：淮南小山《招隐士》："王孙游兮不归，春草生兮萋萋。"崔颢《黄鹤楼》："芳草萋萋鹦鹉洲。"⑭袚（fú）：扫除，解

除。⑮"西山外"三句：王勃《滕王阁诗》："珠帘暮卷西山雨。"

[辑评]

杨慎《词品》卷四：《翠楼吟》云："槛曲萦红，檐牙飞翠。""酒祓清愁，花消英气。"……其腔皆自度者。传至今，不得其调，难入管弦，只爱其句之奇丽耳。

卓人月《古今词统》卷十三：（评下片）庾公雅兴，王粲深情，依然可念。

许昂霄《词综偶评》：（评"月冷龙沙"五句）题前一层，即为题中铺叙，手法最高。（评"玉梯凝望久"五句）凄婉悲壮，何减王粲《登楼》一赋。

周济《宋四家词选》：（评下片）此地宜得人才，而人才不可得。

陈澧《白石词评》：（评"此地"至"花销英气"）惊心动魄之句。

陈廷焯《云韶集》卷六：起笔便觉销魂。（评"看槛曲萦红"二句）精丽。（评"粉香吹下"二句）丽而有则。"祓"字奇警。（评"天涯情味"至结尾）情词双绝，妙是雅音，非秦、柳能到。

陈廷焯《白雨斋词话》卷二：白石《翠楼吟·武昌安远楼成》后半阕云："此地宜有神仙，……花消英气。"一纵一操，笔如游龙，意味深厚，是白石最高之作。此词应有所刺，特不敢穿凿求之。

王国维《人间词话》卷上：白石《翠楼吟》："此地。宜有词仙，拥素云黄鹤，与君游戏。玉梯凝望久，叹芳草、萋萋千里。"便是不隔。至"酒祓清愁，花消英气"，则隔矣。然南宋词虽不隔处，比之前人，自有浅深厚薄之别。

俞陛云《唐五代两宋词选释·宋词选释》：此词为武昌安远楼初成而赋。观前五句"龙沙""毡幕""赐酺"等辞，当是奉敕宴北使于斯楼。

"槛曲"五句言高楼之壮丽,歌妓之娟妍,皆平叙之笔。转头处因地在武昌,故用黄鹤仙人事。"素云"二句有奇气青霞之想。其下接以望远生愁,楼俯鹦鹉洲,故言"芳草千里",藻不妄抒。"清愁""英气"二句隐有少陵"看镜""倚楼"之感,句法倜傥而深郁,自是名句。

蔡嵩云《柯亭词评》:起三句正写安远楼成张宴。"新翻"二句为安远盛事渲染。"层楼"三句入题,实写落成。"人姝丽"三句盖宋代官宴时必有营妓侑觞,故云。然过片四句特就妓席作翻论,言此雅地宜仙而不宜妓也。"玉梯"三句言仙不可见,只见芳草千里而已故。"天涯"三句发生怅叹。"玉梯"句承上"层楼"。"酒祓"句应上"汉酺"。"花消"句应上"人姝丽"。"西山"三句虽闲间写景而仍有感喟在中。按是时外患方深,遑言安远?且楼成张宴挟妓,更涉荒谬。宜白石发生感慨,托辞婉讽也。陈亦峰谓此词应有所刺,信然。

陈匪石《宋词举》卷上:前遍作安远楼落成正面。首三句说"安远"名义。四五两句,极言"安远"盛况,所以赞美作楼者。而赐酺歌吹,又与落成绾合。第六句折入"楼"字。七八写楼之壮。"人姝丽"三句,落成宴中所有,盖宋时有营伎,例须伺应官宴,故用以点缀,实先将题面还足,然后入见志之本意也。过变"此地"二字,紧承前遍,且包括前遍,乃就本地风光,运用崔颢诗以发议论。"宜有词仙",是想像中事。"素云黄鹤",潇洒出尘,既高出毡幕歌吹上,且隐喻"安远"之名,同一幻想。然久凭"玉梯凝望",惟见"芳草萋萋",是意中之"词仙"实不可得,即崔诗前六句之意境。"天涯情味",由"芳草千里"之叹而来,又崔诗"长安不见"之意。"仗"字一笔勒转。"清愁"即"千载悠悠",而以酒祓之;"英气"即"长安不见"之感,而以花销之。双承"汉酺""姝丽",归入落成本题,又似代圆其说。"西山外"又一转,晚晴气象,与斜阳之断肠者不同,是前途珍重之志,为作楼者勉也。以章法言,前遍说足"安远",后遍乃高一层立论,翻腾顿挫中,示遥深之寄托。然后一转到题,再转入兴会之语,表里皆一丝不溢。以意境言,则北氛正恶,而空言"安远",白石胸中本有泾渭,故全篇皆以微讽之词,示针砭之旨。而夭矫之笔、忠厚之意,又白石本色也。陈廷焯曰:"一纵一操,笔如游龙,意味深厚。"可谓的评。杨慎《词品》赏其"槛曲萦红,檐牙飞翠""酒祓清愁,花销英气",称之曰"句法奇丽",不免皮相矣。

俞平伯《唐宋词选释》:就上片全段,将"安远楼成"四字题目缴足,"安远"二字的意义亦充分发挥了。然帅衙歌吹,所用乃甄幕之音,已含微讽。起笔"月冷龙沙"句,气象亦非常萧飒,意已直贯下片。……"天涯"句承"芳草千里",仍绾合崔诗"日暮乡关何处是"。"仗"字领下两句,言只可凭仗花酒来消愁。"酒"承上"汉酺",花承上"姝丽",双承仍归到"落成"本题。祓除愁恨虽似乎是好事,英气销磨又不见其佳。"酒祓""花销"对句,似平微侧,似自己叹息解嘲,又似代他斡全开脱。其时北敌方强,奈何空言"安远"。虽铺叙描摹得十分壮丽繁华,而上下嬉恬、宴安酖毒的光景便寄在言外。像这样的写法,放宽一步即逼紧一步,正不必粗犷"骂题",而自己的本怀已和盘托出了。结写晚晴,又一振起,用王勃《滕王阁》诗"珠帘暮卷西山雨"。若与辛弃疾《摸鱼儿》"斜阳正在,烟柳断肠处"参看,其光景情怀正相类似。而辛词结句非常哀愁,姜词结句不落衰飒,以赋题不同,故写法各别耳。

顾宪融《填词百法》卷上:周止庵曰:"吞吐之妙,全在换头、煞尾。古人名换头为过变,或藕断丝连,或异军突起,皆须令读者耳目振动,方成佳制。换头多偷声,须和缓,和缓则句长节短,可容攒簇;煞尾多减字,须陌动,陌动则字过音留,可供摇曳。"白石咏促织《齐天乐》

词之换头,是藕断丝连;咏武昌安远楼《翠楼吟》词之换头,是异军突起。

唐圭璋《唐宋词简释》:此首记武昌安远楼词,起言安远之意,次言安远之盛。"层楼"句,始写楼之正面,"看槛曲"两句,写楼之壮丽,"人姝丽"三句,写楼中之盛,此上片皆就楼之内外实写。下片,提空抒感,一气流转,笔如游龙。"此地"四句,用崔颢诗,言"宜有词仙",而竟无词仙,怅望曷极。"宜有"二字与"叹"字呼应。"宜有"句吞缩,"叹芳草"句吐放,韵味深厚。"天涯"三句,又一笔勒转,"仗"字亦承"叹"字来,因无词仙,愁不能释,故惟有仗花酒以消愁,言外慨叹中原无人之意甚明。著末以景结,画出晚晴气象,期望甚至,与烟柳断肠之景,又不相同。

吴世昌《词林新话》卷四:此词亦做作凑合,极不自然。亦峰反谓"最高之作",真是皮相之见。一曰"有所刺",即是穿凿。

[评析]

此篇为宋孝宗淳熙十三年(1186)冬姜夔路过武昌为安远楼落成而作,词序当是十年后补写。关于这首词的主旨,历来说法不一。或谓以"安远"讽刺偏安时局,伤在位之无人;或谓以王粲自比,叹年来羁旅,壮志消磨。私以为前者近是。起三句言安远之意,气象宏阔。"新翻"二句写安远盛况,寄望极高。"层楼"以下实写楼中景象,"紫红""飞翠"造语精丽,虽则"夜寒",有佳人侍宴,亦不失繁盛。上片反复申说"安远",刺时之意当于言外领会。下片"此地"四句神驰想象,将黄鹤仙人之传说另赋新意。"玉梯"二句言楼高,凭栏凝望可至千里。与前四句合而观之,始言"宜有"而终归于"叹",慕斯人而不可得也。姜夔身当衰世,漂泊之际岂无家国之感?序中有"度曲见志"之言,宜其有求贤若渴、建功立业之愿。"天涯"三句一转，知"清愁""英气"之难托，遂只得以花、酒消之。末三句又一转，思"西山外"之晴好气象，仍有所待也。是士处困厄，虽颠沛造次，总怀一份不泯之念。此词下片历来为人称赏，神思飞越，神完气足，风骨清标，允推绝唱。

踏莎行

自沔东来，丁未元日至金陵①，江上感梦而作。

燕燕轻盈，莺莺娇软②。分明又向华胥见③。夜长争得薄情知，春初早被相思染。　别后书辞，别时针线④。离魂暗逐郎行远⑤。淮南皓月冷千山⑥，冥冥归去无人管⑦。

[注释]

①丁未元日：淳熙十四年丁未（1187）农历正月初一。金陵：今江苏南京。②"燕燕"二句：燕燕、莺莺，姬妾名。这里指姜夔所恋之女子。③华胥：梦境的代称。《列子·黄帝》："昼寝而梦，游于华胥氏之国。"④别时针线：孟郊《游子吟》："临行密密缝，意恐迟迟归。"⑤离魂：脱离躯体的灵魂。行（háng）：犹言这里、那里，多用于称谓后面。周邦彦《风流子》："最苦梦魂，今宵不到伊行。"唐代陈玄佑《离魂记》，即述张倩娘魂离肉体以逐王宙，相与私奔之事。⑥淮南：指合肥，宋时为淮南西路首府。⑦冥冥：昏暗缥缈貌。

[辑评]

王国维《人间词话》卷下：白石之词，余所最爱者，亦仅二语，曰："淮南皓月冷千山，冥冥归去无人管。"

唐圭璋《唐宋词简释》：此首亦元夕感梦之作。起言梦中见人，次言春夜思深。换头言别后之难忘，情亦深厚。书辞针线，皆伊人之情也。天涯飘荡，睹物如睹人，故曰"离魂暗逐郎行远"。"淮南"两句，以景结，境既凄黯，语亦挺拔。昔晁叔用谓东坡词"如王嫱、西施，净洗却面，与天下妇人斗好"，白石亦犹是也。刘融斋谓白石"在乐则琴，在花则梅，在仙则藐姑冰雪"，更可知白石之淡雅在东坡之上。

胡云翼《宋词选》：这首词开头三句写爱人入梦；"夜长争得薄情知"以下语句是作者梦后设想爱人魂牵梦萦的深情。

沈祖棻《宋词赏析》：首两句，人。"分明"句，梦。"夜长"两句，感梦之情。上片言己之相思。过片两句，醒后回忆。"离魂"句，言人之相思。"淮南"两句，因己之相思，而有人之入梦，因人之入梦，又怜其离魂远行，冷月千山，踽踽独归之伶俜可念。上片是怨，下片是转怨为怜，有不知如何是好之意，温厚之至。燕燕莺莺连用，本苏轼《张子野年八十五尚闻买妾述古令作诗》："诗人老去莺莺在，公子归来燕燕忙。"

吴世昌《词林新话》卷四：全篇除首三句作者述梦外，其下文全为代梦中人设想之辞，此可从"薄情"（女怨郎词）、"暗逐郎行""冥冥归去"等语知之。或谓"上片言己之相思，过片两句醒后回忆"，误矣。

[评析]

据夏承焘姜夔行实考之"合肥词事"一篇，姜夔在客游合肥时眷恋勾栏中姊妹二人。今观其集中"燕燕轻盈，莺莺娇软""为大乔能拨春风，小乔妙移筝""旧曲桃根桃叶"等语，确是有迹可寻。此词即淳熙十四年(1187)正月初一姜夔行至金陵梦怀合肥情人而作。起三句记梦。"燕燕""莺莺",旧日所眷之女子也。梦原为虚无缥缈之境,是梦而着以"分明"二字,尤见思念之深、眷恋之切,益可想见梦醒之痛。"又"字表明相思入梦已不止一次。初读似平常语,深情愈味愈出。"夜长"以下代所梦之人设想,言相思之苦,层层加深。时在春初而相思已染,"书辞""针线"恰如女子芳心,随郎远去。然物相随岂如人相随,"离魂"遂尔在强烈的思念中一并随去。"淮南"二句给索寞的"离魂"营造了清冷幽寂、迷离怅惘的境界,相思刻骨而出以清空峭拔,正是白石本色。此二句写幽冷孤寂之境运笔如神,读之有冷水浇背之感,似可容纳诸般落寞迷惘之情怀,不独离别相思为然。王国维于白石词中最爱此二语,盖有一己之体验在内。

杏花天影

丙午之冬,发沔口①,丁未正月二日,道金陵②,北望淮楚③,风月清淑④,小舟挂席⑤,容与波上。

绿丝低拂鸳鸯浦⑥。想桃叶⑦、当时唤渡。又将愁眼与春风,待去。倚兰桡⑧、更少驻。　　金陵路。莺吟燕舞。算潮水、知人最苦。满汀芳草不成归,日暮。更移舟、向甚处。

[注释]

①沔口：汉水入江处。②道：路过。③淮楚：淮水流域的江苏、安徽北部一带。④清淑：清美，秀美。苏轼《寓居定惠院之东，杂花满山，有海棠一株，土人不知贵也》："雨中有泪亦凄怆，月下无人更清淑。"⑤挂席：犹挂帆。谢灵运《游赤石进帆海》："扬帆采石华，挂席拾海月。"《文选》李善注："扬帆、挂席，其义一也。"⑥鸳鸯浦：本指鸳鸯栖息的水滨，后形容旖旎多情之所。⑦桃叶：晋王献之（字子敬）爱妾名。郭茂倩《乐府诗集》引《古今乐录》曰："《桃叶歌》者，晋王子敬之所作也。桃叶，子敬妾名，缘于笃爱，所以歌之。"《乐府诗集》载《桃叶歌》三首，其三云："桃叶复桃叶，渡江不用楫。但渡无所苦，我自来迎接。"今南京秦淮河畔犹有桃叶渡，相传即献之送其爱妾之地。⑧兰桡：小舟的美称。

[辑评]

陈匪石《宋词举》卷上：据序"正月二日，道金陵"，似"绿丝""芳草"决非眼前之景。然江南春早，青青柳眼实已可见。首句因青眼想到"绿丝"，悬揣桃叶渡江时曾系如此。"鸳鸯浦"本监利地名，然如史达祖"倩诗情飞过鸳鸯浦"之类，已不作固定之地名用。若以从沔口来，谓指来处说，则下句不衔接矣。盖全首除"金陵路"三字外，多游刃于虚，即"桃叶"亦金陵故实也。"又将"句折回所见之柳眼，愁人见之，遂为"愁眼"。"与春风"云者，愁与春遇，不啻付与之，兼点时令也。"待去"一顿。"倚兰桡"是欲去不去、徘徊未定之状。"更少驻"一转，则竟儳不去矣。过变先说金陵盛况，是"少驻"之心情。由莺燕之乐，益形人之苦。莺燕不知，唯潮水知之，则"倚兰桡"时之又一转念。"满汀"句推想将来，芳草自绿，王孙不归，我亦犹是。上承"最苦"，下开

"日暮"。末三句说足"苦"字，日云暮矣，欲不去而不能，又不知于何更驻，前路茫茫之感，一转便收。布局与慢曲略同，而节促音繁，意赅言简，南宋小令，大率如是。

潘与刚《读红馆词话》：白石词有当我心者。若……"满汀芳草不成归，日暮移舟向甚处"（《杏花天影》），……诸句所谓意象幽闲，不类人境。

[评析]

此词作于淳熙十四年（1187）正月初二金陵行舟上。时、地与前词既同，情怀亦大略相似。序云"北望淮楚"，宋时淮南西路首府即合肥，姜夔或又念及合肥情事。然观全词情意，远不若前词之深厚。金陵古都正所以兴怀之处，姜夔途径此地，兴亡之感与身世之悲并出，遂有此作。江南春早，元月柳已渐绿，柔嫩柳丝"低拂鸳鸯浦"，起句温柔旖旎。次句用金陵桃叶旧典，喻离别之意。"又将"二句明言愁意，又道出愁乃是因为"待去"。兰桡少驻，可见栖迟淹留、徘徊迷惘之感。下片怀古，金陵自古繁华，繁华之中多少离别，惟渡头潮水知之。我之愁苦，想潮水今亦知之。想到芳草满汀之时，芳草自碧，行人不归，"日暮途远"之感更甚。末句乃有"向甚处"之问，前途之黯淡，心绪之茫然，至此全出。

惜红衣

吴兴号水晶宫①，荷花盛丽。陈简斋云："今年何以报君恩。一路荷花相送到青墩。"②亦可见矣。丁未之夏，予游千岩，数往来红香中③，自度此曲，以无射宫歌之④。

簟枕邀凉⑤，琴书换日，睡余无力。细洒冰泉⑥，并刀破甘碧⑦。墙头唤酒，谁问讯、城南诗客。岑寂。高柳晚蝉，说西风消息。　　虹梁水陌⑧。鱼浪吹香⑨，红衣半狼藉⑩。维舟试望⑪，故国眇天北⑫。可惜渚边沙外，不共美人游历。问甚时同赋，三十六陂秋色⑬。

[注释]

①吴兴号水晶宫：《能改斋漫录》卷九："杨汉公守湖州，赋诗云：'溪上玉楼楼上月，清光合作水晶宫。'其后遂以湖州为水晶宫。"②陈简斋：陈与义（1090—1138）字去非，号简斋。南渡词人。其《虞美人》序云："余甲寅岁，自春官出守湖州。秋杪，道中荷花无复存者。乙卯岁，自琐闱以病得请奉祠，卜居青墩。立秋后三日行，舟之前后，如朝霞相映，望之不断也。以长短句记之。"词云："扁舟三日秋塘路，平度荷花去。病夫因病得来游，更值满川微雨洗新秋。　　去年长恨拏舟晚，空见残荷满。今年何以报君恩，一路繁花相送过青墩。"③红香：色红而味香，这里指荷花。④无射宫：宫调名。乃以七音之"宫"，与十二律之"无射"相配，俗名黄钟宫。⑤簟（diàn）：竹席。⑥冰泉：清泉，常用来形容琴声。元稹《五弦弹》："呜呜暗溜咽冰泉，杀杀霜刀涩寒鞘。"⑦并（bīng）刀：并州刀，古代并州（今太原一带）出产快刀。杜甫《戏题王宰画山水图歌》："焉得并州快剪刀，剪取吴松半江水。"甘碧：指皮绿汁甜的水果。⑧虹梁：拱桥。水陌：水边小路。⑨鱼浪吹香：杜甫《城西陂泛舟》："鱼吹细浪摇歌扇，燕蹴飞花落舞筵。"⑩红衣：指荷花瓣。赵嘏《长安晚秋》："紫艳半开篱菊静，红衣落尽渚莲愁。"⑪维舟：系船

停泊。何逊《与胡兴安夜别》："居人行转轼，客子暂维舟。"⑫眇（miǎo）：遥远。⑬三十六陂：本扬州地名，诗文中常用来形容湖泊众多。王安石《题西太一宫壁》其一："三十六陂春水，白头想见江南。"

[辑评]

陆辅之《词旨》上：属对凡三十八则：……簟枕邀凉，琴书换日。

陆辅之《词旨》下：警句凡九十二则：……墙头唤酒，谁问讯、城南诗客。岑寂。高树晚蝉，说西风消息。……问甚时同赋，三十六陂秋色。

卓人月《古今词统》卷十一：白石自云："七十二峰生肺肝。"余直疑此君肺肝中罗列鸳鸯七十二者。

邓廷桢《双砚斋词话》：《惜红衣》之"维舟试望，故国眇天北"，则周京离黍之感也。

陈澧《白石词评》：昔韶台最爱"琴书换日"句，星垣最爱"说西风消息"句。

陈廷焯《云韶集》卷六：（评"高柳晚蝉"二句）意亦犹人，而说来自觉不可几及。（评"虹梁水陌"三句）题情题面都到。

张德瀛《词徵》卷三：前人词多喜用"三十六"字，……姜尧章《惜红衣》"三十六陂秋色"，用算博士语皆有致。

俞陛云《唐五代两宋词选释·宋词选释》：此首与《念奴娇》词原题皆云吴兴荷花，但《念奴娇》词通首咏荷，惟"凌波"二句略见怀人。此调倚《惜红衣》，应赋本体。而词则前半阕但言逭暑追凉，寂寥谁语！下阕始有"红衣狼藉"一句点题，余皆言望远怀人，与《念奴娇》同一咏荷，而情随事迁，此调则言情多于写景，下阕尤佳。其俊爽绵远处，正如词中之并刀破碧，方斯意境。

王国维《人间词话》卷上：美成《苏幕遮》词："叶上初阳干宿雨。水面清圆，一一风荷举。"此真能得荷之神理者。觉白石《念奴娇》《惜红衣》二词，犹有隔雾看花之恨。

白石写景之作，如……"高树晚蝉，说西风消息"，虽格韵高绝，然如雾里看花，终隔一层。

陈匪石《声执》卷上：领句之字多用去声。……若、莫，入声，亦有时用以领句。且常用之字，《词旨》未举者尚多。故如清真《解语花》"从舞休歌罢"，白石《惜红衣》"说西风消息"，用平用入，应依之。

张伯驹《丛碧词话》：白石词，如……"高柳晓蝉，说西风消息"，……皆似神来之笔，直逼淮海。

[评析]

此词作于淳熙十四年（1187）夏，时姜夔已至湖州。当地荷花最著，故自度《惜红衣》曲，因荷起兴，而写一己之寂寥情怀。至于情怀究竟为何，前人有南渡家国之悲与思乡怀人之情两种理解。前五句写长夏消闲，"簟枕""琴书"属对工妙，"换日"二字写日长无事之状极真切。"墙头"二句以"谁问"点出寂寞无人问，以下"岑寂"二字便不突兀。"高柳""西风"，是夏末已觉秋意。柳永词有"高柳乱蝉嘶"句，想姜夔此刻亦有"狎兴生疏，酒徒萧索，不似少年时"之感。下片始应调名，水边桥上，红衣狼藉，故云"惜红衣"也。荷花凋零乃入秋之典型意象，词人遂于此句后兴故国之悲。"维舟"是徘徊不进、栖迟怅惘之貌，具有丰富的心理暗示。"可惜"以下，即景怀人。"美人"即所思之人，是故旧亲朋亦可，是风尘知己亦可。"三十六陂"是虚指，言秋色无边，却无"美人"与我同赋。同感此秋色者，惟倦柳愁荷而已。苍茫孤寂之感，细味便出。

石湖仙　寿石湖居士①

松江烟浦②。是千古三高③，游衍佳处④。须信石湖仙⑤，似鸱夷⑥、翩然引去。浮云安在⑦，我自爱、绿香红舞⑧。容与。看世间、几度今古。　　卢沟旧曾驻马⑨，为黄花、闲吟秀句⑩。见说胡儿，也学纶巾欹雨⑪。玉友金蕉⑫，玉人金缕⑬。缓移筝柱。闻好语。明年定在槐府⑭。

[注释]

①石湖居士：范成大（1126—1193）字致能，号石湖居士，吴郡（今江苏苏州）人。绍兴二十四年（1154）进士，累官权吏部尚书，拜参知政事。石湖位于苏州西南，风景优美。范成大晚年居此，孝宗书"石湖"二字以赐，因以为号。②松江：吴淞江的古称。③三高：三名高士。范蠡、张翰、陆龟蒙皆吴人，宋时吴江以三人为"三高"，设三高祠祠之。姜夔《三高祠》："越国霸来头已白，洛京归后梦犹惊。沉思只羡天随子，蓑笠寒江过一生。"④游衍：恣意游逛。谢灵运《行田登海口盘屿山》："遂游碧沙渚，游衍丹山峰。"⑤石湖仙：指范成大本人。⑥鸱（chī）夷：即鸱夷子皮，指范蠡。《史记·货殖列传》："范蠡既雪会稽之耻，乃喟然而叹曰：'计然之策七，越用其五而得意。既已施于国，吾欲用之家。'乃乘扁舟浮于江湖，变名易姓，适齐为鸱夷子皮，之陶为朱公。"石湖西南通太湖，相传为范蠡入五湖之口。⑦浮云：缥缈之云，比喻不在意的事

情。《论语·述而》："不义而富且贵，于我如浮云。"⑧绿香红舞：指荷叶荷花。范成大《吴船录》卷上："六月己巳朔。……壬申，泊青城山，始生之辰也。"则范成大生辰乃在荷月。⑨"卢沟"句：卢沟，河名，即永定河。范成大曾奉命出使金国，北至燕山，全节南归，事见《宋史》本传。范成大《卢沟》："草草鱼梁枕水低，匆匆小驻濯涟漪。河边服匿多生口，长记辎车放雁时。"⑩"为黄花"句：黄花，菊花。范成大《卢沟燕宾馆》："九日朝天种落欢，也将佳节劝杯盘。苦寒不似东篱下，雪满西山把菊看。"⑪"见说胡儿"二句：《宋史·范成大传》："金迎使者慕成大名，至求巾帻效之。"范成大《蹋鸱巾》诗详载此事。序云："接送伴田彦皋，爱予巾裹，求其样，指所戴蹋鸱有愧色。"诗云："重译知书自贵珍，一生心愧蹋鸱巾。雨中折角君何爱，帝有衣裳易介鳞。"见说：听说。胡儿：这里指金人。纶（guān）巾欹（qī）雨：折丝制头巾一角挡雨。《后汉书·郭太传》："尝于陈梁间行遇雨，巾一角垫，时人乃故折巾一角，以为'林宗巾'。"⑫玉友：白酒的别名，亦泛指美酒。张表臣《珊瑚钩诗话》卷三："以糯米药曲作白醪，号'玉友'。"金蕉：金蕉叶之省称，酒杯名。冯贽《云仙杂记·酒器九品》："李适之有酒器九品：蓬莱盏、海川螺、舞仙、瓠子卮、慢卷荷、金蕉叶、玉蟾儿、醉刘伶、东溟样。"⑬玉人：美人。金缕：曲调《金缕衣》《金缕曲》的省称。罗隐《金陵思古》："绮筵金缕无消息，一阵征帆过海门。"张元干《贺新郎·送胡邦衡待制赴新州》："举大白，听金缕。"⑭槐府：古称三公的官署或宅第，这里指宰相署。柳永《永遇乐》："棠郊成政，槐府登贤，非久定须归去。"

[辑评]

陈廷焯《云韶集》卷六："'浮云安在'四字令读者如清夜闻钟，空山对月,那不猛醒,白石真词仙也。

陈廷焯《词则·大雅集》卷三:(评"须信石湖仙"六句)言外有多少婉惜。

陈廷焯《白雨斋词话》卷二:白石《石湖仙》一阕,自是有感而作,词亦超妙入神。惟"玉友金蕉,玉人金缕"八字,鄙俚纤俗,与通篇不类。正如贤人高士中,著一伧父,愈觉俗不可耐。

吴世昌《词林新话》卷四:亦峰评白石《石湖仙》中"玉友金蕉,玉人金缕"八字"鄙俚纤俗,与通篇不类",此评是极。

[评析]

调名《石湖仙》,乃姜夔专为石湖居士范成大祝寿所自度曲。词未注明甲子,据夏承焘援引周汝昌说,定为淳熙十四年(1187)夏作,兹从之。起三句先叙范氏乡里先贤,范蠡、张翰、陆龟蒙皆吴中高士,有揄扬身份之意。"须信"二句直以范氏比放舟五湖之范蠡,人既一姓,风神也是一般。"浮云"以下,言范氏逍遥容与,功名富贵如浮云远去,湖山暇日与绿荷相亲。陈廷焯评此数语"言外有多少婉惜"者,言姜夔叹人才之弃置也。"看世间"句,实透露沧桑无奈之感。下片举使金之事,备言范氏之气度安闲,金人之心悦诚服。寿词之中举对方平生最得意之事乃是惯例,使金事实是范氏得意之举。"玉友"三句有歌有酒,点序中之"寿"。"闻好语"二句善祝善祷,既是对范氏之美辞,亦寄托有姜夔渴望人才、建成大功的愿望。作为贺寿词,此篇雍容得体,然并非特出之作。

点绛唇　丁未冬过吴松作①

燕雁无心②,太湖西畔随云去。数峰清苦③。商略黄昏雨④。第四桥边⑤,拟共天随住⑥。今何许。凭阑怀古。残柳参差舞。

[注释]

①吴松:今苏州市吴江区一带。②燕(yān)雁:北来之雁。③清苦:形容山峰清峻寒峭。④商略:准备,酝酿。卢祖皋《摸鱼儿·九日登姑苏台》:"吟未就。但衰草荒烟,商略愁时候。"⑤第四桥:即吴江石塘甘泉桥。《嘉靖吴江县志》卷四:"甘泉桥,一名第四桥,以泉品居第四也。"⑥天随:天随子之省称,唐代诗人陆龟蒙的别号。《新唐书·隐逸传》:"陆龟蒙,字鲁望。……时谓江湖散人,或号天随子、甫里先生。"陆氏苏州人,精通文艺,为人清高,晚岁隐居松江甫里。姜夔《三高祠》:"沉思只羡天随子,蓑笠寒江过一生。"又《除夜自石湖归苕溪》其五:"三生定是陆天随,只向吴松作客归。"可见其倾慕之至。

[辑评]

卓人月《古今词统》卷四:"商略"二字诞妙。

许昂霄《词综偶评》:《点绛唇》"数峰清苦"二句,道紧。

陈廷焯《云韶集》卷六:此词无限哀感,却字字清虚,无一字着实。而令读者伤今吊古,不能自止,真绝调也。

陈廷焯《白雨斋词话》卷二:通首只写眼前景物。至结处云:"今何许。凭栏怀古。残柳参差舞。"感时伤事,只用"今何许"三字提唱。"凭栏怀古"下,仅以"残柳"五字咏叹了之,无穷哀感,都在虚处。令读者吊古伤今,不能自止,洵推绝调。

俞陛云《唐五代两宋词选释·宋词选释》:欲雨而待"商略","商略"而在"清苦"之"数峰",乃词人幽渺之思。白石泛舟吴江,见太湖两畔诸峰阴沉欲雨,以此二句状之。"凭阑"二句言其往事烟消,仅余残柳耶?抑谓古今多少感慨,而垂柳无情,犹是临风学舞耶?清虚秀逸,悠然骚雅遗音。

王国维《人间词话》卷上:白石写景之作,……"数峰清苦,商略黄昏雨",……虽格韵高绝,然如雾里看花,终隔一层。

陈匪石《宋词举》卷上:详味本词,燕春来秋去,雁秋来春去,随云来往,无所容心,开口便饶闲适之味。谓为白石自况,亦无不可。"数峰清苦",所"商略"者又是"黄昏"之"雨",则红尘不到,万籁俱寂,而有四顾苍茫之概,与后遍"怀古"二字息息相关。"第四桥"即吴江城外之甘泉桥,见《苏州府志》。天随子为陆龟蒙自号,即笠泽所祀"三高"之一。通首只此二句稍实。然"拟共天随住",又所"商略"者,与"太湖西畔""无心""随云"同一境界也。"今何许",以提为转。"凭阑怀古",承上起下。"残柳参差舞",则烟水迷离之境、桑田沧海之感,兼而有之,所谓"篇终接混茫"者,仍以淡远之致出之。以词言,为小令正轨。以境言,则诚所谓"襟期洒落,意到语工,不期高远而自高远"者。

张伯驹《丛碧词话》:白石《点绛唇·丁未冬过吴松》词结拍云:"凭阑怀古,残柳参差舞。"只以"残柳"五字衬出感时怀古无穷之意,收法特妙。前段云:"燕雁无心,太湖西畔随云去。数峰清苦。商略黄昏雨。"卓人月云："'商略'二字诞妙。"此二字余终不解，即"数峰清苦"亦费解。

唐圭璋《唐宋词简释》：此首过吴松作，通首写景，极淡远之致，而胸襟之洒落亦可概见。起写燕雁随云，南北无定，实以自况，一种潇洒自在之情，写来飘然若仙。"数峰"两句，体会深山幽静之境，亦极微妙。"清苦"二字，写山容欲活，盖山中沉阴不开，万籁俱寂，故觉群峰都似呈清苦之色也。"商略"二字，亦生动，盖当山雨欲来未来之际，谛视峰与峰之状态，似商略如何降雨也。换头，申怀古之意。"今何许"三字提唱，"凭阑"两句落应，哀感殊深。但捉住残柳一点言之，已见古今沧桑之异。用笔轻灵，而令人吊古伤今，不能自止。

胡云翼《宋词选》：这里所谓"虚处"，也就是指姜夔"清空"的特征。陈氏特别赏识这一点，因而对这首空泛的怀古词评价过高。（注者按：此论针对陈廷焯《白雨斋词话》而发）

吴世昌《词林新话》卷四：《草堂诗余》选《天香》，有"重阴未解，云共雪，商量不少"语，白石"商略黄昏雨"由此化出。

沈祖棻《宋词赏析》：首二句言本无容心，自然超脱；次二句则未免有情，仍苦执著也。过片应首二句，盖己之欲共天随住，浪迹江湖，与燕雁之"无心""随云"，亦略同也。"今何许"三句，首三字一提，其下绾合"数峰"二句，更进一层。"凭阑"所以眺远，"怀古"即是伤今，气象阔大。柳舞本属纤柔，而"柳"上着"残"字，"舞"上着"参差"字，便觉悲壮苍凉，有"俯仰悲今古"之意。白石结处每苦力竭，此则力透纸背，有余不尽。燕雁或者有知，而以"无心"为说；山峰纯属无知，而以"商略"为言：此便是夺化工处。"数峰"二句，最是白石本色。

[评析]

　　此词作于淳熙十四年（1187）冬。姜夔道经吴松，抚今追昔，悲感殊深，非所谓潇洒自然者。北雁南来，随时令而迁者，一如己身之漂泊流荡，非出于有心，乃不得不然也。次二句清空峭拔，为姜夔所特有。且用词精当，以"清苦"状山峰，山峰之形神俱见；以"商略"形容黄昏时候欲下未下之雨，不惟活现雨之情态，更流露出一种郁郁愁怀、欲说还休之情绪。下片虽以隐逸者天随子寄托情志，然一个"拟"字明言隐逸之不可得。"今何许"以下，正是姜夔一点热肠难泯处。既有"凭阑怀古"之心怀，当不是浑浑噩噩之辈。末句以景结，"残柳"自非嫩绿柔条，"参差"亦非曼舞春风，冷峭粗粝之感扑面而来，意境苍凉遒劲。结合上片"黄昏"二字，几乎辛稼轩"斜阳正在，烟柳断肠处"也。小令而悲慨苍茫，直如芥子之纳须弥。

夜 行 船

　　己酉岁①，寓吴兴，同田几道寻梅北山沈氏圃②，载雪而归。

　　略彴横溪人不度③。听流澌、佩环无数④。屋角垂枝，船头生影，算唯有、春知处。　　回首江南天欲暮。折寒香、倩谁传语⑤。玉笛无声，诗人有句⑥，花休道、轻分付⑦。

[注释]

　　①己酉：宋孝宗淳熙十六年（1189）。②田几道：姜夔友人，生平不

详。姜夔有七律《寄田郎》，或即此人。北山沈氏圃：即北沈尚书园。周密《癸辛杂识》前集："沈宾王尚书园，正依城北奉胜门外，号北村，叶水心作记。园中凿五池，三面皆水，极有野意。后又名之曰自足。有灵寿书院、怡老堂、溪山亭、对湖台，尽见太湖诸山。水心尝评天下山水之美，而吴兴特为第一，诚非过许也。"③略彴（zhuó）：小木桥。陆游《闲门》："独木架成新略彴，一峰买得小嶙峋。"④流澌：河水中流动的冰块。这句是说冰水相激，淙淙如佩环之鸣。柳宗元《至小丘西小石潭记》："从小丘西行百二十步，隔篁竹，闻水声，如鸣珮环，心乐之。"⑤寒香：清冽的香气，指梅花。罗隐《梅花》："愁怜粉艳飘歌席，静爱寒香扑酒樽。"古时有折梅赠人的习俗。⑥"玉笛"二句：意思是说此番寻梅，虽无《梅花落》等笛曲之吹奏，却有姜夔诸人填词以传。⑦分付：对待，处置。

[评析]

此篇乃淳熙十六年（1189）寓居湖州时作。姜夔与友人踏雪寻梅，形诸词章，在其咏梅词中仅为中平之作。首句言有桥不度，是雅兴正浓，欲乘舟探梅也。次句以"佩环"形容水中碎冰铮铮淙淙之音，与小序中"载雪"相应。"屋角"三句始见梅，"垂枝""生影"都是低垂静默之态，状早梅之幽寂。然幽寂之中，已含春意。下片宕开一笔，由物及人。"回首江南"顿生时空之感，正堪神思飞越。"折寒香"句言幽芳无人赏。末三句词人以怜花之面目出，梅生清寒，幸有词人微吟相慰也。

浣溪沙

己酉岁客吴兴,收灯夜阖户无聊①,俞商卿呼之共出②,因记所见。

春点疏梅雨后枝。剪灯心事峭寒时③。市桥携手步迟迟④。蜜炬来时人更好⑤,玉笙吹彻夜何其⑥。东风落屦不成归⑦。

[注释]

①收灯:农历正月十五上元节,街市张灯结彩,亦称灯节。"收灯"即赏灯结束之日。孟元老《东京梦华录》卷六:"至十九日收灯。"吴自牧《梦粱录》卷一:"至十六夜收灯。"《东京梦华录》载北宋事,《梦粱录》载南宋事。故姜词之"收灯"当是正月十六日夜。阖(hé)户:关门。②俞商卿:俞灏(1146—1231)字商卿,世居杭州,父徙吴兴。绍熙间进士,历知安丰军,提举湖北常平茶盐,有政声。晚年筑室西湖九里松,自号青松居士。姜夔有诗《寄俞子二首》,或即此人。③剪灯:修剪灯芯,常指夜谈。李商隐《夜雨寄北》:"君问归期未有期,巴山夜雨涨秋池。何当共剪西窗烛,却话巴山夜雨时。"峭寒:时当正月,春寒料峭。④迟迟:徐行貌。⑤蜜炬:炬,火把。蜜蜂巢中的蜡是制作蜡烛的原料,故以"蜜炬"代称蜡烛。这里指灯。⑥玉笙吹彻:李璟《摊破浣溪沙》:"细雨梦回鸡塞远,小楼吹彻玉笙寒。"夜何其:犹言夜何时。《诗经·小

雅·庭燎》:"夜如何其,夜未央。"⑦靥(yè):酒窝,这里指面颊。

[评析]

　　此词作于淳熙十六年(1189)正月。时姜夔客居湖州,元月枯坐,友人相访,遂与同游。首句疏梅春雨,意象清丽。元月而有雨,可以想见其寒,下句遂有"峭寒"之说。词人于峭寒之中独对灯花,暗思心事,原是极凄冷之境况。适逢友人来访,打破孤寂,相与携手缓步。下片写同游所见。收灯之夜,当有上元余韵。"蜜炬""玉笙"均是灯市中温暖热闹之景象。"夜何其"清空缥缈,然放在对句中却不易工稳,"人更好"不免生硬敷衍。末句"东风落靥",或即梅花吹落人面。言"不成归"者,是姜夔不愿离此热闹温暖、友人相伴之处,而重归孤灯只影之室也。王维《秋夜曲》有云:"银筝夜久殷勤弄,心怯空房不忍归。"姜夔正是此意。

琵琶仙

　　《吴都赋》云"户藏烟浦,家具画船"①,唯吴兴为然。春游之盛,西湖未能过也。己酉岁,予与萧时父载酒南郭②,感遇成歌。

　　双桨来时,有人似、旧曲桃根桃叶③。歌扇轻约飞花④,蛾眉正奇绝⑤。春渐远,汀洲自绿,更添了、几声啼鴂。十里扬州,三生杜牧⑥,前事休说。　　又还是、宫烛分烟⑦,奈愁里、匆匆换时节。都把一襟芳思,与空阶榆荚⑧。千万缕、藏鸦细柳⑨,为玉尊、起舞回雪⑩。想见西出阳关,故人初别⑪。

[注释]

①"《吴都赋》"句:唐代李庚《两都赋并序》:"方塘含春,曲沼澄秋。户闭烟浦,家藏画舟。"姜夔误记。②萧时父:萧德藻的子侄。姜夔有《寄时甫》云:"一路好山思共看,半年有酒不同倾。"当是此人。南郭:南面的外城。③旧曲:旧时坊曲,即歌妓聚居之所。桃根:王献之爱妾桃叶之妹,后借指歌妓。④"歌扇"句:晏几道《鹧鸪天》:"舞低杨柳楼心月,歌尽桃花扇底风。"约:掠过,拂过。⑤蛾眉:蚕蛾触须细长而弯曲,比喻女子的眉毛。这里借指美女。⑥三生杜牧:比喻出入歌舞繁华之地的风流才士。黄庭坚《往岁过广陵值早春》:"春风十里珠帘卷,仿佛三生杜牧之。"⑦宫烛分烟:清明节前一二日为寒食节,旧俗禁火冷食。至清明,皇宫始取火烛分赐群臣,以示开禁。韩翃《寒食》:"日暮汉宫传蜡烛,轻烟散入五侯家。"⑧空阶:没有人迹往来的台阶。榆荚:榆树的果实。初春时先于叶而生,联缀成串,形似铜钱,俗称榆钱。⑨藏鸦细柳:形容柳叶繁密,时届春深。周邦彦《渡江云》:"千万丝、陌头杨柳,渐渐可藏鸦。"⑩玉尊:玉制的酒器,泛指精美贵重的酒杯。起舞回雪:指柳絮纷飞,如雪花之飘舞。韩愈《晚春》其一:"杨花榆荚无才思,惟解漫天作雪飞。"⑪"想见"二句:王维《送元二使安西》:"劝君更尽一杯酒,西出阳关无故人。"

[辑评]

张炎《词源》卷下:《琵琶仙》……等曲,不惟清空,又且骚雅,读之使人神观飞越。

"春草碧色,春水绿波。送君南浦,伤如之何。"矧情至于离,则哀怨必至。苟能调感怆于融会中，斯为得矣。白石《琵琶仙》云……离情当如此作，全在情景交炼，得言外意。

沈际飞《草堂诗余续集》卷下："春草碧色，春水绿波。送君南浦，伤如之何。"四语约略此篇。融情会景，与少游《八六子》词共传。

许昂霄《词综偶评》：（更添了、几声啼鴂）《离骚》："恐鹈鴂之先鸣兮，使百草为之不芳。"涪翁诗："春风十里珠帘卷，仿佛三生杜牧之。"词中用"三生杜牧"，本此。（"都把一襟芳思"至末）句句说景，句句说情，真能融情景于一家者也。曲折顿宕，又不待言。

周济《宋四家词选》：（评开头四句）四句顺逆相足。

陈澧《白石词评》：（评首句至"蛾眉正奇绝"）句则平常，意则奇丽，试玩其虚字。（评"春渐远"三句）寻常语耳，说来自然入妙，此全在神韵不同。加"想见"二字，使异样生新，妙在有逆挽之势。结则悲壮而用歇后语，便有不尽之神。

王闿运《湘绮楼词选·本编》：（评"歌扇轻约飞花"二句）此又以作态为妍。

陈廷焯《云韶集》卷六：字字惋恻，仿佛秦、柳笔墨，而气格隽上，则是先生本来面目。（评"想见西出阳关"二句）用陈语而不落陈腐，风味清隽。

陈廷焯《词则·大雅集》卷三：似周、秦笔墨，而气格俊上。"前事休说"四字咽住，藏得许多情事在内。

俞陛云《唐五代两宋词选释·宋词选释》：此在客吴兴时感遇而作。前四句叙往事，"春渐远"三句叙别后光阴，写愁中闻见，以疏秀之笔出之。下阕感节序而伤离。榆钱柳絮，皆借物怀人，便无滞相，其佳处在空灵也。

陈匪石《宋词举》卷上:"双桨来时",从所遇说起,破空而来,笔势陡健,与他词徐徐引入者不同。固知未必即系故人,而觉其相似。扇约飞花,是人是景,又心目中认为相似者,所以为奇绝也。"春渐远"一转,不说其人之似是实非,但就景物言之:汀洲绿矣,鹈鴂鸣矣,种种皆旧游不堪回首之象。则旧曲之桃根、桃叶必难重遇,可以推知。妙在构一迷离惝恍之境,欲不说破而又不肯终不说破,故其下即痛快言之曰:"十里扬州,三生杜牧,前事休说。"突换老辣之笔。所谓纤徐为妍、卓荦为杰者,于寸幅中见之。"野云孤飞"之境,即此是也。过片从"前事休说"翻出。"又还是"一转,风景依稀似昔,非不可说;"奈愁里"再转,流年逝水,一去不回,竟无从说。因念"空阶榆荚",忽生忽落,变化随时,不能自主。本一无情之物,"一襟芳思",都付与之而无所萦怀,无是事亦无是理。然鹈鴂先鸣,众芳皆歇,乃不得不付与之,真所谓"休说"者矣。顾人心之转换无常,见榆荚之飞,则寸心灰尽;见杨柳之舞,又情思飘扬。"藏鸦细柳""舞回雪"之容,今日所见,犹是当日别筵所见,其对"西出阳关"之"故人",劝以更进杯酒者,令人不追想而不得,则又如何意绪耶!全篇以跌宕之笔,写绵邈之情,往复回环,情文兼至。结拍想到"初别",即行收住,尤觉余味曲包,非徒以清刚胜也。张炎评之曰:"离情当如此作,全在情景交融,得言外意。"读者宜深味之。

唐圭璋《唐宋词简释》:此首感怀旧游,情景交胜,而文笔清刚顿宕,尤人所难能。起写画船远来,中载有人,因远处隐约不清,仿佛旧游之人,故曰"似"。次写画船渐近,确似当年蛾眉,故曰"正"。扇约飞花,写景写人并妙。"春渐远"两句,一气迳转,秀逸绝伦;不写人虽似实非之恨,但写出眼前见闻,以见旧游不堪回首之情。"十里扬州"三句,言前事之可哀,因说来伤感,故不如不说之为愈,语亦沉痛。换头,因景物似昔，颇感时光迁流之速。"都把"两句，因前事怕说，愁恨难消，故只有将无聊情思，付与榆荚。"千万缕"两句，言细柳起舞，更增人悲感。末句，回想当年初别时之情景，正与今同，亦有无限感伤。

沈祖棻《宋词赏析》："双桨"四句，画船自远而近，其中有人，乍睹之，似曲中旧识，谛视之，虽非，而其妖冶固相同也。"春渐远"以下，先点时序景物，以谓春光之渐远，正如旧梦之渐遥。旧游远矣，当前则惟有啼鴂引人离恨，前事何堪再说耶？换头两句，谓风景节序依然，而年华暗换。"都把"以下，谓前事既不忍说，则满怀情思，何异满地榆钱，亦惟有付之而已。而回忆当时，细柳犹知为离尊起舞，飞絮漫天，情何堪乎？"长安陌上无穷树，惟有垂杨管别离。"（刘禹锡《杨柳枝》）故因柳而复忆及别时情味。"蛾眉"虽自"奇绝"，而属意终在"故人"，所谓"任他弱水三千，我只取一瓢饮"也。

[评析]

淳熙十六年（1189），姜夔客居湖州。时维春日，繁花似锦。其与好友载酒冶游，触景生情，因作此词。虽身处吴兴，而心系合肥。首句一棹忽来，不加铺垫便撞入眼帘。那轻歌曼舞、蛾眉奇绝的舟中人，虽似曾相识，却显然并非"旧曲"中人。细细思之，若非百般萦系于心，岂能错认？所谓"相思一夜梅花发，忽到窗前疑是君"也。"春渐远"二句写景，以节物变化暗示时光流逝。流逝在时光中者，是歌舞繁华、风流俊赏之"前事"。"十里扬州"三句，遣词用典空灵俊秀，令人神往。"休说"二字，语断意不断，顿住一笔，更堪遐想。下片隐括三首唐人咏柳诗而另造新境，浑化无迹。寒食已过，渐渐春深，"芳思"无可如何，只得付与"空阶榆荚"而已。柳舞春风，本是常见景物，"千万缕"见其繁盛，"为"字化柳为人，更饶殷勤热烈之感。而此殷勤热烈之感情，盖为当时初别之故人也。上片情景相间,下片情景交融。全词清丽轻灵,跌宕顿挫,无限哀感之中见出一种风流潇洒意味。

鹧鸪天

己酉之秋,苕溪记所见。

京洛风流绝代人①。因何风絮落溪津②。笼鞋浅出鸦头袜③,知是凌波缥缈身④。　　红乍笑⑤,绿长颦⑥。与谁同度可怜春。鸳鸯独宿何曾惯⑦,化作西楼一缕云⑧。

[注释]

①京洛:洛阳的别称。因东周、东汉均建都于此,故名。这里泛指国都。②风絮:随风飘荡的柳絮。③笼鞋:一种足趾露在外面的有孔凉鞋。鸦头袜:拇指与其它四趾分开的袜子。李白《越女词》其一:"屐上足如霜,不著鸦头袜。"④凌波缥缈:形容女子身姿步履轻盈飘逸。曹植《洛神赋》:"体迅飞凫,飘忽若神。凌波微步,罗袜生尘。"⑤红:指女子之口。李商隐《赠歌妓》其一:"红绽樱桃含白雪,断肠声里唱阳关。"⑥绿:指女子之眉。古代女子画眉用的青黑颜料称为蛾绿。⑦"鸳鸯"句:杜甫《佳人》:"合昏尚知时,鸳鸯不独宿。"⑧"化作"句:宋玉《高唐赋》:"昔者先王尝游高唐,怠而昼寝。梦见一妇人,曰:'妾巫山之女也,为高唐之客。闻君游高唐,愿荐枕席。'王因幸之。去而辞曰:'妾在巫山之阳,高丘之阻,旦为朝云,暮为行雨,朝朝暮暮,阳台之

下。'旦朝视之，如言。故为立庙，号曰朝云。"这里将绝代佳人比作巫山神女，化为一缕行云。

[辑评]

李调元《雨村词话》卷三：姜白石夔《鹧鸪天》词三首，如"鸳鸯独宿何曾惯，化作西楼一缕云"，不但韵高，亦由笔妙，何必石湖所赞自制曲之"敲金戛玉声，裁云缝月手"也。

陈澧《白石词评》：末句好。

沈祖棻《宋词赏析》：上片，首句容仪，次句身世，三句装束，四句总赞。过片两句着色。"红"，樱口；"绿"，翠眉。"乍笑"，乐少；"长颦"，愁多。"与谁"句，贺铸《青玉案》所谓"月桥花院，琐窗朱户，只有春知处"也。"鸳鸯"句从杜诗《佳人》"合昏尚知时，鸳鸯不独宿"出，而化实为虚。"化作"句，暗用《高唐赋》。下片皆自"风絮落溪津"生发。

[评析]

淳熙十六年（1189）秋，姜夔于苕溪遇一风尘女子。且怜且叹，为作此词。起二句言明身世，一如白乐天所遇流落浔阳之琵琶女。当其身在京师之时，如花容颜，惊人才艺，无限繁华。而今流落溪津，寂寞可知。"笼鞋"二句用洛神步态比女子莲足，香艳之笔出以清空缥缈。下片红绿二句，道出女子心境。沈祖棻云"乍笑，乐少；长颦，愁多"，确能于微言之中把握情致深浅。"与谁"句，即是乐少愁多之故。"鸳鸯"二句，言茕独之苦与缠绵之深。李白《捣衣篇》诗云："明年若更征边塞，愿作阳台一段云。"末句亦有此意。全词两度以女仙作比，遂有空灵缥缈之致。

念奴娇

予客武陵①,湖北宪治在焉②。古城野水,乔木参天,予与二三友日荡舟其间,薄荷花而饮③,意象幽闲,不类人境。秋水且涸,荷叶出地寻丈④,因列坐其下,上不见日,清风徐来,绿云自动⑤,间于疏处窥见游人画船,亦一乐也。揭来吴兴,数得相羊荷花中⑥。又夜泛西湖⑦,光景奇绝,故以此句写之。

闹红一舸⑧,记来时、尝与鸳鸯为侣。三十六陂人未到,水佩风裳无数⑨。翠叶吹凉,玉容销酒⑩,更洒菰蒲雨⑪。嫣然摇动,冷香飞上诗句。　　日暮青盖亭亭⑫,情人不见,争忍凌波去。只恐舞衣寒易落,愁入西风南浦⑬。高柳垂阴,老鱼吹浪,留我花间住。田田多少⑭,几回沙际归路⑮。

[注释]

①武陵:今湖南省常德市。②宪治:指提点刑狱,为地方最高司法机构。③薄:靠近。④寻丈:泛指八尺到一丈之间的长度。《管子·明法》:"有寻丈之数者,不可差以长短。"⑤绿云:指荷叶。⑥相羊:徘徊,盘桓。《离骚》:"折若木以拂日兮,聊逍遥以相羊。"⑦西湖:杭州西湖。⑧闹红:指繁盛的荷花。⑨水佩风裳:以水为佩,以风为裳,形容荷花高洁。李贺《苏小小墓》:"风为裳,水为佩。"⑩玉容销酒:意思是荷花红

晕,有如佳人酒后脸颊泛红。⑪菰蒲:两种水草名,借指湖泽。⑫青盖:指荷叶。亭亭:直立貌。⑬南浦:南面的水边。后常指送别之地。《九歌·河伯》:"子交手兮东行,送美人兮南浦。"⑭田田:莲叶盛密貌。《乐府诗集·江南》:"江南可采莲,莲叶何田田。"⑮沙际:沙洲边。王维《泛前陂》:"畅以沙际鹤,兼之云外山。"

[辑评]

陆辅之《词旨》上:属对凡三十八则:……翠叶垂香,玉容消酒。

陆辅之《词旨》下:警句凡九十二则:……冷香飞上诗句。

卓人月《古今词统》卷十三:"冷香"六字,鬼工也。(评"高柳垂阴"三句)写出鱼柳深情,使人不能自绝。

许昂霄《词综偶评》:(记来时、尝与鸳鸯为侣)唐诗:"鸳鸯相对浴红衣。"

陈澧《白石词评》:(评"间于疏处窥见游人画船")此等奇绝之景,白石尚不收入词句,但点缀题语,命意可知。此词于武陵、吴兴、西湖,稍欠分明。(评"翠叶吹凉"三句)对句后又深一步。"凌波"二字如此用法,可悟入矣。结句未安。

陈廷焯《云韶集》卷六:此词炼字炼句,炼意炼骨,归于纯雅,真词中集大成者。(评"只恐舞衣寒易落"二句)楚骚化境。"高柳"三语,风雅绝世,他手不乏风采,总无此雅致也。

陈廷焯《词则·大雅集》卷三:(评"冷香飞上诗句")好句欲仙。(评"只恐舞衣寒易落"五句)炼意炼词,归于纯雅。

陈廷焯《白雨斋词话》卷二:白石词,……又"冷香飞上诗句",又"高柳垂阴,老鱼吹浪,留我花间住"等语,是开玉田一派。在白石集中,只算隽句,尚非夐高之境。

沈泽棠《忏庵词话》：填词，题贵雅隽。予最爱《白石道人歌曲》题云："予客武陵，……"此真仙境仙语。

俞陛云《唐五代两宋词选释·宋词选释》：此调工于发端。"闹红"四字，花与人俱在其中。以下三句咏荷及赏荷之人，皆从空际着想。"翠叶"三句略点正面。接以"嫣然"二句，诗意与花香俱摇漾于水烟渺霭之中。下阕怀人而兼惜花，低回不去，而留客赏荷者，托诸"柳阴""鱼浪"，仍在空处落笔。通首如仙人行空，足不履地，宜叔夏读之"神观飞越"也。

梁令娴《艺蘅馆词选》丙卷：（评"三十六陂人未到"二句）麦丈云："俊语。"

王国维《人间词话》卷上：美成《苏幕遮》词："叶上初阳干宿雨。水面清圆，一一风荷举。"此真能得荷之神理者。觉白石《念奴娇》《惜红衣》二词，犹有隔雾看花之恨。

唐圭璋《唐宋词简释》：此首写泛舟荷花中境界，俊语纷披，意趣深远。首言与鸳鸯为侣，即富逸趣。"三十六"两句，写湖远无人，荷叶无数，亦清绝幽绝。"翠叶"三句，兼写荷叶及雨、酒、菰蒲。"嫣然"两句，写荷花姿态生动，不说人闻香，而说冷香飞来，缀句峭俊。换头，言日暮不忍便去。"只恐"两句，言西风愁入，不得不去。"高柳"三句，言虽然拟去，但柳、鱼犹留我暂住。"田田"两句，言终于归去，仍扣住田田莲叶作收。上片写景，下片笔笔转换，一往情深。

吴世昌《词林新话》卷四：白石《念奴娇·吴兴荷花》有"冷香飞上诗句"，太做作，太着痕迹。

沈祖棻《宋词赏析》：首二句，泛舟赏荷。"三十"二句，荷之盛。"翠叶"三句，花之艳冶。"嫣然"二句，香之蓊勃。过片是花是人，殆不可辨。"只恐"二句，自盛时想到衰时，温厚。"高柳"以下，言盛时不再，虽高柳、老鱼，亦解劝人少住，惜此芳时；虽游人日暮，不得不归，而在归途，犹时有田田莲叶萦人情思，尤可念也。"多少"，应上"无数"。

[评析]

姜夔爱荷，曾于武陵、吴兴、西湖等处纵赏之。夏承焘引陈思《白石道人年谱》，定此词为淳熙十六年（1189）姜夔游杭州西湖时作。起句繁盛，次句出尘，写泛舟观荷之境极雅致。"三十六陂"以下，一例写荷。"水佩风裳"总写荷之风神，"翠叶""玉容"细写荷之姿容，"菰蒲雨"渲染荷所处之环境，"嫣然"二句写荷之香气，清思隽笔。以上着墨虽多却不嫌重复，反有流畅飘逸之感。云"闹红""玉容"者，水中当是红荷。读来不觉艳冶，反觉清气逼人，是姜夔词笔幽冷所致。丘处机《无俗念》词云："浩气清英，仙才卓荦。"正可移作注脚。下片怀人，情人不见，遂耽于莲浦不忍离去。"只恐"二句惜花，遣词用意风神复绝。"高柳"三句，不愿离去却托言柳、鱼相留，情意全在虚处。末二句言日晚当归，仍有田田莲叶萦绕，一往情深，余味不尽。整首词即物即人，清空缥缈，允推咏荷名篇。

浣溪沙

辛亥正月二十四日[①]，发合肥。

钗燕笼云晚不忺[②]。拟将裙带系郎船。别离滋味又今年。杨柳夜寒犹自舞，鸳鸯风急不成眠。些儿闲事莫萦牵[③]。

[注释]

①辛亥：宋光宗绍熙二年（1191）。②钗燕：钗上之燕状镶嵌物。笼云：梳拢如云的秀发。忺（xiān）：愉快，高兴。③些儿：细小貌。

[评析]

此词为宋光宗绍熙二年（1191）合肥惜别之作，时姜夔已年近不惑。"钗燕"二句从彼处着笔，言此女愀然不乐，欲阻情郎行路也。"拟将"句，即《踏莎行》"离魂暗逐郎行远"之意，无其深致。"又今年"者，言别离并非首次。据夏承焘白石行实考之"合肥词事"篇，姜夔与合肥女子初遇乃在十余年前。十载风霜，江湖相会，又当远别，哀苦可想。下片为词人自述。杨柳是温柔缱绻之物，而"夜寒犹自舞"，其殷勤热烈、情难自已之处历历可见。鸳鸯不成眠者，"风急"故也，是别离乃由于客观因素之间阻，有难以言说之处。末句强自宽解，然此段情事之萦牵于心，读者可知。

满江红

《满江红》旧调用仄韵①，多不协律。如末句云"无心扑"三字②，歌者将"心"字融入去声，方协音律。予欲以平韵为之，久不能成。因泛巢湖③，闻远岸箫鼓声，问之舟师，云："居人为此湖神姥寿也④。"予因祝曰："得一席风径至居巢，当以平韵《满江红》为迎送神曲。"言讫，风与笔俱驶，顷刻而成。末句云"闻佩环",则协律矣。书以绿笺,沉于白浪,辛亥正月晦也⑤。是年六月,复过祠下,因刻之柱间。有客来自居巢云:"土人祠姥,辄能歌此词。"按曹操至濡须口,孙权遗操书曰:"春水方生,公宜速去。"操曰:"孙权不欺孤。"乃撤军还⑥。濡须口与东关相近⑦,江湖水之所出入。予意春水方生,必有司之者,故归其功于姥云。

仙姥来时,正一望、千顷翠澜⑧。旌旗共、乱云俱下,依约前山。命驾群龙金作轭⑨,相从诸娣玉为冠⑩。庙中列坐如夫人者十三人。向夜深、风定悄无人,闻佩环。　神奇处,君试看。奠淮右⑪,阻江南。遣六丁雷电⑫,别守东关。却笑英雄无好手,一篙春水走曹瞒⑬。又怎知、人在小红楼,帘影间。

[注释]

①《满江红》旧调用仄韵:《满江红》一调,姜夔以前词人多押仄韵,且主要是入声韵。②无心扑:周邦彦《满江红》:"最苦是、蝴蝶满园飞,无心扑。"③巢湖:在安徽省中部,为我国第五大淡水湖。因春秋战国时属楚境巢国,故名巢湖,又名居巢湖。④神姥(mǔ):指巢湖的女神。《太平寰宇记》卷一百二十六:"居巢县地,昔有一巫妪,豫知未然,所说吉凶咸有征验。居巢县门有石龟,巫云若龟出血,此地当陷为湖。未几,乡邑祀祭,有人以猪血置龟口中,巫妪见之南走,回顾其地,已陷为湖。人多赖之,为巫立庙。今湖中姥之庙是也。"⑤晦:农历每月的最后一日。⑥"按曹操"数句:《三国志·吴书·吴主传》注引《吴历》曰:"曹公出濡须,作油船,夜渡洲上。权以水军围取,得三千余人,其没溺者亦数千人。权数挑战,公坚守不出。权乃自来,乘轻船,从

濡须口入公军。诸将皆以为是挑战者，欲击之。公曰：'此必孙权欲身见吾军部伍也。'敕军中皆精严，弓弩不得妄发。权行五六里，回还作鼓吹。公见舟船器仗军伍整肃，喟然叹曰：'生子当如孙仲谋，刘景升儿子若豚犬耳！'权为笺与曹公，说：'春水方生，公宜速去。'别纸言：'足下不死，孤不得安。'曹公语诸将曰：'孙权不欺孤。'乃彻军还。"⑦东关：关隘名。《太平寰宇记》卷一百二十四引《舆地记》云："南谯郡蕲县界有巢湖，湖东南口有石梁凿开渡水，名东关。"⑧千顷翠澜：形容一湖春水。⑨轭（è）：牛马等拉车时套在脖子上的器具。⑩诸娣（dì）：众妾。这里指随从神姥的诸位仙姑。⑪奠：定。⑫六丁：道教认为六丁（丁卯、丁巳、丁未、丁酉、丁亥、丁丑）为阴神，为天帝所役使。韩愈《调张籍》："仙官敕六丁，雷电下取将。"⑬曹瞒：曹操，小字阿瞒。

[辑评]

刘克庄《后村诗话·续集》卷一：姜尧章有平声《满江红》，自叙云……此阕佳甚，惜无能歌之者。

陈澧《白石词评》：（评"言讫"三句）有过旬乃定者，亦有顷刻而成者。当时词人制词，土人即能歌之，今则徒作长短句耳。犹唐人之作古乐府，不可歌也，而犹沾沾于平仄，安言协律？甚无谓也。（评"闻佩环"）是仙姥。（评"却笑英雄无好手"二句）笔力自有神奇。末二句微欠庄重。豪宕之后，以幽艳作收，遂乃相间成色。读"英雄"两句，谁知如此挽合作收，是何神勇！"命驾"二句富艳极矣，必须前后以清句间之。

俞陛云《唐五代两宋词选释·宋词选释》：旧调《满江红》多用仄韵，白石谓于律不协。尝舟过巢湖，赋平韵《满江红》，为迎神、送神之曲，刻于神姥祠柱间。上阕"玉冠诸娣"句谓神姥旁列十三女神。下阕之意谓其地即濡须口，当江湖之冲，孙权与曹操书所谓"春水方生，公宜速去"，即此地也。此调用平韵，为白石所创，格调高亮，后来词家每效之。而汲古阁刻《白石词》及臯文《词选》《续词选》均未选录。杨诚斋评白石诗，谓有"敲金戛玉之奇声"，此词音节颇类其评语。

[评析]

绍熙二年（1191）正月，姜夔泛舟于巢湖，作迎神送神之曲，以祀此湖神姥。首句亮明词旨，气象开阔。"旌旗"句用王勃"秋水共长天一色"句法，写神女下临之风云仪仗。"命驾"二句写神女车驾从人，场面极其盛大。"向夜深"二句骤然转折，由雍容盛大而至清冷幽寂，颇具泠然出尘之感。下片写神姥之能。"神奇处"以下六句，一气呵成，恢弘壮观，此神姥一如遣将守关、保境安民之大将，镇守一方。"却笑"二句，活用古典。孙权却曹，原是英雄了得，词人却将古典与现实相融，言时无英雄，只得借长江天险阻拒金兵也。末二句对比，保境安民的不是大将，却是"红楼帘影"间一女子。词人对神女神力称赞向往，正是对现实无能为力的一种寄托。又《满江红》本押仄韵，律有不协。姜夔改作平调，声容谐美。加之全篇句奇语俊，想象飘逸，跌宕生姿。声情文情，两相合矣，无怪乎此词久播于当地人之口。

淡 黄 柳

客居合肥南城赤阑桥之西①，巷陌凄凉，与江左异②，唯柳色夹道，依依可怜。因度此阕，以纾客怀③。

空城晓角。吹入垂杨陌。马上单衣寒恻恻④。看尽鹅黄嫩绿⑤。都是江南旧相识。　　正岑寂。明朝又寒食。强携酒、小桥宅⑥。怕梨花、落尽成秋色⑦。燕燕飞来⑧，问春何在，唯有池塘自碧。

[注释]

①赤阑桥：桥名。姜夔《送范仲讷往合肥三首》其二："我家曾住赤阑桥，邻里相过不寂寥。"②江左：江东，即长江下游以东地区。③纾：通"抒"，抒发。④恻恻：寒冷貌。周邦彦《渔家傲》："几日轻阴寒恻恻，东风急处花如积。"⑤鹅黄：小鹅绒毛呈淡黄色。这里形容初生的柳叶。⑥小桥：乔姓本作"桥"。小乔是三国时东吴美女，周瑜之妻。这里指姜夔所恋之人。⑦"怕梨花"句：李贺《河南府试十二月乐词·三月》："曲水漂香去不归，梨花落尽成秋苑。"⑧燕燕：燕子。《诗经·邶风·燕燕》："燕燕于飞，差池其羽。"

[辑评]

张炎《词源》卷下：白石词如……《淡黄柳》等曲，不惟清空，又且骚雅，读之使人神观飞越。

陈澧《白石词评》：（评"正岑寂"至"小桥宅"）似断似续，音节高妙。"梨花"句已妙极，结句尤妙不可言。"梨花落尽成秋色"，李长吉《十二月乐词》句也。后来张玉田亦多用唐人诗句点窜入词。

谭献《谭评词辨》卷二：白石、稼轩，同音笙磬，但清脆与镗鞳异响，此事自关性分。

王闿运《湘绮楼词选·本编》：（评"燕燕飞来"三句）亦以眼前语妙。

陈廷焯《云韶集》卷六：旅情如画，字字有味。"强"字妙。爱惜春光,多少眼泪,都于"成秋色"三字中现出。

郑文焯《白石道人歌曲批语》:长吉有"梨花落尽成秋苑"之句,白石正用以入词,而改一"色"字协韵。当时如清真、方回多取贺诗隽句为字面。

陈匪石《宋词举》卷上:调属引、近一类,为小令入慢曲之关键。但南宋人令、近,多参慢曲作法,时有腾挪之笔耳。起二句,一片凄凉景色。"马上"句则人在陌上所感者。细嚼此中神味,"恻恻"之"寒"是从身外来,抑从心中出?是人是天?是虚是实?虽自身亦不能辨之,此五代作法也。"看尽"句拍到柳色。"都是"句一转,则无异江左,差足解嘲者耳。过变"正岑寂"三字,承上起下,然如置前遍之末,则语气未了,不独与下句"又"字呼应也。"明朝又寒食",转入时令。八字二句,共分两层。如此凄凉,何心携酒?何心访艳?故下一"强"字为转语。"小桥"借指所眷之人。《解连环》云:"为大桥、能拨春风,小桥妙搊筝,雁啼秋水。"可证。盖于荒凉寂寞中,强遣客怀者。然心境不同,终觉凄异。故"怕"字又一转。下即放笔为之。"梨花落尽",虽春亦秋。"燕燕飞来""池塘自碧",淡淡说景,而寥落无人之感见于言外。就合肥之地,当时视为边城者观之,且寓意极深,神味隽永,意境超妙,耐人三日思。此与《扬州慢》《凄凉犯》两词同一怅触,而作法不同者,慢与近之界也。

唐圭璋《唐宋词简释》:此首写客居合肥情况。"空城"两句,写凄凉景色。"马上"一句,倒卷之笔,盖晓起骏马过垂杨巷陌,既感角声凄咽,又感衣单寒重也。"看尽"两句,写柳色如旧识最有味。换头,又转悲凉。"强携酒"三句,勉自解宽。"梨花落尽成秋苑",长吉诗,白石只易一"色"字叶韵。"燕燕"两句提唱,"惟有"一句,以景拍合,但言池塘自碧,则花落春尽,不言自明。

沈祖棻《宋词赏析》:首二句,巷陌凄凉,"马上"句,晓寒客况。"看尽"两句,杨柳虽如旧识,而地异情殊。换头正面点出客怀。客怀难遣,况明朝又值寒食,惟有强欢自解耳。"强携酒","强"字一转。然而又恐当前芳景,转瞬成愁,"怕梨花落尽","怕"字再转。此句用李贺《河南府试十二月乐词》"梨花落尽成秋苑",惟易一字耳。"燕燕"三句,更进一层,谓恐玄鸟来时,春光已去,惟有无情流水,一池自碧而已。"岑寂"属今日,"明朝"以下,皆悬拟之词。郑文焯校本谓"乔"当作"桥",云:"此所谓'小桥'者,即题序所云'赤阑桥之西',客居处也,故云'小桥宅'。若作'小乔',则不得其解已。"按:乔姓本作桥,后人改之,学者已有考证。此词作"乔"或"桥",均不误。白石曲中所识,实有姊妹二人,故其《解连环》云:"为大乔能拨春风,小乔妙移筝,雁啼秋水。"又《琵琶仙》云:"双桨来时,有人似、旧曲桃根桃叶。"此小乔,亦即桃根也。郑说不独拘泥,且与上文"强携酒"意不连贯,既客居"赤阑桥之西"矣,又何自而携酒至桥西己宅耶?真令人"不得其解"也。

[评析]

《淡黄柳》为姜夔自度曲,盖因柳触情也。词写客居合肥情怀,感时伤逝。陈匪石谓"此与《扬州慢》《凄凉犯》两词同一枨触",即亦有黍离麦秀之悲,可备一说。"空城"三句,状旅途之凄凉孤寂。角声是军乐,原有苦寒之意。词人身着单衣而人在"马上",遂有冲风冒寒、遍体生凉之感。此数语写客中情境极堪玩味。"看尽"二句始见柳,柳色可怜,又是熟识之物,似有依稀暖意。下片"正岑寂"一转,些许暖意也消融在无情岁月之中。词人情怀颇恶,携酒寻欢也是强自宽解。"怕梨花"句化用李长吉旧诗，着一"怕"字而情韵更佳。盖词人灵心善感，草木之变，顿觉有情。"燕燕"三句结束全词，言北燕南来之时春已不在，空余碧水池塘，寂历生寒。此刻将"鹅黄嫩绿"置于全词观之，融融春意笼罩于凄寒氛围之中，犹如冬日微阳，虽见其光，不觉其暖。其时尚在清明前后，春未阑而秋悲已生。虽无一激烈语，悲愁之味却深不可测。姜夔言情，最擅以"夜久侵罗袜"之笔渐浸而出。

长亭怨慢

予颇喜自制曲，初率意为长短句，然后协以律，故前后阕多不同。桓大司马云："昔年种柳，依依汉南；今看摇落，凄怆江潭。树犹如此，人何以堪①！"此语予深爱之。

渐吹尽、枝头香絮。是处人家②，绿深门户。远浦萦回，暮帆零乱向何许。阅人多矣，谁得似、长亭树③。树若有情时，不会得、青青如此。　　日暮。望高城不见④，只见乱山无数。韦郎去也，怎忘得、玉环分付⑤。第一是、早早归来，怕红萼⑥、无人为主。算空有并刀，难剪离愁千缕。

[注释]

①桓大司马：桓温（312—373）字元子，东晋名将。累迁琅琊内史，进征西大将军，拜大司马，都督中外诸军事。《世说新语·言语》："桓公

北征，经金城，见前为琅邪时种柳，皆已十围。慨然曰：'木犹如此，人何以堪！'攀枝执条，泫然流泪。"庾信《枯树赋》："桓大司马闻而叹曰：'昔年移柳，依依汉南。今看摇落，凄怆江潭。树犹如此，人何以堪。'"姜序本此。②是处：到处，处处。柳永《八声甘州》："是处红衰翠减，苒苒物华休。"③长亭：古时于道路每隔十里设长亭，供行旅停息。近城者常为送别之处。庾信《哀江南赋》："十里五里，长亭短亭。"④"望高城"句：欧阳詹《初发太原途中寄太原所思》："驱马觉渐远，回头长路尘。高城已不见，况复城中人。"⑤"韦郎"二句：范摅《云溪友议》卷中记载唐人韦皋游江夏，与姜使君馆中侍女玉箫有情。后韦归省，临别与玉箫约定："少则五载，多则七年，取玉箫。因留玉指环一枚，并诗一首。"然韦八年未至，玉箫遂绝食死。姜夔在这里反用其意。⑥红萼：红花，借指女子。

[辑评]

卓人月《古今词统》卷十二：（评"树若有情时"二句）人言情，我言无情，立意壁绝。

先著、程洪《词洁》卷四："时"字凑。"不会得"三字，呆。"韦郎"二句，口气不雅。"只"字疑误，"只"字唤不起"难"字。白石人工熔炼特至，此一二笔，容是率处。

许昂霄《词综偶评》：（"是处人家"四句）先言别时之景。（阅人多矣，谁得似长亭树。树若有情时，不会得青青如此）借树以言别时之情。阅人既多，安得尚有情耶？一笑。"此"字借叶。（日暮。望高城不见，只见乱山无数）别后。何记室诗："日夕望高城，缈缈青云外。"（"韦郎去也"四句）望其早归。韦皋与玉箫别，留玉指环，约七年再会。以其地在江夏，故用之，后遂沿为通用语。（"算空有并刀"二句）总收。

孙麟趾《词径》：路已尽而复开出之，谓之转。如"谁得似长亭树。树若有情时，不会得青青如此"，……皆用转笔，以见其妙者也。

陈澧《白石词评》："此"字宜改"许"字乃合韵。上"许"字宜改"处"字。音调嘹亮，裂石穿云。

陈廷焯《云韶集》卷六：一"渐"字迤逦而来，妙绝。（评"阅人多矣"至上片结尾）其意海枯石烂，而其词婉转风流，古今词人谁能窥其藩奥。（评"韦郎去也"至结尾）柔情蜜意，字字沉着，他人有此缠绵无此沉着也。

陈廷焯《白雨斋词话》卷十：白石《长亭怨慢》云："阅人多矣，……不会得青青如此。"白石诸词，惟此数语最沉痛迫烈。此外如"最可惜一片江山，总付与啼鴂"，又"文章信美知何用，漫赢得、天涯羁旅"，皆无此沉至。

陈锐《褒碧斋词话》：姜白石《长亭怨慢》云："树若有情时，不会得青青如此。"王碧山云："水远。怎知流水外，却是乱山尤远。"似觉轻俏可喜，细读之毫无理由。所以词贵清空，尤贵质实。

俞陛云《唐五代两宋词选释·宋词选释》：此词颇有桓司马江潭之感。虽似怨别之辞，而实则乱愁无次，触绪纷来。凡怀人恋阙，抚今追昔，悉寓其中。首言春望景物，即紧接以"暮帆零乱"句发挥本意。望接天帆影，其中思妇离人，不知凡几，何忍入愁人之眼。惟亭树则冷漠无情，虽长年送尽行人，而青青依旧，与李白之"春风知别苦，不遣柳条青"皆伤心人语。下阕言举目河山，高城阻绝，望远而兼有"浮云蔽日"之感。以下叙离情，临歧片语，历久难忘，凝望早归而托言红萼，以雅逸之笔，致缠绵之思，犹《楚辞》之山间采秀，怅公子之忘归，深人无浅语也。

梁启勋《曼殊室随笔·词论》：复有用特殊观察之法，移主观以为客观。如稼轩之"红莲相倚浑如醉，白鸟无言定自愁"与白石之"树若有情时，不会得青青如此"等类，即用此法。鸟之愁不愁，树之有情无情，孰能知之？只因反主为客，而意境便新。

蔡嵩云《柯亭词评》：调名《长亭怨慢》，故题旨专就离情抒写。前段全借"柳"说，起二句写老柳絮尽，"绿深"已令人生感。"远浦"二句点明离情。"阅人"四句仍说到柳，长亭树即柳也。"青青如此"应"绿深"句。后段全写离情，"高城""乱山"触景生愁。"韦郎"二句用韦皋玉箫故事。"第一"以下实写离情，语尽而意不尽。

梁令娴《艺蘅馆词选》丙卷：（评"日暮"三句）麦丈云："浑灏流转，夺胎稼轩。"

叶绍钧《〈周姜词〉绪言》：在那首《长亭怨慢》的自序里说："予颇喜自制曲，初率意为长短句，然后协以律，故前后阕多不同。"这一种自由，对于作家自有许多的便利。但当时作词是以供歌唱为条件的，故惟能"协以律"的他才有这一种自由。

张伯驹《丛碧词话》：白石词，如……"日暮。望高城不见，只见乱山无数"，……皆似神来之笔，直逼淮海。

俞平伯《唐宋词选释》：以柳起兴，以梅（红萼）结，与《一萼红》词以梅起兴，以柳结，作法相似。

闻野鹤《词论》：白石《长亭怨慢》"韦郎去也，怎忘得玉环吩咐。第一是早早归来，怕红萼无人为主"，怊怅宛转，穷极情致。然此等处似开后来"香消酒醒"等纤恶一派。

唐圭璋《唐宋词简释》：此首写旅况，情意亦厚。首句从别时别处写起。"远浦"两句，记水驿经历。"阅人"两句，因见长亭树而生感，用

《枯树赋》语。"树若"两句，翻"天若有情天亦老"意，措语亦俊。换头，记山程经历，文字如奇峰突起，拔地千丈。乱山深处，最难忘玉环分付，"第一"两句正是分付之语，言情极真挚。末以离愁难消作收。下片一气直贯到底，仿佛苏、辛。

沈祖棻《宋词赏析》：首句记时，二、三句记地，即苏轼《蝶恋花》"枝上柳绵吹又少，天涯何处无芳草"意，同为一往情深。四、五两句写景，景中有情。"阅人多矣"，语出《左传》。文姜云："妾阅人多矣，未有如公子者。"以下翻用庾赋，语意新奇，感情深挚。换头"日暮"二字，写天色，亦暗点心情。"望高城"两句谓关山间阻，会合无由，但远望高城，聊抒离恨，已极可悲，况并此高城，亦望而不见，所见者惟有乱山重叠而已。高城且不可见，又况此城中之人乎？"韦郎"以下，谓对景难排，无非为去时玉环有约耳。"第一是"两句，乃分付（即吩咐）之语，没齿难忘，情蕴藉而语分明，而愈蕴藉愈缠绵，愈分明愈凄苦，则虽有并州快剪刀，其于"离愁"，亦还是"剪不断，理还乱"也。

吴世昌《词林新话》卷四：有以为此词首三句即东坡"枝上柳棉吹又少，天涯何处无芳草"意。其实二者不同。苏语乃从《楚辞》化出，着重在"尔何怀乎故宇"，此朝云所以泣不成声也。上结反用李商隐《咏蝉》："五更疏欲断，一树碧无情。"又"青青如此"，"此"字出韵，故汲古阁本以"日暮"属上片。下片"玉环"应作"玉箫"，"玉环"则可误解为杨妃矣。"怕红萼无人为主"，谓怕有力者强娶她，无人为主以拒强暴也。

[评析]

据词序可知，此亦姜夔自度曲。以柳起兴，虽本自桓温语，实寓合肥惜别之情。俞陛云谓有"恋阙"意，恐求之过深。飞絮尽，乃春深也，柳树叶茂，故云"绿深"，斯人之门户正在此风絮飘摇、枝繁叶茂之处。此三句淡淡着笔，自成缠绵凄丽之境。"远浦"二句写离船，始知斯人已别。水路曲折，日暮不知前路，感慨遂生。"阅人"以下借物抒情，试思周邦彦《兰陵王》之"长亭路，年去岁来，应折柔条过千尺"，李太白《劳劳亭》之"春风知别苦，不遣柳条青"与李贺《金铜仙人辞汉歌》之"天若有情天亦老"，尤觉其意蕴丰富。下片情伤语疾，离船渐行渐远，故"高城不见"，只有远山凌乱，徒惹愁怀。高城既已不见，城中之人更无由得会也。"韦郎"四句，用韦皋玉箫故事，想斯人临别之时殷殷叮嘱，惟盼早归。红萼无主，满怀岁月无情、人事难料之忧惧，也是对无主红颜之怜惜。愁情千绪，虽有锋利并刀，也难剪断。词人对别时叮嘱记忆如此之真，对斯人之爱重可知。然语意凄伤，愁思难解，则对"早早归来"之约，并无履践之信心。整首词措语俊雅，气韵流动，典故虽多，却融化自然，不愧姜夔名篇。

醉吟商小品

石湖老人谓予云[①]："琵琶有四曲，今不传矣，曰濩索（一曰濩弦）梁州、转关绿腰、醉吟商湖渭州、历弦薄媚也。"予每念之。辛亥之夏，予谒杨廷秀丈于金陵邸中[②]，遇琵琶工解作醉吟商湖渭州，因求得品弦法，译成此谱，实双声耳[③]。

又正是春归，细柳暗黄千缕。暮鸦啼处。　　梦逐金鞍去[④]。

一点芳心休诉。琵琶解语⑤。

[注释]

①石湖老人：即范成大。时范氏已六十六岁，故以老人称之。②杨廷秀：杨万里（1127—1206）字廷秀，号诚斋，江西吉水人。绍兴二十四年（1154）进士，官至宝谟阁学士，卒谥文节。南宋著名诗人，与陆游、范成大、尤袤并称"南宋四大家"。姜夔与杨万里为忘年交，正是由杨万里介绍，姜夔方结识范成大。杨万里有《送姜尧章谒石湖先生》。金陵邸中：南京官府中。时杨万里担任江东转运副使。③双声：即双调，前后两阕相叠而成。④金鞍：镶金的马鞍。这里指代远行之人。晏几道《生查子》："金鞍美少年，去跃青骢马。牵系玉楼人，绣被春寒夜。"⑤解语：会说话。

[辑评]

陈澧《白石词评》：绝唱。此似从"画堂前人不语，谁解语"脱胎。

[评析]

姜夔妙解音律，且对古乐有钩沉拾遗之念，观《霓裳中序第一》及本篇词序可知。绍熙二年（1191）夏，姜夔往南京拜谒杨万里，偶遇掌握古谱之乐工，遂请教焉。《醉吟商小品》一调便是姜夔所译琵琶曲谱，而写相思怀人之心绪。起句点明时令，次二句风物淑和，清愁淡淡。下片写离思，相思成梦寐，芳心托弦语，放情有节。小词只言片语，风致嫣然。

摸鱼儿

辛亥秋期①,予寓合肥,小雨初霁,偃卧窗下,心事悠然。起与赵君猷露坐月饮②,戏吟此曲,盖欲一洗钿合金钗之尘③。他日野处见之④,甚为予击节也⑤。

向秋来、渐疏班扇⑥,雨声时过金井⑦。堂虚已放新凉入,湘竹最宜欹枕⑧。闲记省。又还是、斜河旧约今再整⑨。天风夜冷。自织锦人归⑩,乘槎客去⑪,此意有谁领。　　空赢得,今古三星炯炯⑫。银波相望千顷。柳州老矣犹儿戏⑬,瓜果为伊三请。云路迥。漫说道、年年野鹊曾并影⑭。无人与问。但浊酒相呼,疏帘自卷,微月照清饮。

[注释]

①秋期:指七夕,牛郎织女相会之期。杜甫《月》:"天上秋期近,人间月影清。"②赵君猷:姜夔友人,生平不详。③钿合金钗:钿盒和金钗。相传为唐玄宗与杨贵妃定情之信物。白居易《长恨歌》:"惟将旧物表深情,钿合金钗寄将去。"后泛指世间男女定情之信物。④野处:洪迈(1123—1202)字景庐,别号野处,南宋鄱阳人。历官至端明殿学士,兼修国史。著有《夷坚志》《容斋随笔》等。⑤击节:十分赞赏。⑥班扇:即团扇。西汉成帝妃子班婕妤失宠,乃作《怨歌行》,以团扇见捐自

比。诗云："新裂齐纨素，皎洁如霜雪。裁为合欢扇，团团似明月。出入君怀袖，动摇微风发。常恐秋节至，凉风夺炎热。弃捐箧笥中，恩情中道绝。"⑦金井：井栏上有雕饰的井。贵昶《行路难》二首其一："唯闻哑哑城上乌，玉栏金井牵辘轳。"⑧湘竹：即湘妃竹，参见25页《小重山令》注释⑨。这里指用湘妃竹制作的凉席。欹枕：枕卧。⑨斜河旧约：牛郎、织女相约每年七夕日渡银河相见。⑩织锦人：指织女。⑪乘槎客：张华《博物志》卷十："旧说云天河与海通。近世有人居海渚者，年年八月有浮槎去来，不失期，人有奇志，立飞阁于槎上，多赍粮，乘槎而去。十余日中犹观星月日辰，自后茫茫忽忽亦不觉昼夜。去十余日，奄至一处，有城郭状，屋舍甚严。遥望宫中多织妇，见一丈夫牵牛渚次饮之。牵牛人乃惊问曰：'何由至此？'此人具说来意，并问此是何处。答曰：'君还至蜀郡访严君平则知之。'竟不上岸，因还如期。后至蜀，问君平，曰：'某年月日有客星犯牵牛宿。'计年月，正是此人到天河时也。"⑫三星：《诗经·唐风·绸缪》："绸缪束薪，三星在天。今夕何夕，见此良人。"三星在天，是描写结婚之夜。⑬柳州：柳宗元（773—819）字子厚，唐代文学家。晚年贬官柳州刺史，卒于任所，世称"柳柳州"。其《柳河东集》卷十八有《乞巧文》，以七夕陈瓜果乞巧事为喻。⑭"年年"句：唐韩谔《岁华纪丽》卷三引《风俗通》云："织女七夕当渡河，使鹊为桥。"

[辑评]

陈澧《白石词评》：此词自不恶，"甚为击节"则犹未也。

[评析]

绍熙二年（1191）秋，姜夔寓居合肥。七夕闲坐，感牛女之事而成此篇。"向秋来"以下四句，时令、天气、地点，均与小序相合，读来可见秋日之清凉惬意。"闲记省"以下，提起牛女事。"今再整"，言又是一年秋夕,牛女又当相会。姜夔"心事悠然",慨然有感。其于月夜对饮之际忽念此一段苦情,是否由自身遭际引起,已不可知。然姜夔情遇在合肥,又如牛女一般横遭间阻,此刻念及,其情实有相通处。秋夜风冷,心念牛女者能几?"自织锦人归,乘槎客去"二句,拉开极辽阔的时空之感。下片继续抒写旧典。"空赢得"三句,言沧海桑田、人事变改,而牵牛织女依旧相思相望。后二句用柳宗元事,言世人多以七夕为乞巧之节,浑忘却一片情苦,呼应上片"此意有谁领"。词人想起鹊桥相会的情深意重,不禁再次感慨牛女苦恋之"无人与问"。此刻良夜有暇,友人相伴,不妨暂且怡怀。那忽上心头的情事,也便随它悄然自逝罢了。自来咏牛女者多凄切缠绵,姜夔独疏朗清俊,正可谓"一洗钿合金钗之尘"。

凄凉犯

合肥巷陌皆种柳,秋风夕起骚骚然①。予客居阖户②,时闻马嘶,出城四顾,则荒烟野草,不胜凄黯,乃著此解③。琴有凄凉调④,假以为名⑤。凡曲言犯者⑥,谓以宫犯商、商犯宫之类,如道调宫"上"字住,双调亦"上"字住,所住字同,故道调曲中犯双调,或于双调曲中犯道调,其他准此。唐人乐书云:"犯有正、旁、偏、侧。宫犯宫为正,宫犯商为旁,宫犯角为偏,宫犯羽为侧。"此说非也。十二宫所住字各不同,不容相犯。十二宫特可犯商、角、羽耳。予归行都⑦,以此曲示国工田正德⑧,使以哑觱栗角吹之⑨,其韵极美。亦曰瑞鹤仙影。

绿杨巷陌。秋风起、边城一片离索。马嘶渐远,人归甚处,戍楼吹角。情怀正恶。更衰草寒烟淡薄。似当时、将军部曲⑩,迤逦度沙漠。　　追念西湖上,小舫携歌,晚花行乐。旧游在否,想如今、翠凋红落。漫写羊裙⑪,等新雁来时系著。怕匆匆、不肯寄与,误后约。

[注释]

①骚骚然:形容风声。张衡《思玄赋》:"寒风凄其永至兮,拂穹岫之骚骚。"②阖户:闭门。③解:乐曲以一章为一解。词以配乐歌唱,故亦称解。④凄凉调:古琴外调的一种,定弦法为正调紧二、五弦各一徽。⑤假:借。⑥犯:词曲变调,移换宫商。⑦行都:首都之外另设的一个都城,以供政府暂驻。这里指南宋都城临安(今浙江杭州)。⑧国工:一国之中技艺特别高超的人。田正德:《武林旧事》卷四载乾淳教坊乐部,"觱篥色"下有德寿宫田正德,为教坊大使。⑨哑觱栗(bì lì):觱栗即觱篥、筚篥,古代一种管乐器,乃宋代燕乐的主要伴奏乐器。哑觱栗则为筚篥之无舐形筒子者,发音较弱,故谓之"哑"。张炎《词源》卷下:"惟慢曲引近则不同。名曰小唱,须得声字清圆,以哑筚篥合之,其音甚正,箫则弗及也。"⑩部曲:古代军队编制单位。《后汉书·百官志》:"其领军皆有部曲。大将军营五部,部校尉一人。……部下有曲,曲有军候一人。"后借指军队。⑪羊裙:《宋书·羊欣传》:"欣少靖默,无竞于人,美言笑,善容止。泛览经籍,尤长隶书。不疑初为乌程令,欣时年十二,时王献之为吴兴太守,甚知爱之。献之尝夏月入县,欣著新绢裙昼寝,献之书裙数幅而去。"这里指书信。

[辑评]

周济《宋四家词选目录序论》：（评《凄凉犯》"追念西湖上"半阕）白石号为宗工，然亦有……敷衍处。

邓廷桢《双砚斋词话》：《凄凉犯》之"马嘶渐远，人归甚处，戍楼吹角。情怀正恶。更衰草寒烟淡薄。似当时、将军部曲，迤逦度沙漠"，……则周京离黍之感也。

陈澧《白石词评》：（评"如道调宫'上'字住"）"住"字，即沈存中所谓杀声，蔡季通所谓毕曲，张叔夏所谓结声。宋人歌曲最重此声，凌次仲不知也。（评"似当时、将军部曲"二句）正所谓"不胜凄黯"。

陈廷焯《云韶集》卷六：每读此词，如闻一片秋声，想当日先生落笔时，摄尽造化之气。（评"旧游在否"至结尾）人谓柳词以情胜，然乌能及白石之情？

郑文焯《白石道人歌曲批语》：绍兴庚辰，金人败盟，犯庐州，王权败归。太师陈秉伯请下诏亲征，以叶义问督江淮军，虞允文参谋军事，寻败敌于采石。词中所谓"似当时、将军部曲，迤逦度沙漠"，盖隐寓其时战事也。

俞陛云《唐五代两宋词选释·宋词选释》：词在合肥秋夕作。上阕汴洛回看，慨收京之无望；下阕临安南望，叹俊赏之难追。合肥本属江淮腹地，以其时南北分疆，其地遂为防秋边徼，故"边城""戍角"等句，宛如塞上也。度漠雄师，徒劳追念，则南朝之不振可知。下阕忆当日小舫清歌之乐，换客中西风画角之悲，情怀更劣矣。

胡适《词选》：又如《凄凉犯》的序云：……那首词也远不能达出此种荒凉意境。一个有诗意的词人，所作词乃远不如词序，我们所以不能不说他牺牲意境而迁就音乐了。

[评析]

　　合肥在南宋时已届边境，号角时作，一片萧索。姜夔寓居于此，有感淮南之凄凉，追念江南之胜境，因自度此曲以寄意。起句时地，宋室南渡，腹地已如"边城"，秋风时节，凄凉萧索。"马嘶"三句，写出门所见均为边塞之景。姜夔客居之中见此景物，自不免"情怀恶"。"更衰草"以下极言秋草之枯寂，几如沙漠。以军旅事写之，似可想见战场之凛然肃杀。下片追怀旧游。赏花对酒之风流早已不再，悬想来日，以当时国势之不振、己身之漂泊，重寻旧好自然十分渺茫。是以词人虽有心传书，对后日之约却不得不怀一份悲观之心态。全篇词句轻熟无俊笔，周济以之为"敷衍处"，不可谓诬。故其情境虽与《扬州慢》相近，而水平差逊。

秋宵吟

　　古帘空，坠月皎。坐久西窗人悄。蛩吟苦，渐漏水丁丁①，箭壶催晓②。引凉飔③，动翠葆④。露脚斜飞云表⑤。因嗟念、似去国情怀，暮帆烟草。　　带眼销磨⑥，为近日、愁多顿老。卫娘何在⑦，宋玉归来⑧，两地暗萦绕。摇落江枫早。嫩约无凭⑨，幽梦又杳。但盈盈、泪洒单衣，今夕何夕恨未了⑩。

[注释]

　　①漏：漏壶。古代利用滴水多寡来计量时间的一种仪器。丁丁：象声词，形容漏声。②箭壶：即漏壶。漏壶中插入一根标竿，称为箭。箭下用一只箭舟托着，浮在水面上。水流出或流入壶中时，箭下沉或上升，借以

指示时刻。③凉飔(sī)：凉风。④翠葆：指青翠茂盛的草木。杜牧《华清宫三十韵》："嫩岚滋翠葆，清渭照红妆。"⑤露脚：近地水气的下缘。李贺《李凭箜篌引》："吴质不眠倚桂树，露脚斜飞湿寒兔。"云表：云外。⑥带眼：腰带上的孔眼，放宽或收紧腰带时用。⑦卫娘：指汉武帝皇后卫子夫，以发美得宠。后以"卫娘"指代美丽的女子。⑧宋玉：战国时辞赋家。著有《高唐赋》《神女赋》《登徒子好色赋》等。传说其人才高貌美，遂为美男子的代称。⑨嫩约：男女间不牢靠的约定。⑩今夕何夕：《诗经·唐风·绸缪》："今夕何夕，见此良人。"

[辑评]

陈澧《白石词评》："坠月皎"三字硬。（评"带眼销磨"至"幽梦又杳"）言情处偏作无数重叠，令读者辄唤奈何。

潘与刚《读红馆词话》：白石词有当我心者。若……"因嗟念，似去国情怀，暮帆烟草"（《秋宵吟》），……诸句所谓意象幽闲，不类人境。

[评析]

此首未注甲子，夏承焘定为与《摸鱼儿》同时。词则全用赋笔，写悲秋相思之苦。起句至"箭壶催晓"，写秋夜独坐，刻画极为细腻。月已坠，是夜已深，故下句有"坐久"之说。继而"漏水丁丁"，又是时间之流逝。词人独对西窗，坐到天明，无人可共，只有蛩吟漏水，更助凄凉。不禁令人有问："为谁风露立中宵？""引凉飔"三句，继续渲染环境。"因嗟念"以下，始流露人物之情怀。下片道出"愁多"之故："卫娘何在，宋玉归来。"姜夔再游合肥，所眷之女业已他往，暌隔两地，空剩愁思。值此草木摇落之节，当初誓约断难履践，词人销魂已极，一夜无眠。晏小山《阮郎归》词云："梦魂纵有也成虚。那堪和梦无。"既然一夜无眠，梦中相会的愿望必然杳渺，只有耿耿长天，吞声饮恨。全篇虽无奇句,然善于造境,深情可感。

点 绛 唇

金谷人归①,绿杨低扫吹笙道②。数声啼鸟。也学相思调。月落潮生,掇送刘郎老③。淮南好④。甚时重到。陌上生春草。

[注释]

①金谷:古地名,位于洛阳西北。西晋石崇曾在此筑金谷园,广邀仕宦文人游宴,极一时之盛。②吹笙道:形容声色繁华之地。李贺《感讽六首》其六:"蝶飞红粉台,柳扫吹笙道。"③掇送:催逼,推送。刘郎:东汉刘晨。相传刘晨和阮肇入天台山采药,为仙女所邀,留半年,求归,抵家子孙已七世。后故地重访,仙女已无踪影。④淮南:淮水以南,这里指合肥。

[评析]

此词亦作年不详,夏承焘引陈思年谱定为绍熙二年(1191)秋后自合肥东归时惜别之作。上片写繁华旖旎之旧游,笙歌散后,草木多情,连鸟鸣也像是在呢喃男女相思。下片写别时心意。"月落潮生",以疏朗辽阔之境言流光不居,日复一日,老去刘郎。古人多以遇仙指访妓,结合姜夔在合肥所遇,"刘郎"一典实非泛指。"淮南好"三句,直抒胸臆。是处有姜夔一生难忘之少年情遇,虽物是人非,仍顾恋不忍别。春草年年绿,王孙归不归?面对难由自主的来日,待到陌上草薰之时能否重游,词人是满怀无奈与疑问的。考《白石道人诗集》卷下有《送范仲讷往合肥三首》，其三云："小帘灯火屡题诗，回首青山失后期。未老刘郎定重到，烦君说与故人知。"恰是对这首词的一个回应。

解连环

玉鞭重倚①。却沉吟未上，又萦离思。为大乔、能拨春风②，小乔妙移筝，雁啼秋水③。柳怯云松④，更何必、十分梳洗。道郎携羽扇，那日鬲帘⑤，半面曾记⑥。　　西窗夜凉雨霁。叹幽欢未足，何事轻弃。问后约、空指蔷薇⑦，算如此溪山，甚时重至。水驿灯昏，又见在⑧、曲屏近底。念唯有、夜来皓月，照伊自睡。

[注释]

①玉鞭：饰玉精美的马鞭。这里指代马。②拨春风：谓弹琵琶。王安石《明妃曲》其二："黄金捍拨春风手，弹看飞鸿劝胡酒。"黄庭坚《次韵答曹子方杂言》："往时尽醉冷卿酒，侍儿琵琶春风手。"③雁啼：谓弹古筝。古筝承弦之柱斜列如雁行，故云。④柳怯：形容腰肢纤软。云松：形容鬟鬟松乱。⑤鬲帘：即隔帘。元稹《襄阳为卢窦纪事》："犹带春醒懒相送，樱桃花下隔帘看。"⑥半面：瞥见一面。《后汉书·应奉传》注引谢承书云："奉年二十时，尝诣彭城相袁贺，贺时出行闭门，造车匠于内开扇出半面视奉，奉即委去。后数十年于路见车匠，识而呼之。"⑦指蔷薇：指蔷薇花作为期限。杜牧《留赠》："不用镜前空有泪，蔷薇花谢即归来。"⑧见在：现时，现在。

[辑评]

先著、程洪《词洁》卷六：意转而句自转，虚字皆揉入字内。一词之中，如具问答，抑之沉，扬之浮，玉轸渐调，朱弦应指，不能形容其妙。

许昂霄《词综偶评》：（"玉鞍重倚"三句）冒起。（"为大乔、能拨春风"）以下倒叙。（"柳怯云松"二句）固知浓抹不如淡妆。（"叹幽欢未足"二句）与起处遥接。从合至离，他人必用铺排，当看其省笔处。（"问后约、空指蔷薇"三句）深情无限，觉少游"此去何时见也"浅率寡味矣。

吴衡照《莲子居词话》卷二：言情之词，必藉景色映托，乃具深宛流美之致。白石"问后约、空指蔷薇，叹如此溪山，甚时重至"，……似此造境，觉秦七、黄九尚有未到，何论余子！

陈廷焯《云韶集》卷六：写离别，妙在起笔已将题说完，却以"沉吟"二字起下，以"为"字为一篇总领，运笔矫变莫测。"柳怯云松"四字精艳，左与言"滴粉搓酥"不足道矣。结笔一往情深。

陈廷焯《白雨斋词话》卷八：词人好作精艳语。如左与言之"滴粉搓酥"，姜白石之"柳怯云松"，李易安之"绿肥红瘦""宠柳娇花"等类，造句虽工，然非大雅。

梁启勋《词学》下编：此词无题，本事更不得而知。唯一种吞吐敛抑之情，酷似东坡之《贺新郎》。下半阕可谓缠绵悱恻之至。

张伯驹《丛碧词话》：白石词，如……"问后约、空指蔷薇，算如此溪山，甚时重至"，皆似神来之笔，直逼淮海。

[评析]

此亦别合肥而思念之作。首句便是别时情景。停鞭住马，而"沉吟未上"者，正因离思萦绕也。"为大乔"至"十分梳洗"，写所眷二女之风神技艺。她们妙解筝琶，声如秋水。天然态度，更胜精致妆容。大乔、小乔句清丽流贯，"柳怯云松"四字锻炼精艳，形容二女曲尽其妙。"郎携羽扇"三句，写当时初见情景，风流蕴藉，可以想见目成心许之妙。下片起句以景点染，"夜凉雨霁"正是凄然时候，接以绸缪乐尽、别离在即便十分自然。"幽欢"既然"轻弃"，不免殷殷定下后日之约。以誓约写离情原是寻常，而"问后约"三句杂以蔷薇、溪山，意象优美，意境开阔，情意深远，更饶行云流水之致，寻常之中见奇崛。"水驿灯昏"二句于旅途中悬望伊人所在，历历如在目前，可见所思之深。末二句言人既远去，便托明月代为护守，一片深情，依依可怜。此词虽作于旅途驿馆中，而由别时念及初见，由当下念及后约，由水驿念及曲屏，时空辗转，反复缠绵，令人动容。

玉 梅 令

石湖家自制此声，未有语实之，命予作。石湖宅南，隔河有圃曰范村[①]，梅开雪落，竹院深静，而石湖畏寒不出，故戏及之。

疏疏雪片。散入溪南苑。春寒锁、旧家亭馆。有玉梅几树，背立怨东风，高花未吐，暗香已远[②]。　　公来领略，梅花能劝。花长好、愿公更健。便揉春为酒[③]，翦雪作新诗[④]，拚一日[⑤]、绕花千转。

[注释]

①范村：范成大《梅谱·序》："余于石湖玉雪坡，既有梅数百本，比年又于舍南买王氏僦舍七十楹，尽拆除之，治为范村，以其地三分之一与梅。吴下栽梅特盛，其品不一，今始尽得之。"②暗香：林逋《山园小梅》："疏影横斜水清浅，暗香浮动月黄昏。"③揉春为酒：辛弃疾《粉蝶儿·和晋臣赋落花》："把春波都酿作一江春酎。"④翦雪：形容梅花晶莹如雪。翦，同"剪"。楼槃《霜天晓角·梅》："翦雪裁冰，有人嫌太清。"⑤拚（pàn）：豁出去，舍弃不顾。

[辑评]

李佳《左庵词话》卷下：姜白石《玉梅令》下阕："公来领客，梅花能劝。花长好、愿公更健。便揉春为酒，翦雪作新诗，拚一日、绕花千转。"词中寓祝寿意，写来却见语妙意新，与俗手固自不同。

吴世昌《词林新话》卷四：白石《玉梅令》下片云"揉春为酒，翦雪作诗"，都是做作过甚，雅得太俗！

[评析]

范成大家蓄有声伎，此乃范家制腔，而姜夔填词也。调名《玉梅令》，所咏即范氏所种梅。上片写梅。起句至"旧家亭馆"是梅所处之环境，雪中水畔，洁净清幽。"有玉梅"以下写梅之品格，内敛矜持，标格高贵。下片劝人观梅。序云"石湖畏寒不出"，故词有"公来领略"之说。"花长好"句善祝善祷。"揉春为酒，翦雪作新诗"造语新奇，颇饶雅趣。"绕花千转"更有诙谐味道。姜夔词以幽冷峭拔著称，此篇允为别调。

暗 香

辛亥之冬,予载雪诣石湖①。止既月,授简索句②,且征新声。作此两曲,石湖把玩不已,使工妓隶习之③,音节谐婉,乃名之曰《暗香》《疏影》④。

旧时月色。算几番照我,梅边吹笛。唤起玉人,不管清寒与攀摘⑤。何逊而今渐老⑥,都忘却、春风词笔。但怪得、竹外疏花⑦,香冷入瑶席⑧。　　江国。正寂寂。叹寄与路遥⑨,夜雪初积。翠尊易泣⑩。红萼无言耿相忆⑪。长记曾携手处,千树压、西湖寒碧。又片片、吹尽也,几时见得。

[注释]

①诣:拜谒,造访。②简:古代用以写字的竹片。这里指纸。③隶习:研习,练习。④《暗香》《疏影》:林逋《山园小梅》:"疏影横斜水清浅,暗香浮动月黄昏。"姜夔取之作为词调名。⑤"唤起"二句:贺铸《浣溪沙》:"玉人和月摘梅花。"⑥何逊:字仲言,南朝梁诗人。喜爱梅花,曾作《咏早梅》诗,有"应知早飘落,故逐上春来"之句。姜夔以其自比。⑦竹外疏花:苏轼《和秦太虚梅花》:"江头千树春欲暗,竹外一枝斜更好。"⑧瑶席:指珍美的酒筵。⑨寄与路遥:化用南朝陆凯折梅赠长安友人范晔事。陆凯《赠范晔》:"折花逢驿使,寄与陇头人。江南

无所有，聊赠一枝春。"⑩翠尊：饰以绿玉的酒器。⑪耿相忆：耿耿于怀，不能忘记。

[辑评]

陆辅之《词旨》下：警句凡九十二则：……千树压西湖寒碧。

卓人月《古今词统》卷十二：（评"香冷入瑶席"）庄氏女弹梅花调，忽忽有暗香。此中香气尽不少。

王又华《古今词论》：沈伯时《乐府指迷》论填词咏物，不宜说出题字。余谓此说虽是，然作哑谜亦可憎，须令在神情离即间乃佳。如姜夔《暗香》咏梅云："算几番照我，梅边吹笛。"岂害其佳？

先著、程洪《词洁》卷四：落笔得"旧时月色"四字，便欲使千古作者皆出其下。味梅嫌纯是素色，故用"红萼"字，此谓之破色笔。又恐突然，故先出"翠尊"字配之。说来甚浅，然大家亦不外此。用意之妙，总使人不觉，则烹锻之工也。美成《花犯》云："人正在、空江烟浪里。"尧章云："长记曾携手处，千树压、西湖寒碧。"尧章思路，却是从美成出，而能与之埒，由于用字高，炼句密，泯其来踪去迹矣。

许昂霄《词综偶评》：二词绛云在霄，舒卷自如。又如琪树玲珑，金芝布护。（"旧时月色"二句）倒装起法。（"何逊而今渐老"二句）陡转。（"但怪得、竹外疏花"二句）陡落。（"叹寄与路遥"三句）一层。（红萼无言耿相忆）又一层。（"长记曾携手处"二句）转。（"又片片、吹尽也"二句）收。

张惠言《词选》卷二：题曰"石湖咏梅"，此为石湖作也。时石湖盖有隐遁之志，故作此二词以沮之。白石《石湖仙》云："须信石湖仙，似鸱夷、飘然引去。"末云："闻好语，明年定在槐府。"此与同意。首章言己尝有用世之志，今老无能，但望之石湖也。

周济《宋四家词选》：（评上片）盛时如此，衰时如此。（评下片）想其盛时，感其衰时。

邓廷桢《双砚斋词话》：朱希真之"引魂枝消瘦一如无，但空里疏花数点"，姜石帚之"长记曾携手处，千树压、西湖寒碧"，一状梅之少，一状梅之多，皆神情超越，不可思议，写生独步也。

陈澧《白石词评》："旧时月"三字用刘梦得诗，添一"色"字，便妙绝。（评上片）此等词措辞命意固佳，尤当玩其用虚字。（评"长记曾携手处"二句）将收处用四顾之笔，便不直泻。（评结句）末字微带生硬而别有风味。所谓不着一实笔，白石独到处也。

谭莹《论词绝句一百首》其七二：石帚词工两宋稀，去留无迹野云飞。旧时月色人何在，戛玉敲金拟恐非。

谭献《谭评词辨》卷二：（评"翠尊易泣"二句）石湖咏梅，是尧章独到处。深美有《骚》《辨》意。

陈廷焯《云韶集》卷六：二章脱尽恒蹊，永为千古绝调。无一字不骚雅，此风人遗韵，贺、周而外谁敢与先生抗手。

张德瀛《词徵》卷一：词之诀曰情景交炼。……姜尧章"旧时月色，算几番照我，梅边吹笛"，景寄于情也。

王闿运《湘绮楼词选·本编》：如此起法，即不是咏梅矣。此二词最有名，然语高品下，以其贪用典故也。

郑文焯《白石道人歌曲批语》：案此二首曲为千古词人咏梅绝调。以托喻遥深，自成馨逸。其《暗香》一解，凡三字句逗，皆为夹协。梦窗墨守綦严，但近世知者盖寡，用特著之。

沈泽棠《忏庵词话》：白石词，初看如花中没骨，无钩勒可寻。而蛛丝马迹，呼吸灵通，又时于深造得之。如《暗香》一阕云……。上半以

"旧时""而今"作开合耳,而夭矫变化,能令读者揽挹不尽,是为笔妙。亦由此老胸次萧旷,故能作此等语。

俞陛云《唐五代两宋词选释·宋词选释》:今寻绎《暗香》词意,乃发怀旧之思,而托诸美人香草。起笔"旧时月色"句已标明本旨,"何逊渐老"二句有"同学少年多不贱,五陵裘马自轻肥"之慨,通篇一往情深。"翠樽""红萼"四句在西湖千树幽香中与玉人携手,如见绿萼仙人,一笑嫣然,在残雪轻冰之外,词意清迥,不得以妮子语视之。况"寄与路遥"句与《疏影》曲"胡沙忆远"同意,则咏花而兼有人在也。

蔡嵩云《柯亭词评》:此章写别情。因湖厅夜宴,梅香入席,忆及西湖梅月下旧事,对酒发生感慨,乃是兴体。"旧时"五句均写过去,"何逊"四句均写现在。"江国"四句仍写现在,"翠尊"二句由现在又说到过去。"长记"二句均说过去,回顾"旧时"五句。"又片片、吹尽也"即眼前之"竹外疏花","几时见得"并收到西湖月下携手攀摘之树,笔力横绝。

陈匪石《宋词举》卷上:愚就全词观之,以局势转折论,周说诚谛。盖此章立言,以赏梅之人为主,而言其经历,述其感想,就梅花之盛时衰时开时落时,反复论叙,无限情事,即寓其中。此张氏所谓"自立新意",谭献许为"独到"者也。起处首标"旧时",月色中吹笛,唤玉人"与攀摘",是鸡人叫旦之用心,是击楫中流之气象。"何逊"句一转,或自喻,或喻人。"春风词笔"之"忘却",则非畴囊吹笛兴致,以喻壮志消磨。"竹外"下九字,极写清寒。"冷"字与"春风"针对。"但怪得"者,前此无此顾虑,今则无可奈何,即"渐老"与"忘却"之归宿。宋氏所谓"恨偏安",陈氏所谓"伤在位无人",张氏所谓"已尝有用世之志,今老无能",皆从此种用意推测而出也。过变承前结而下,由"瑶席"之"香冷",说到"江国"之"寂寂"。"寄与路遥",暗用陆凯诗,于陆诗所谓"陇头人",必有所喻,"路遥"则音问隔绝也。"夜雪初积",似喻绝漠荒寒之境,又似喻阴霾四合,开朗无期。"易泣"以此,"无言"以此,陈氏所谓"发二帝之幽愤",又从此看出。"长记"承"相忆"而一转,又回想旧时,与首句应。"携手"极痛痒相关之旨。"西湖寒碧",又与"琼楼玉宇,高不胜寒"同意,则张氏所谓"望之石湖"者,实于言外得之,忠爱之至者也。"又片片"再一转,落到现在。片片吹尽,则"竹外疏花"亦不得见,"玉人攀摘"更无可为。伤之极,恨之极。仍曰"几时见得",则犹欲见之,不认为绝望,又张氏所谓"望之石湖"者,亦陈氏所谓"在位无人"之感,宋氏所谓"偏安之恨"也。特其旨隐微,其词浑脱,不见寄托之迹,只运化梅花故实,说看梅者之心事。陈氏称白石"感慨全在虚处,无迹可寻",盖如此乃真能"以有寄托入,无寄托出"者。

刘永济《唐五代两宋词简析》:此绍熙二年冬,尧章至石湖所作,与后《疏影》词为尧章集中有名之作。词虽咏梅而非敷衍梅花故实。盖寄身世之感于梅花,故其辞虽不离梅而又不黏着于梅。此首前半阕就作者本身言;后半阕则其感于世事之词。"月色"而曰"旧时",一起即有今昔之感。"梅边吹笛""玉人""攀摘",皆旧时赏梅情事也。"何逊而今渐老"以下,则今日观梅之情,何逊以自比也。今何逊虽"忘却春风词笔",然逢花遇酒,亦不能不兴感。后半阕即就所感着笔。"江国,正寂寂"句,言外有南宋朝政昏暗之意。"寄与路遥",虽暗用陆凯寄梅故事,实追指被金人掳去之二帝、后妃及宗室而言。"路遥""夜雪"皆北地也。思念及此,故有"翠樽"之"泣"与"红萼"之"忆"。翠樽非能泣,红萼非能忆,泣与忆皆此饮翠樽与观红萼之人也。而"千树压西湖"与

"片片吹尽"句，则又以昔盛今衰作结，仍归到梅花。此种写法，在技术上，合于诗人比兴之义，而以身世之感贯穿于咏梅之中，似咏梅而实非咏梅，非咏梅又句句与梅有关。用意空灵，此石湖所以"把玩不已"也。

张伯驹《丛碧词话》：白石《暗香》《疏影》咏梅二词，余最赏其"旧时月色，算几番照我，梅边吹笛"一语，真是一幅好画境。入后则渐入五里雾中矣。此二词众誉攸归，不应更赘一辞。然心虽知其高绝，终觉隔一层。刘公勇云："咏物至词，更难于诗。即'昭君不惯胡沙远，但暗忆江南江北'亦费解。"是已有先我而言之者。

唐圭璋《唐宋词简释》：此首咏梅，无句非梅，无意不深，而托喻君国，感怀今昔，尤极宛转回环之妙。起四句，写旧时豪情，一气流走，峭警无匹。月下吹笛，皆为烘托梅花而设。试想月下赏梅，梅边吹笛，何等境界，何等情致。"唤起"两句承上，因笛声而又唤起玉人来摘梅，其境更美。"何逊"两句，陡转入如今衰时景象，人老才尽，既无吹笛之兴，亦无咏梅之才，壮志消磨，感喟无穷。"但怪得"两句，再转，实写梅花之疏影暗香，意谓虽不欲咏梅，但花香入席，引人诗思，又不能自已。换头推开，言折梅寄远，用陆凯诗，但路遥雪深，欲寄无从，徒有惆怅之情。"翠尊"两句，承上申说相思之苦，因不得寄，故对翠尊红萼而伤心。白石此等郁勃情深之处，不减稼轩。谭复堂谓此两句，得《骚》《辨》之意。宋于庭亦谓白石词，似杜陵之诗，洵属知言。"长记"两句，回忆当年梅之盛、人之乐，与篇首相应，造境既美，缀语亦精，此是缩笔。末句，又展开，言梅落已尽，旧欢难寻，情极委婉。问"几时见得"，想见"白头吟望苦低垂"之情。章法自清真《六丑》得来。

胡云翼《宋词选》：作者过分地雕琢字句，用典隐晦，致使词意难明，好些古人都认为费解。这不能不说是相当严重的缺点。《暗香》的主题是通过咏梅来怀旧,但所怀的究竟是友人还是情人,也很难作出定论(后说较为近是)。

沈祖棻《宋词赏析》:首三句从题前说起,极言情境之美。"唤起"两句,承上,仍是旧时情事。梅边月下,笛声悠扬,当斯时也,复唤起玉人,犯寒摘花,月色笛声,花光人影,融成一片,试思此何等境界、何等情致;而"何逊"两句,笔锋陡落,折入现状,又何等衰飒。此周济《宋四家词选》所谓"盛时如此,衰时如此",周尔墉《〈绝妙好词〉评》所谓"以'旧时''而今'作开合"也。旧梦词心,都归遗忘,而续以"但怪得"两句,则竹外疏花,冷香入席,又复引人幽思。未免有情,谁能遣此耶?下片仍从盛衰见脉络。换头起笔即用"江国,正寂寂",点出衰时。"叹寄与"两句,谓欲寄相思,则路遥雪积,极尽低徊往复、忠爱缠绵之情。"翠尊"两句,则此情欲寄无从,但余悲泣,"红萼无言",殆已至无可说之境地,然终耿耿不忘。其情深至,其音凄厉。"长记"两句,复苦忆当时之盛,结二句又陡转入此日之衰。周济所谓"想其盛时,感其衰时"也。"又片片"句,谓一片一片,吹之不已,终至于尽。"几时见得",斩钉截铁之言,实千回百转而后出之,如瓶落井,一去不回,意极沉痛。

[评析]

绍熙二年(1191)冬,姜夔冒雪往苏州谒见范成大,在其家中盘桓累月。应范氏之请,姜夔自度《暗香》《疏影》二曲,遂为千古咏梅名篇。《暗香》之主旨,历来聚讼纷纭。或以为讽刺南宋之偏安;或以为借梅之盛衰来抒发一己身世之感;或以为隐喻自己有用世之志,希望范成大为之引进;或以为通过咏梅来怀念情人。此皆"读者之用心何必不然"。纯以咏物词而论,此篇体物精工,想象飞动,咏物而杂以人事,情韵盎然，允为佳构。上片均写赏梅之事。"旧时月色"一句，唤起往昔无限感怀。月下吹笛，玉人攀摘，清寒之中自饶风雅。"何逊"句以下，言今不如昔。词人自言"忘却词笔"，是难复旧日之风流雅兴也。如今疏梅几朵，冷香袭人，空触愁思。下片情渐出。"江国"四句反用陆凯诗，言道阻且长，折梅难寄，已是情郁于中。"翠尊"二句力量重大，极言悲痛之深、思念之切，词情沛然而出。"红萼"与"翠尊"相对，色彩鲜明冷艳，亦给读者留下极深之印象。"长记"二句言昔时之繁盛，"千树压、西湖寒碧"措语奇峻，亦是重拙之笔。末二句言今朝之零落，"片片吹尽"状轻薄飘动之貌，适与上句之重拙相对。"几时见得"四字读来气堵喉噎，宜其传递悲伤沮抑之情。全词花事与人事相应，词情郁勃。至于所思所感，则不必一一指实也。

疏 影

苔枝缀玉①。有翠禽小小，枝上同宿②。客里相逢，篱角黄昏，无言自倚修竹③。昭君不惯胡沙远④，但暗忆、江南江北。想佩环、月夜归来⑤，化作此花幽独。　　犹记深宫旧事，那人正睡里，飞近蛾绿⑥。莫似春风，不管盈盈，早与安排金屋⑦。还教一片随波去，又却怨、玉龙哀曲⑧。等恁时⑨、重觅幽香，已入小窗横幅⑩。

[注释]

①苔枝：范成大《梅谱》："古梅。会稽最多，四明、吴兴亦间有之。其枝樛曲万状，苍藓鳞皴，封满花身。又有苔须垂于枝间，或长数寸，风

至,绿丝飘飘可玩。初谓古木久历风日致然。详考会稽所产,虽小株亦有苔痕,盖别是一种,非必古木。余尝从会稽移植十本,一年后花虽盛发,苔皆剥落殆尽。其自湖之武康所得者,即不变移。"缀玉:梅花洁白如玉,缀于枝头。②"有翠禽"二句:化用赵师雄醉憩梅花下事。柳宗元《龙城录》载,隋人赵师雄迁罗浮,于酒肆旁舍见一女子相迎。师雄喜甚,与之对饮。"少顷,有一绿衣童来,笑歌戏舞,亦自可观。顷醉寝,师雄亦懵然,但觉风寒相袭。久之,时东方已白。师雄起视,乃在大梅花树下,上有翠羽啾嘈相顾。"则女子乃梅花之神,绿衣童为枝上翠鸟所化。③"无言"句:杜甫《佳人》:"天寒翠袖薄,日暮倚修竹。"此以梅花比作佳人。④昭君:西汉宫女王嫱,汉元帝将之嫁给匈奴,居留北方荒寒之地。事见《后汉书·南匈奴传》。⑤"想佩环"句:杜甫《咏怀古迹》其三咏王昭君,中云:"画图省识春风面,环佩空归月夜魂。"⑥"犹记"三句:化用寿阳公主梅花妆事。《太平御览》卷三十引《杂五行书》曰:"宋武帝女寿阳公主,人日卧于含章殿檐下。梅花落公主额上,成五出花,拂之不去。皇后留之,看得几时。经三日,洗之乃落。宫女奇其异,竞效之。今'梅花妆'是也。"蛾绿即指眉黛。⑦安排金屋:《汉武故事》载,汉武帝刘彻少时,其姑母指着自己的女儿阿娇问他,娶这样的妻子如何。刘彻回答说:"若得阿娇作妇,当作金屋贮之也。"这里是说对梅花如对爱人般倍加呵护珍惜。⑧玉龙:指笛子。姜夔《绿萼梅》:"金谷楼高愁欲堕,断肠谁把玉龙吹。"哀曲:指《梅花落》等笛曲。《乐府诗集》卷二十四:"《梅花落》,本笛中曲也。"如鲍照《梅花落》云:"摇荡春风媚春日,念尔零落逐风飘。"⑨恁时:那时候。⑩横幅:画幅。这里指画中之梅。

[辑评]

柴望《凉州鼓吹自序》：词起于唐而盛于宋，宋作尤莫盛于宣、靖间。美成、伯可各自堂奥，俱号称作者。近世姜白石一洗而更之，《暗香》《疏影》等作，当别家数也。

张炎《词源》卷下：白石词如《疏影》《暗香》……等曲，不惟清空，又且骚雅，读之使人神观飞越。

姜白石《暗香》赋梅云……，《疏影》云……。此数词皆清空中有意趣，无笔力者未易到。

白石《疏影》云："犹记深宫旧事，那人正睡里，飞近蛾绿。"用寿阳事。又云："昭君不惯胡沙远，但暗忆、江南江北。想珮环、月下归来，化作此花幽独。"用少陵诗。此皆用事不为事所使。

词之赋梅，惟姜白石《暗香》《疏影》二曲，前无古人，后无来者，自立新意，真为绝唱。太白云："眼前有景道不得，崔颢题诗在上头。"诚哉是言也。

陆辅之《词旨》下：警句凡九十二则：……昭君不惯胡沙远，但暗忆江南江北。

卓人月《古今词统》卷十五：（评"昭君不惯胡沙远"四句）启母化石，虞姬化草。昭君丰容靓饰，光明汉宫，化而为梅，不亦宜乎？

刘体仁《七颂堂词绎》：咏物至词，更难于诗。即"昭君不惯胡沙远，但暗忆江南江北"，亦费解。

许昂霄《词综偶评》：别有炉鞴熔铸之妙，不仅以隐括旧人诗句为能。（"昭君不惯胡沙远"四句）能转法华，不为法华所转。宋人咏梅，例以弄玉、太真为比，不若以明妃拟之尤有情致也。胡澹庵诗，亦有"春风自识明妃面"之句。（"还教一片随波去"二句）用笔如龙。

（但暗忆江南江北）借用法。（"莫似春风"三句）翻案法。作词之法贵倒装，贵借用，贵翻案。读此二阕，秘钥已尽启矣。

张惠言《词选》卷二：此章更以二帝之愤发之，故有"昭君"之句。

周济《介存斋论词杂著》：惟《暗香》《疏影》二词，寄意题外，包蕴无穷，可与稼轩伯仲。余俱据事直书，不过手意近辣耳。

周济《宋四家词选》：此词以"相逢""化作""莫似"六字作骨。（评下片）不能挽留，听其自为盛衰。

宋翔凤《乐府余论》：《暗香》《疏影》，恨偏安也。盖意愈切，则辞愈微。屈宋之心，谁能见之？乃长短句中复有白石道人也。

邓廷桢《双砚斋词话》：《疏影》前阕之"昭君不惯胡沙远，但暗忆、江南江北。想佩环、月下归来，化作此花幽独"，后阕之"还教一片随波去，又却怨、玉龙哀曲"，……乃为北庭后宫言之，则《卫风·燕燕》之旨也。读者以意逆志，是为得之。

陈澧《白石词评》："旧时月色"妙在传神，"苔枝缀玉"工于体物。起韵四字必须炼，有单炼，有双炼。（评"昭君不惯胡沙远"二句）用典由自己意造，与"何逊"二句同一翻新。张皋文谓此"以二帝之愤发之"，皋文论词多穿凿，惟此似得之，否则何忽说到"胡沙"耶？忽用提笔，自然跌宕。（评"想佩环月夜归来"二句）灵活紧醒，此虚字法也。（评结二句）别用一意作收，善于谋篇。说到花落矣，谁解如此作收。

李佳《左庵词话》卷上：白石笔致骚雅，非他人所及，最多佳作。石湖咏梅二词，尤为空前绝后，独有千古。《暗香》云……《疏影》云……清虚婉约，用典亦复不涉呆相。风雅如此老，倩小红低唱，吹箫和之，洵无愧色。

谭献《谭评词辨》卷二：（评"还教一片随波去"二句）跌宕昭彰。

谢章铤《赌棋山庄词话》：此词音节固佳，至其文则多有欠解处。白石极纯正娴雅，然此阕及《暗香》阕则尚有可议。盖白石字雕句炼，雕炼太过，故气时不免滞，意时不免晦。（卷一）

"那人正睡里，飞近蛾绿"，此即熟事虚用之法。（卷十二）

汪瑔《旅谭》：鄙意以词中语意求之，则似为伪柔福帝姬而作。……白石《疏影》词所云："昭君不惯胡沙远，但暗忆、江南江北。想佩环、月下归来，化作此花幽独。"言其自金逃归也。又云："犹记深宫旧事，那人正睡里，飞近蛾绿。莫似春风，不管盈盈，早与安排金屋。"则言其封福国长公主，适高世荣也。又云："还教一片随波去，又却怨、玉龙哀曲。"则言其为韦后所恶，下狱诛死也。至《暗香》一阕所云："翠尊易泣，红萼无言耿相忆。长记曾携手处，千树压、西湖寒碧。"则就高世荣言之，于事败之后，追忆曩欢，故有"易泣""无言"之语也。张叔夏谓《疏影》"前段用少陵诗，后段用寿阳事，此皆用事不为事使"，夫寿阳固梅花事，若昭君则与梅无涉，而叔夏顾云然，当是白石词意叔夏知之。特事关戚里，不欲明言，故以此语微示其端耳。余尝以此说质之伯眉，颇不以为谬。然究是臆说，姑识之以质当世之知言者。

蒋敦复《芬陀利室词话》卷三：词原于诗，即小小咏物，亦贵得风人比兴之旨。唐、五代、北宋人词，不甚咏物。南渡诸公有之，皆有寄托。白石《石湖咏梅》，暗指南北议和事。

李慈铭《越缦堂读书记·白石道人集》：白石以词名当家，律吕甚谐，不失分寸，而语意疏拙，其盛传者《暗香》《疏影》二词，读之似幽咽可听，而情味索然，又多率句，予尝谓可与张玉田《春水》词并置不论。

陈廷焯《云韶集》卷六：上章已极精妙，此章拉杂使事，而一往情深，了无痕迹，既腴炼又清虚，不独冠绝两宋，直欲压遍千古。"还教"二语姿态秾艳，风韵过人。

陈廷焯《白雨斋词话》卷二：不独《暗香》《疏影》二章，发二帝之幽愤，伤在位之无人也。

沈祥龙《论词随笔》：白石"犹记深宫旧事，那人正睡里，飞近蛾绿"，用寿阳事，皆为玉田所称，盖辞简而余意悠然不尽也。

王闿运《湘绮楼词选·本编》：（评"莫似春风"）"似"当是"是"。

郑文焯《白石道人歌曲批语》：此盖伤心二帝蒙尘，诸后妃相从北辕，沦落胡地，故以昭君托喻，发言哀断。考唐王建《塞上咏梅》诗曰："天山路边一株梅，年年花发黄云下。昭君已没汉使回，前后征人谁系马。"白石词意当本此。近世读者多以意疏解，或有嫌其举典，拟不于伦者，殆不自知其浅暗矣。词中数语，纯从少陵咏明妃诗意隐括，出以清健之笔，如闻空中笙鹤，飘飘欲仙。觉草窗、碧山所作吊雪香亭梅诸词，皆人间语，视此如隔一尘，宜当时转播吟口，为千古绝唱也。至下阕藉《宋书》寿阳公主故事，引申前意，寄情遥远，所谓怨深文绮，得风人温厚之旨已。

周尔墉《绝妙好词评》：何逊、昭君，皆属隶事，但运气空灵，变化虚实，不同獭祭钝机耳。

沈泽棠《忏庵词话》：白石《暗香》云："何逊而今渐老，都忘却、春风词笔。"《疏影》云："昭君不惯胡沙远，但暗忆、江南江北。想佩环、月下归来，化作此花幽独。"均属用事而神乎变化者，自与獭祭迥别。且姜词实为汴宫北徙而言也。

俞陛云《唐五代两宋词选释·宋词选释》：《疏影》曲叔夏言其"用事不为事所使"，诚然。但其意不仅用明妃、寿阳事，殆以两宫北狩，有故主蒙尘之感，故云花片随波，胡沙忆远，寓霜塞玉鞭之慨。转头处即言深宫旧事，与《暗香》曲"旧时月色"相应。否则落花随水及"玉龙哀曲"句与寿阳何涉耶？白石之《小重山令》咏红梅云："九疑云杳断魂啼。相思血，都沁绿筠枝。"殆亦此意。二曲（注者按：指《暗香》《疏影》）藉花写怨，一片神行，宜推绝唱也。

王国维《人间词话》卷上：白石《暗香》《疏影》格调虽高，然无一语道着，视古人"江边一树垂垂发"等句何如耶？

碧痕《竹雨绿窗词话》："疏影横斜水清浅，暗香浮动月黄昏。"此千古咏梅诗中之佳句也。作词者亦有咏梅，然佳句无多。予尝读之，惟姜白石《暗香》《疏影》二阕，颇称绝唱。

梁启勋《曼殊室随笔·词论》：南宋词人对于花草之吟咏，似以梅为特多。盖以此花之品格既高，而江南岭北之间又特盛故也。白石为此花特制二曲，曰《暗香》，曰《疏影》。古今独绝，固然论矣。……写花之色香易，写花之身分难。如白石之"客里相逢，篱角黄昏，无言自倚修竹。昭君不惯胡沙远，但暗忆、江南江北。想佩环、月夜归来，化作此花幽独"，则真能画出梅之身分者。

蔡嵩云《柯亭词评》：此章乃吊随二帝北狩诸妃嫔、公主而作。因见篱角梅花而想到昭君墓梅，及寿阳宫梅，发抒一段感慨，亦是兴体。"苔枝缀玉"至"自倚修竹"是眼前梅花，"昭君"以下四句融合唐王建《塞上咏梅》诗、杜工部咏明妃诗隐括而成。"小窗横幅"已成画稿，言眼前梅花将来如此，重来已无幽香可觅，亦与昭君、寿阳诸美同归于尽，徒留此残影供人凭吊而已。"金屋"与"篱角"对照，言此幽花不受春风管领，落后宁随流水，方能自保其洁。今诸美扈从北狩，难保无如王昭仪辈之随圆缺者。帝王失势不能庇及妇人，故有玉龙之哀怨。玉龙，笛名，笛中有落梅曲，故名哀曲。

蔡嵩云《柯亭词论》：白石咏梅，《暗香》感旧，《疏影》吊北狩扈从诸妃嫔。大都双管齐下，手写此而目注彼，信为当行名作。此虽意别有在，然莫不抱定题目立言。

陈匪石《宋词举》卷上：此词以美人为喻。"苔枝缀玉"，先点题面。"翠禽"使罗浮事，以美人素妆迎赵师雄，故以"客里相逢"三句继之。"无言自倚修竹"，明用杜诗《佳人》末句，暗用苏诗"竹外一枝"，所以状梅之孤洁，亦比石湖之清高。若以章法言，首句是梅花，二三两句是花神，四五六句是与花神相遇时所见，而"昭君"四句则由"无言"句引出者也。王建《塞上梅》诗有"昭君已没汉使回"之句，兹即借以立意。"不惯胡沙""暗忆江南江北""月夜魂归""化作此花幽独"，当然是徽、钦遗恨。徽宗《燕山亭》后片曰："凭寄离恨重重，这双燕何曾，会人言语。天遥地远，万水千山，知他故宫何处。怎不思量，除梦里、有时曾去。"可为笺注之资。张、陈诸氏谓为"发二帝之幽愤"是已。至其命意警辟，运掉空灵，又玉田所谓"自立新意"者，实高出王、张咏物各词之上。梦窗《郭希道送水仙·花犯》过变，即脱胎于此。不独"佩环"句运化杜诗，使事而不为事使，如玉田所赞赏也。过变"深宫旧事"，词面、词意均遥承"昭君"句。曰"犹记"，则不堪回首之情。"睡里飞近蛾绿"，用寿阳点额事，写一憨态，反照前之幽独。"安排金屋"，承"飞近蛾绿"。一片护惜之情，未忍似春风之听其开落，又不使沦入胡沙。不料沦入胡沙者，即最可忆者也。"还教"一转，"随波去"后，"却怨玉龙"，谁为为之？此恨遂成终古！无可奈何语，以跌宕之笔出之。结拍作无聊之想，犹欲"重觅幽香"，而"小窗横幅"，惟存幻影，并香亦不能留，语更沉痛。寻味后片"飞"者、"安排"者、"随波"者，言已落之梅花；"睡里"喻太平时沉酣之状；"金屋"喻忠爱之忱；"玉龙"亦隐有所指，特其言微隐耳。

刘永济《唐五代两宋词简析》：此词更明显为徽、钦二帝作。起数句，暗用赵师雄梦见花神事以形容梅花之丽。"客里"三句，以梅花比倚竹美人，"无言"者，见其情岑寂也。"昭君"二句，明用徽宗《眼儿媚》词语。徽宗此词有故国之思，故曰"暗忆江南江北"。"佩环"二句，言魂归故国，此时徽、钦二帝均死于北地也。后半阕一起点明"深宫旧事"，乃追念北宋未亡前，徽宗荒淫逸乐之事。"睡里"者，正斥其醉生梦死也。"莫似"三句，又责其不重国事，而以不能惜花相比。"一片"二句，则言其国亡被掳，空托词语以念家国。"玉龙哀曲"，即指徽宗《眼儿媚》词中"忍听羌管"语也。"等恁时"二句，则表面言梅花落后，只有向画中寻觅，言外却悲国事已坏，欲重如旧时之盛，惟有空想而已。此首比前首更为悲愤，但皆以梅花托言，故非个中人知当时事如范成大者，不能感受其深意所在也。此词后人误解甚多，大都不知"昭君"句之用意何在，故说来多不莹彻。

胡适《词选》：他的词长于音调的谐婉，但往往因音节而牺牲内容。有些词读起来很可听，而其实没有什么意义。如他的《暗香》《疏影》二曲，张炎称为"前无古人，后无来者，自立新意，真为绝唱"（《词源》）。但这两首词只是用了几个梅花的古典，毫无新意可取，《疏影》一首更劣下，故我们都不采取。

叶绍钧《〈周姜词〉绪言》：又如有名的咏梅花的《暗香》《疏影》两词，论音节实在可爱。我们不曾选，这里录《疏影》一首（词略）。张炎说这两首"前无古人，后无来者，自立新意，真为绝唱"，但是这一首前段用少陵诗，后段用寿阳事，我们只觉有咏物体的支离破碎的通病。即使不论全篇的浑凝，把它分开了看，如从杜甫诗句化出的"昭君不惯胡沙远，但暗忆、江南江北。想佩环、月夜归来，化作此花幽独"，对于梅花也未见十分亲切有味。

俞平伯《唐宋词选释》下卷：此系白石自度曲，二首均咏梅花，蝉联而下，似画家的通景。第一首即景咏石湖梅，回忆西湖孤山千树盛开，直说到"片片吹尽也"。第二首即从梅花落英直说到画里的梅花。与周邦彦《红林檎近》词两首，由初雪说到雪盛、残雪，再欲雪，章法相似。却不是纯粹写景咏物，多身世家国之感，与周词又不同。上首多关个人身世，故以何逊自比。下首写家国之恨居多，故引昭君、胡沙、深宫等等为喻。更有一点可注意的，"江南江北"之"北"字出韵，系用南方土音押韵。岂因主要意思所在，故不回避出韵失律之病？因之也更觉突出。窃谓旧说大致不误，惟亦不必穿凿比附以求之。至谓作词时离徽钦被虏已六十年，就未必再提旧话，此点却似无甚关系。因南渡以后，依然是个残局，而且更危险，是不妨有所感慨。词多比兴，虽字面上说梅花，却处处关到自己，关到家国，引用古句甚多，自是用心之作。虽稍有沉晦处，参看注文，大意可通。夏氏怀念旧欢之说，在本词看来不甚显明。

顾宪融《填词百法》卷上：白石石湖咏梅之《暗香》《疏影》二阕，寄意题外，包蕴无穷，超则超矣，要其体物之工亦未得谓臻于绝诣。

唐圭璋《唐宋词简释》：此首咏梅，寄托亦深。起写梅花之貌，次写梅花之神；梅之美，梅之孤高，并于六句中写足。"昭君"两句，用王建咏梅诗意，抒寄怀二帝之情。"想佩环"两句，用杜诗意，拍到梅花，更见想望二帝之切，此玉田所谓"用事不为事所使"也。换头，用寿阳公主事，以喻昔时太平沉酣之状。"莫似"三句，申护花之情，即以申爱君之情。"还教"两句，言空劳爱护，终于随波飘流，但闻笛里梅花，吹出千里关山之怨来，又令人抱恨无限。"等恁时"两句，用崔橹诗，言幽香难觅，惟余幻影在横幅之上，语更沉痛。篇中虽隶事，然运气空灵，笔墨飞舞。下片虚字，如"犹记""莫似""早与""还教""又却怨""等恁时""已入"之类，皆能曲折传神。

胡云翼《宋词选》：《疏影》究竟有何寄托，聚讼更加纷纭。郑文焯根据张惠言的意见，在所校《白石道人歌曲》里说："此盖伤二帝蒙尘，诸后妃相从北辕，沦落胡地，故以昭君托喻，发言哀断。考唐王建《塞上咏梅》诗曰：'天山路边一株梅，年年花发黄云下。昭君已没汉使回，前后征人谁系马。'白石词意当本此。"近人刘永济举出宋徽宗《眼儿媚》词中的"春梦绕胡沙""吹彻梅花"作为"昭君不惯胡沙远""化作此花幽独"之所本，这就更加增强这一说法的依据。话虽如此，全篇的主题仍难统一，因为后面一段里又讲到"深宫旧事"和"安排金屋"，把重点一移再移，所谓故君之思的寄托，也就难以贯串起来解释了。

吴世昌《词林新话》：宋人词中余最不喜苏轼《水龙吟·咏杨花》，白石《暗香》《疏影》，梦窗《唐多令》，而历来论客多盛誉之，真不可解也。（卷一）

白石《暗香》《疏影》二首，游戏之作耳。虽艺术性强，实无甚深意。乍看似新颖可喜，细按则勉强做作，不耐咬嚼。此本拟人格之通病。白石以花比美人，甚至谓"暗忆江南江北"，即昭君本人又何尝有此感念。且"环佩空归月下魂"，老杜先已发其想象。白石学舌，已落第二乘矣。亦峰谓此二词"发二帝之幽愤，伤在位之无人也，特感慨全在虚处，无迹可寻，人自不察耳""斯为沉郁，斯为忠厚"云云，全是自欺欺人之谈。白石自写情词，与时事无关。所谓沉郁忠厚，意凡词叫人看不懂就好，就有寄托。《儒林外史》中某人有言："九门提督待兄是没法说的

了。"即此类也。皇帝新衣亦此类也。（卷四）

　　沈祖棻《宋词赏析》：此词"昭君不惯胡沙远"之语，前人多谓乃指靖康之祸，徽、钦二帝及后宫北徙。张惠言《词选》云："以二帝之愤发之。"邓廷桢《双砚斋词话》云："乃为北庭后宫言之。"郑文焯校本云："此盖伤二帝蒙尘，诸后妃相从北辕，沦落胡地，故以昭君托喻，发言哀断。考唐王建《塞上咏梅》诗曰：'天山路边一株梅，年年花发黄云下。昭君已没汉使回，前后征人谁系马。'白石词意当本此。"刘弘度丈则举徽宗北行道中闻番人吹笳笛声口占《眼儿媚》词中"春梦绕胡沙。家山何处，忍听羌笛，吹彻梅花"诸句，其中分明有"胡沙""梅花"之语，以为即姜词所指，其说尤为可信。靖康之祸，创巨痛深，故直至南宋末年，如刘克庄、高观国诸人之词，仍有追踪此作，托梅发愤者。此咏物之作，而忽及二帝之愤者，则亦犹有人登栖霞、赏红叶，而忽忆及庚子之乱，珍妃投井，晚清词流多假咏落叶以吊之，于作词时，因亦阑入其事。意者白石既止石湖弥月，酒边纵谈，或及靖康之事，逮其索句，遂亦涉笔及之。《文心雕龙·神思篇》云："寂然凝虑，思接千载；悄焉动容，视通万里。"此之谓也。首句，写梅之姿色；"翠禽"二句，写翠禽安适之状。此宴安鼎盛之时。"客里"三句，言客中相见，时值日暮天寒，虽缀玉枝头，而横枝篱角，无言倚竹，已自凄凉。"客里"，有播迁意；"篱角"，有江山一角意；"倚修竹"，有翠袖单寒，伶俜可怜意。此南渡偏安之局。"昭君"二句，发二帝之愤，以"胡沙"及"江南江北"对照点出。用"暗忆"字，尤见去国之悲乃所不敢明言，惟暗忆耳。"想佩环"二句，谓故国难归，惟有"环佩空归月下魂"而已。昭君之魂，化作梅花，亦犹望帝之魂，化作杜宇，再次将眼前梅花与徽宗词中"吹彻梅花"绾合。四句已极伤感。换头"深宫"，谓汴京之宫，"旧事"，谓靖康二年以前之事。"那人"二句,以前沉酣睡梦之情。"莫似"三句,惜花之心,即忠爱之意。"还教"二句,谓虽有惜花之意,而终事与愿违,落花终自随波,护花心事亦惟同付东流而已。谭献《复堂词话》谓此二句"跌宕昭彰",因其已将心事和盘托出。周济则谓"莫似"以下五句,乃谓"不能挽留,听其自为盛衰",所见亦是。花已随波,护花无计,然闻笛声之哀,又不能不怨,极吞吐难言之苦。结句谓虽欲重觅幽香,而徒余画幅。盛时难再,陈迹空存。行文至此,戛然而止,所谓"发言哀断"也。此词善用虚字,周济谓"以'相逢''化作''莫似'六字作骨",是也。他如"还教""又却""已入",亦转折翻腾,莫不入妙。《暗香》《疏影》虽同时所作,然前者多写身世之感,后者则属兴亡之悲,用意小别,而其托物喻志则同。

[评析]

　　《暗香》《疏影》作于同时同地,堪称姊妹篇。前者一任神行,情韵丰沛;后者则多用典故,寓意遥深。至于寓意何在,众说纷纭。或谓发徽、钦二帝之愤,伤在位之无人;或谓慨叹北庭后妃播迁,甚乃直言为柔福帝姬而作;或谓指南北议和事;夏承焘先生则怀疑亦与合肥情事有关。窃谓观"昭君""胡沙""玉龙"等语,若以"有寄托"推寻,论据实多。沈祖棻论二词,以为"前者多写身世之感,后者则属兴亡之悲",乃十分敏锐之感受。《疏影》一词起句尚不觉奇,然"客里相逢"以下,渐入佳境。连用杜甫《佳人》、王昭君、寿阳公主事,梅花之形象遂与美丽芳洁、风骨宛然之女子泯然为一,不须正面着墨而品格自出。此词典故虽多,妙在不落拼凑,每一例古典都经词人妙手点化,注入新的情境,读来宛转流丽、气脉贯穿。梅花之形象经以上渲染已丰容有余,"莫似春风"三句遂流露出难以抑制的爱怜之情。"还教"二句词意一转,言此芳洁深美之物终究随波而去，怨曲空闻。虽则已去，寸衷难泯，末二句更将梅花绘影图形。梅花已然化作无生命之"横幅"，而我犹觉幽香仿佛，忠厚深挚。通观全词，梅花由生机盎然之"翠禽同宿"，到如昭君诸女般饱经忧患，继而随波而去，最终只余窗间一图，似乎三生三世业已说尽。遭际虽苦，自有幽香不灭，令人凛然生敬。此词夭矫飞动，想象精奇，深情内蕴，至于其所思所指，读者自可以意逆志，不必执于一说。

水 龙 吟

黄庆长夜泛鉴湖①，有怀归之曲，课予和之②。

夜深客子移舟处③，两两沙禽惊起。红衣入桨，青灯摇浪④，微凉意思⑤。把酒临风，不思归去，有如此水⑥。况茂陵游倦⑦，长干望久⑧，芳心事、箫声里。　　屈指归期尚未。鹊南飞、有人应喜⑨。画阑桂子⑩，留香小待，提携影底⑪。我已情多，十年幽梦，略曾如此。甚谢郎、也恨飘零，解道月明千里⑫。

[注释]

①黄庆长：姜夔好友，其人不详。鉴湖：又称长湖、大湖、庆湖、镜湖，在浙江绍兴西。②课：要求，督促。③客子：离家在外的人。④青灯：光线青荧的油灯。⑤意思（sì）：情味，心绪。⑥"不思"二句：指水为誓，以示归心似箭。《左传·僖公二十四年》载公子重耳之言曰：

"所不与舅氏同心者,有如白水。"苏轼《游金山寺》:"我谢江神岂得已,有田不归如江水。"⑦茂陵:汉武帝陵墓,在今陕西省兴平县东北。西汉司马相如病免后家居茂陵,后用以指代失意文人。⑧长干:里巷名,靠近长江。崔颢有《长干曲》四首,李白有《长干行》二首,皆写女子之相思。⑨"鹊南飞"句:古有喜鹊鸣,行人归的说法。刘歆《西京杂记》卷三载陆贾之言:"乾鹊噪而行人至,蜘蛛集而百事喜。"冯延巳《谒金门》:"终日望君君不至,举头闻鹊喜。"⑩画阑:有画饰的栏杆。桂子:桂花。⑪提携:携手。⑫"甚谢郎"二句:南朝宋谢庄《月赋》:"美人迈兮音尘阙,隔千里兮共明月。"

[辑评]

陈澧《白石词评》:(评结二句)忽然飏开说谢郎,其实自道也。

俞陛云《唐五代两宋词选释·宋词选释》:此乃和友人鉴湖怀归之作。借杯酒自浇块垒,言愁欲愁,曲折写来,绝无平衍之笔。"鹊南飞"四句从对面着想,便饶情致。

[评析]

据夏承焘《姜白石系年》,绍熙四年(1193)姜夔客居绍兴,此词即作于是年秋天。虽是唱和友人羁旅怀归之作,然实亦见自家心事。夜既深,沙禽也该入睡,却被客子荡舟惊起。客子何为中夜不眠?"红衣"三句细述环境,已有清幽冷寂之意。"把酒临风"以下明言归思。客行孤倦,归心已如流水,何况里中巷陌尚有一人,绿窗悬望,芳心无主。上片以箫声作结,情韵缥缈,味之不尽。下片写两地相思。细算行程,归期未到。遥想长干佳人,见到喜鹊南飞定然心生欢喜,为它预兆行人归来。而词人心中明白归期未到,鹊喜一句徒增伤感。"画阑"三句,想象良辰美景携手相伴情景。"留香"二字殷殷期许,情意深厚。可惜好景不长,后三句即言明此乃幻想中之梦境,旖旎情多,顿成梦觉。末二句用谢庄《月赋》,黄庆长怀归之作在先,"甚谢郎"语气遂有问友人之意。虽以千里共明月自宽,却流露出无限哀感。通篇无甚警句,然清畅可喜,颇为难得。

玲珑四犯

越中岁暮,闻箫鼓感怀①。

叠鼓夜寒②,垂灯春浅③,匆匆时事如许。倦游欢意少,俯仰悲今古④。江淹又吟恨赋⑤。记当时、送君南浦⑥。万里乾坤,百年身世,唯有此情苦。　　扬州柳垂官路。有轻盈换马⑦,端正窥户⑧。酒醒明月下,梦逐潮声去。文章信美知何用⑨,漫赢得、天涯羁旅。教说与。春来要、寻花伴侣。

[注释]

①箫鼓:箫与鼓,泛指乐奏。陆游《游山西村》:"箫鼓追随春社近。"②叠鼓:连续击鼓。③垂灯:张灯结彩。④"俯仰"句:王羲之《兰亭集序》:"向之所欣,俯仰之间,已为陈迹。"⑤江淹:字文通,南朝文学家。有《别赋》《恨赋》。⑥送君南浦:江淹《别赋》:"送君南浦,伤如之何。"⑦轻盈换马:指美丽曼妙的女子。唐李冗《独异志》卷中:"后魏曹彰,性倜傥。偶逢骏马,爱之,其主所惜也。彰曰:'余有

美妾可换,唯君所选。'马主因指一妓,彰遂换之。"⑧端正:相貌匀称姣好。顾况《梁广画花歌》:"上元夫人最小女,头面端正能言语。"窥户:由室内向外窥视,指代情遇。周邦彦《瑞龙吟》:"因念个人痴小,乍窥门户。"⑨信美:的确很好。

[辑评]

杨慎《词品》卷四:《玲珑四犯》云:"轻盈唤马,端正窥户。酒醒明月下,梦逐潮声去。"其腔皆自度者。传至今,不得其调,难入管弦,只爱其句之奇丽耳。

陈澧《白石词评》:起两句忽落,盖一递一转之法。(评"万里乾坤"三句)一提一落。(评"文章信美知何用")又提。"漫赢得"好。(评结二句)应起句,完密。

陈廷焯《云韶集》卷六:苦雨凄风。白石词此篇最激切,盖亦身世之感,有情不容已者。(评"酒醒明月下"四句)击碎玉唾壶。诗人如杜、李,词人如白石,未能大用,我亦欲代击唾壶。

梁令娴《艺蘅馆词选》丙卷:(评"酒醒明月下"二句)家大人云:"与清真之'斜阳冉冉春无极'同一风格。"

张伯驹《丛碧词话》:白石词,如……"酒醒明月下,梦逐潮声去",……皆似神来之笔,直逼淮海。

胡云翼《宋词选》:宋光宗绍熙四年(1193),姜夔在越中度岁,写下这首岁暮感怀的词。他多年来在江湖上漫游作客,无所成就,不无迟暮之感。所以词中一再感叹"倦游欢意少""漫赢得、天涯羁旅"。"文章信美知何用"是作者怀才不遇的愤慨语,可见这位寄情山水的诗人,还是有积极要求用世的一面。

吴世昌《词林新话》卷四:白石《玲珑四犯》(越中岁暮,闻箫鼓感怀）"文章信美知何用，漫赢得、天涯羁旅"二句浅薄。白石不应作此类语，此介存所以讥其貌为恬淡而实热中也。

沈祖棻《宋词赏析》：起三句，扣题。"倦游"四句，"倦游"是一层，"欢意少"又是一层。总之，俯仰宇宙，本已抑郁寡欢，何堪又吟《恨赋》，忆当时别况耶？"万里"三句，言空间虽大、时间虽久，而于此混沌渺茫之中，惟此一点不变之情足以苦人耳。收缩"万里""百年"于方寸之间，则此情之厚、此苦之深，断可知矣。过片谓彼美虽"轻盈""端正"，然当月下酒醒，旧梦已逐潮声而去矣。此亦杜牧"十年一觉扬州梦"之感。"文章"二句，沉痛。"教说与"二句，质直中见深婉，执拗得妙，痴顽得妙，以见此"要"字乃从肺腑中来，当知此所要之"寻花伴侣"，即南浦所送之"君"，故非要不可也。"换马"，换或作唤，非。《爱妾换马》，本乐府古辞，今不传，见《乐府解题》。唐人诗、赋亦有以之为题者，如张祜即有《爱妾换马》之诗。此以"换马"为美女之代语，与"窥户"同。"窥户"，见周邦彦《瑞龙吟》："因念个人痴小，乍窥门户。"

[评析]

绍熙四年（1193）岁暮，姜夔居绍兴。以一孤寂漂泊之身，值此时序更迭之际，俯仰身世，发为歌词。岁末春初，本该团圆热闹，词人反漂泊在外，孤寂悲苦遂一倍增之。起三句是序言中情景，感流光之速。"倦游"四句，悲感层层累进。孤身羁旅，自是乐少愁多，念及悠悠前事，更生万千感慨，何况忆往昔南浦之别？"万里"三句苍茫沉郁，时空浩渺，而萦绕心头者，不外此一点情苦，当真是愁来天地悲无数。下片感旧伤今。"扬州"三句写旧游之温柔美好。然中夜酒醒，但有明月在天，潮声在耳，旧梦凄然如水，流逝如水。"文章"二句言辞激切，是陈廷焯所云

"苦雨凄风"，乃词人之沉痛自白。末二句尚存一点微茫希望，期盼新春到时，有人相伴寻花。然揆其行迹，知此念终难得遂，一点希望愈见可怜。唐人崔涂《除夜有怀》诗云："那堪正飘泊，明日岁华新。"姜夔此词正同此意也。

莺声绕红楼

甲寅春①，平甫与予自越来吴②，携家妓观梅于孤山之西村③，命国工吹笛，妓皆以柳黄为衣。

十亩梅花作雪飞④。冷香下、携手多时。两年不到断桥西⑤。长笛为予吹。　人妒垂杨绿，春风为、染作仙衣。垂杨却又妒腰肢⑥。近平声前舞丝丝。

[注释]

①甲寅：宋光宗绍熙五年（1194）。②平甫：张鉴，字平甫，南宋名将张俊之孙。家杭州，另有庄园在无锡。绍熙四年（1193），姜夔与张鉴结识。姜依张而居很长时间，交情尤笃。周密《齐东野语》卷十二载《姜尧章自叙》："四海之内，知己者不为少矣，而未有能振之于窭困无聊之地者。旧所依倚，惟有张兄平甫，其人甚贤。十年相处，情甚骨肉。而某亦竭诚尽力，忧乐同念。平甫念其困踬场屋，至欲输资以拜爵，某辞谢不愿。又欲割锡山之膏腴以养其山林无用之身。"③孤山：山名，在杭州

西湖中，风景绝胜。西村：姜夔《卜算子》（绿萼更横枝）自注："西村在孤山后，梅皆阜陵时所种。"④"十亩"句：极言梅花之繁盛。姜夔《暗香》："千树压、西湖寒碧。"朱敦儒《鹧鸪天》："一任梅花作雪飞。"⑤断桥：桥名，位于西湖白堤上。周密《武林旧事》卷五："断桥，又名段家桥。万柳如云，望如裙带。"孤山在断桥西面。⑥垂杨：即垂柳。

[评析]

绍熙五年（1194）春，姜夔与张鉴自绍兴至杭州，携妓观梅于西湖孤山，作此词以纪游。首句"十亩梅花"极写梅花之盛，如其《暗香》词之"千树压、西湖寒碧"，笔力沉重。姜夔与张平甫交情极笃，"冷香下"以下，虽未正面言及平甫，然观其"携手""为予"等语，两人情谊之密可知。姜夔一生漂泊，踪迹犹如雪泥鸿爪，两年不到某地原属寻常，此处特特拈出，可见对西湖胜景之留心。下片写舞姬之姿，运思精奇。美人妒垂杨之颜色，垂杨妒美人之腰肢，交互错杂，几不知是人是柳，而舞姬衣裙之娇艳、腰肢之轻柔，历历俱出。

角 招

甲寅春，予与俞商卿燕游西湖①，观梅于孤山之西村，玉雪照映②，吹香薄人③。已而商卿归吴兴，予独来，则山横春烟，新柳被水，游人容与飞花中，怅然有怀，作此寄之。商卿善歌声，稍以儒雅缘饰④；予每自度曲，吟洞箫，商卿辄歌而和之，极有山林缥缈之思。今予离忧⑤，商卿一行作吏⑥，殆无复此乐矣。

为春瘦。何堪更、绕西湖尽是垂柳。自看烟外岫⑦。记得与君,湖上携手。君归未久。早乱落、香红千亩。一叶凌波缥缈,过三十六离宫⑧,遣游人回首。　　犹有。画船障袖⑨。青楼倚扇⑩,相映人争秀。翠翘光欲溜⑪。爱著宫黄⑫,而今时候。伤春似旧。荡一点、春心如酒。写入吴丝自奏⑬。问谁识、曲中心,花前友。

[注释]

①燕游:闲游。②玉雪:指洁白的梅花。范成大《连夕大风凌寒梅已零落殆尽三绝》其二:"玉雪飘零贱似泥,惜花还记赏花时。"③薄:逼近,靠近。④缘饰:文饰。⑤离忧:忧伤。屈原《九歌·山鬼》:"风飒飒兮木萧萧,思公子兮徒离忧。"⑥一行作吏:一经为官。嵇康《与山巨源绝交书》:"游山泽,观鱼鸟,心甚乐之。一行作吏,此事便废。"⑦岫:峰峦。⑧三十六离宫:皇帝正宫以外或出巡临时居住的宫室称为离宫,相传西汉时期曾建有三十六座离宫。这里指南宋临安的众多宫殿。⑨障袖:女子以袖遮面。⑩倚扇:持扇倚立。张炎《忆旧游·过故园有感》:"记凝妆倚扇。"⑪翠翘:一种首饰,状似翠鸟尾上的长羽。光欲溜:光鲜亮丽。周邦彦《渔家傲》:"日照钗梁光欲溜。"⑫宫黄:古代妇女额头上涂饰的黄色。周邦彦《瑞龙吟》:"侵晨浅约宫黄,障风映袖,盈盈笑语。"⑬吴丝:吴地产的丝,指精美的琴弦。李贺《李凭箜篌引》:"吴丝蜀桐张高秋。"

[辑评]

俞陛云《唐五代两宋词选释·宋词选释》:此调为重过西湖,梅花已落,怀人而作。独客伤春之际,花落人遥,旧欢回首,谁能遣此!前半首随笔写来,含思凄婉。转头六句皆追写伊人情态。至"春心如酒"句为题珠所在,旧欢则甘如蜀荔,新愁则酸若江梅,两味相荡,浑如中酒。后主所谓"别有一般滋味在心头"也。以"花前后"三字结束全篇,悲愉之境,前后迥殊矣。

[评析]

绍熙五年(1194)初春,姜夔携友人俞灏同来孤山赏梅。不久俞灏往吴兴,姜夔一人重游西湖。追念昔游,怀想故人,因作此词寄之。首句"为春瘦"三字极突兀,正是情至之语。梅花既瘦,春柳方生,西湖两岸摇摇垂柳空令词人感到时序之变与人事之非。"自看"三句,忆旧游。"君归"以下,是友人去后情景。"早乱落"句言梅花零落之速,虽是外物变化,却可见主观之情愫。如今词人独自扁舟泛湖,任凭"三十六离宫"繁华过眼。"遣游人回首"一语双关,既是回眸湖景,又是追怀昔游。自然真挚,清丽缥缈。下片先写西湖游女之风流俏丽,今昔如一。次言"春心如酒",一种繁华凄凉弥漫而出。春女善思,秋士易感,此则将两种情绪打并一处。春光漠漠之中,伊人曲中是何心意,当时旧友是何光景,俱各无从知晓。空余风月无情、旧游如梦之感。

鹧鸪天

予与张平甫自南昌同游西山玉隆宫①,止宿而返②,盖乙卯三月十四日也③。是日即平甫初度④,因买酒茅舍,并坐古枫下。古枫,旌阳在时物也⑤。旌阳尝以草屦悬其上⑥,土人谓屦为屩⑦,因名曰挂屩枫。苍山四围,平野尽绿,罔涧野花红白,照影可喜,使人采撷,以藤纠缠著枫上。少焉月出,大于黄金盆。逸兴横生,遂成痛饮，午夜乃寝。明年平甫初度，欲治舟往封禺松竹间⑧，念此游之不可再也，歌以寿之。

曾共君侯历聘来⑨。去年今日踏莓苔⑩。旌阳宅里疏疏磬⑪，挂屧枫前草草杯⑫。　呼煮酒，摘青梅。今年官事莫徘徊⑬。移家径入蓝田县⑭，急急船头打鼓催⑮。

[注释]

①西山：山名，在江西省新建县西，一名南昌山。王勃《滕王阁诗》："珠帘暮卷西山雨。"玉隆宫：道观名，在南昌西山。《舆地纪胜》卷二十六："玉隆观，在新建界，旧名游帷观。……国朝祥符中，改赐玉隆观额。"②止宿：住宿。③乙卯：宋宁宗庆元元年（1195）。④初度：即生日。屈原《离骚》："皇览揆余初度兮，肇锡余以嘉名。"⑤旌阳：指晋时神仙许逊。逊曾学道于吴猛，为旌阳县令，因晋室之乱而弃官东归。后于南昌西山，全家升仙而去。《豫章古今记》："许真君逊，字敬之，豫章南昌人。晋永和二年八月十五日合家仙去，其宅今游帷观也。"⑥屦（jù）：单底鞋。⑦土人：世代居住本地的人。屩（juē）：草鞋。⑧封禺：封山和禺山，在今浙江省德清县西南。这里指吴兴。⑨君侯：古时对达官贵人的敬称。这里指张鉴。历聘：游历天下以求聘用。杜甫《早发》："薇蕨饿首阳，粟马资历聘。"⑩莓苔：青苔。⑪疏疏：稀疏。⑫草草：草率，简单。⑬官事：官府的事，公事。徘徊：流连，留恋。⑭蓝田县：在今陕西省，唐代诗人王维于此置有别业。这里指张鉴的别业。⑮急急：急忙，赶紧。

[辑评]

谢章铤《赌棋山庄词话》卷十一：西山寿平父，交契最深，则有姜白石之《鹧鸪天》。

[评析]

宋宁宗庆元元年（1195）三月十四日，姜夔好友张平甫生日。是日二人同游南昌西山玉隆宫，纵赏欢饮，为姜夔生平一乐事。此词作于转年，追怀昔游，兼及祝寿。上片追忆前事，与平甫游赏胜景，共抒雅怀。用许旌阳之古枫，借得一种逍遥世外的神仙风度。下片为设想之辞，主旨仍在乐享安闲，不为官事所累。全词不加锻炼，用笔随意，宜其为密友所书。

阮郎归

为张平甫寿，是日同宿湖西定香寺①。

红云低压碧玻璃②。惺憁花上啼③。静看楼角拂长枝④。朝寒吹翠眉⑤。　　休涉笔⑥，且裁诗⑦。年年风絮时⑧。绣衣夜半草符移⑨。月中双桨归。

[注释]

①定香寺：建于宋时，位于苏堤映波桥畔。②红云：指桃花一类的红花。碧玻璃：指西湖。③惺憁：鸟鸣声。元稹《春六十韵》："燕巢才点缀，莺舌最惺憁。"④长枝：指柳条。⑤翠眉：指柳叶。白居易《长恨

歌》:"芙蓉如面柳如眉。"⑥笔:与文相对,指无须讲究情采声律的应用文体。这里指公文一类。⑦裁诗:作诗。杜甫《江亭》:"故林归未得,排闷强裁诗。"⑧风絮时:张鉴生日为农历三月,正值东风吹絮之时。⑨绣衣:即绣衣直指,汉代官名。汉武帝时,民间起事者众,地方官员督捕不力,因派使者衣绣衣,持斧仗节,兴兵镇压。王莽时,改称"绣衣执法"。张鉴时为州推官,掌理刑名,故以"绣衣"称之。草:起草,书写。符移:官府征调敕命文书的统称。

[评析]

此词为张平甫寿,时二人同在杭州。夏承焘先生定为庆元二年(1196)作,姑从之。上片写西湖美景,选取热闹艳丽之意象,与寿词体格相符。下片写祝祷之辞,"休涉笔"三句,愿平甫能暂脱案牍劳形之苦,良辰美景,诗酒风流。"绣衣"二句点明平甫身份,言其为官之勤恪,如此则上句"且裁诗"语便非空言。唐人李德裕《长安秋夜》诗云:"内宫传诏问戎机,载笔金銮夜始归。万户千门皆寂寂,月中清露点朝衣。"末二句正有此意,更以景结,化质实为清空,遂将张平甫之形象侧面抬高。

又

旌阳宫殿昔徘徊①。一坛云叶垂②。与君闲看壁间题。夜凉笙鹤期③。　茅店酒④,寿君时。老枫临路歧⑤。年年强健得追随。名山游遍归。

[注释]

①旌阳宫殿：指南昌西山玉隆宫。姜夔与张鉴曾于庆元元年（1195）三月十四日同游此地。见《鹧鸪天》（曾共君侯历聘来）词序。②坛：僧道过宗教生活或举行祈祷法事的场所。玉隆宫乃道观，故云。云叶：浓密的叶子。辛弃疾《乌夜啼》："千尺蔓。云叶乱。系长松。"③"夜凉"句：刘向《列仙传》："王子乔者，周灵王太子晋也。好吹笙，作凤凰鸣。游伊洛之间，道士浮丘公接以上嵩高山三十余年。后求之于山上，见桓良曰：'告我家，七月七日待我于缑氏山巅。'至时，果乘白鹤驻山头，望之不得到。举手谢时人，数日而去。"这里是说玉隆宫仙风缥缈，仿佛王子乔吹笙乘鹤、羽化登仙之所。④茅店：用茅草盖成的旅舍。温庭筠《商山早行》："鸡声茅店月，人迹板桥霜。""茅店酒"即《鹧鸪天》词序所谓"买酒茅舍"。⑤老枫：古枫，即挂席枫。路歧：歧路，岔道。

[评析]

此词与前篇当作于同时，亦为张平甫寿。然前篇即景抒情，此则由回忆入笔。庆元元年（1195），两人曾一道游赏西山玉隆宫。共看题诗，薄酒祝寿。逍遥闲雅之乐，堪比仙人。结二句回到今时今日，再次祝祷：只盼你我均身强体健，日后更有名山同游之乐。此词意境不逮前篇，然拳拳情意，犹有过之。

齐天乐

丙辰岁①，与张功父会饮张达可之堂②。闻屋壁间蟋蟀有声，功父约予同赋，以授歌者。功父先成，辞甚美③。予徘徊茉莉花间，仰见秋月，顿起幽思，寻亦得此④。蟋蟀，中都呼为促织⑤，善斗，好事者或以三二十万钱致一枚，镂象齿为楼观以贮之⑥。

庾郎先自吟愁赋⑦。凄凄更闻私语。露湿铜铺⑧，苔侵石井，都是曾听伊处。哀音似诉。正思妇无眠，起寻机杼⑨。曲曲屏山⑩，夜凉独自甚情绪。　　西窗又吹暗雨。为谁频断续，相和砧杵⑪。候馆迎秋⑫，离宫吊月⑬，别有伤心无数。豳诗漫与⑭。笑篱落呼灯⑮，世间儿女。写入琴丝，一声声更苦。宣政间，有士大夫制《蟋蟀吟》⑯。

[注释]

①丙辰：宋宁宗庆元二年（1196）。②张功父：张镃（1153—1235），字功甫，一字时可，号约斋。先世西秦人，徙居临安。张俊诸孙，张鉴兄弟。历官大理司直、直秘阁、婺州通判、司农少卿等。曾卜居南湖，擅园林之胜。著有《南湖集》《玉照堂词》。张达可：其人不详，亦当为张镃兄弟辈。③辞甚美：指张镃《满庭芳·促织儿》一首。词云："月洗高梧，露漙幽草，宝钗楼外秋深。土花沿翠，萤火坠墙阴。静听寒声断续，微韵转、凄咽悲沉。争求侣，殷勤劝织，促破晓机心。　　儿时，曾记得，呼灯灌穴，敛步随音。任满身花影，犹自追寻。携向华堂戏斗，亭台小、笼巧妆金。今休说，从渠床下，凉夜伴孤吟。"④寻：不久。⑤中都：京都。⑥"镂象齿"句：《西湖老人繁盛录》："促织盛出，都民好养。或用银丝为笼，或作楼台为笼。"⑦"庾郎"句：参见14页《霓裳中序第一》注释⑮。⑧铜铺：铜质铺首，装在门上用以衔门环。⑨机杼（zhù）：织机。《古诗十九首·迢迢牵牛星》："纤纤擢素手，札札弄机杼。"⑩屏

山：指屏风。温庭筠《南歌子》："鸳枕映屏山。"⑪砧杵（zhēn chǔ）：捣衣石和棒槌。鲍令晖《题书后寄行人》："砧杵夜不发，高门昼常关。"⑫候馆：客馆，旅舍。欧阳修《踏莎行》："候馆梅残，溪桥柳细。"⑬吊月：对月伤怀。李贺《宫娃歌》："啼蛄吊月钩阑下。"⑭"豳诗"句：《诗经·豳风·七月》有写蟋蟀之句："七月在野，八月在宇，九月在户，十月蟋蟀入我床下。"⑮篱落：篱笆。⑯"宣政间"二句：此是白石自注。宣政间：北宋徽宗政和（1111—1118）、宣和（1119—1125）年间。

[辑评]

张炎《词源》卷下：最是过片不要断了曲意，须要承上接下。如姜白石词云："曲曲屏山，夜凉独自甚情绪。"于过片则云："西窗又吹暗雨。"此则曲之意脉不断矣。

《齐天乐》赋促织云……，此皆全章精粹，所咏了然在目，且不留滞于物。

杨慎《词品》卷四：其咏蟋蟀《齐天乐》一词最胜。

潘游龙《古今诗余醉》卷四：赋物如此，何忍删去。至如柳耆卿咏莺，康伯可闻雁，则不敢虚奉也。

卓人月《古今词统》卷十四：（评"露湿铜铺"三句）有收有纵，事必联情。

刘体仁《七颂堂词绎》：词欲婉转而忌复，不独"不恨古人吾不见"与"我见青山多妩媚"，为岳亦斋所诮。即白石之工，如"露湿铜铺"与"候馆吟秋"，总是一法。

贺裳《皱水轩词筌》：稗史称韩幹画马，人入其斋，见幹身作马形，凝思之极，理或然也。作诗文亦必如此始工。如史邦卿咏燕，几于形神俱似矣。次则姜白石咏蟋蟀："露湿铜铺，苔侵石井，都是曾听伊处。哀音似诉。正思妇无眠，起寻机杼。"又云："西窗又吹暗雨。为谁频断续，相和砧杵。"数语刻划亦工。蟋蟀无可言，而言听蟋蟀者，正姚铉所谓赋水不当仅言水，而言水之前后左右也。

先著、程洪《词洁》卷三：石帚《促织》云："西窗又吹暗雨。"玉田《春水》云："和云流出空山。"皆是过处争奇，用笔之妙，如出一手。

许昂霄《词综偶评》：将蟋蟀与听蟋蟀者层层夹写，如环无端，真化工之笔也。（"候馆吟秋"三句）音响一何悲。（"笑篱落呼灯"二句）高绝。

周济《宋四家词选目录序论》：（评《齐天乐》"豳诗漫与。笑篱落呼灯，世间儿女"）白石号为宗工，然亦有……补凑处。

吴衡照《莲子居词话》卷一：咏物虽小题，然极难作，贵有不粘不脱之妙，此体南宋诸老尤擅长。姜白石《蟋蟀》云："候馆迎秋，离宫吊月，别有伤心无数。"……数语刻画精巧，运用生动，所谓空前绝后矣。

宋翔凤《乐府余论》：词家之有姜石帚，犹诗家之有杜少陵，继往开来，文中关键。其流落江湖，不忘君国，皆借托比兴，于长短句寄之。如《齐天乐》，伤二帝北狩也。

陈澧《白石词评》：（评"丙辰岁"）但云丙辰岁而不云时月，似有脱字。此评非也，赋蟋蟀自是秋初，且下已有"仰见秋月"之语矣。（评首二句）妙在"先愁"，若二语倒易，则索然矣。（评"露湿铜铺"三句）谁解如此放活。（评"哀音似诉"三句）力除实笔、直笔、正笔，又几经洗炼乃能臻此。（评"曲曲屏山"二句）又添一层。（评"别有伤心无数"）特与"处"字韵分别。桂星垣云："豳诗"句无味。"候馆""离宫"，怀汴都也；"豳诗漫与"，想盛时也；"儿女""呼灯"，不知亡国恨也。故以"更苦"语结之。星垣之语乃廿余年以前所谈，记之卷端。今又数年矣。忽因"离宫"二字，乃会作者之意，惜不得起星垣而共论之。序云"中都"，注云"宣和"，益信前言之不谬。咏物当以此为式。尝见拈咏物题者，搜罗典故，堆垛满纸，令人懵然不解；又恐人不解，乃详加自注，真是事类赋矣。

谢章铤《赌棋山庄词话》卷二：咏物词虽不作可也，别有寄托如东坡之咏雁，独写哀怨如白石之咏蟋蟀，斯最善矣。

刘熙载《艺概》卷四：东坡《水龙吟》起云："似花还似非花。"此句可作全词评语，盖不离不即也。时有举史梅溪《双双燕·咏燕》、姜白石《齐天乐·赋蟋蟀》，令作评语者，亦曰："似花还似非花。"

陈廷焯《云韶集》卷六：此词精工绝世，妙只一路写去而中间自有起伏，正如大江无风，波涛自涌，洵千古绝技也。前无古，后无今。

陈廷焯《词则·大雅集》卷三："篱落"二句，平常意，一经点缀，便觉神味渊永，其妙真令人不可思议。

陈廷焯《白雨斋词话》卷二：白石《齐天乐》一阕，全篇皆写怨情。独后半云："笑篱落呼灯，世间儿女。"以无知儿女之乐，反衬出心人之苦，最为入妙。用笔亦别有神味，难以言传。

文廷式《琴风余谭》：姜尧章《齐天乐》咏蟋蟀词，后半阕"豳诗漫与"句，人颇疑其腐硬。陈兰甫师谓此篇乃东京梦华之思，其上半阕"离宫""别馆"二语可证。此真善论词者。然按《阳春白雪》卷录此词，尧章自注云：宣、政间，有士大夫制《蟋蟀吟》。则此意更可不烦言而解矣。

沈祥龙《论词随笔》：词中虚字，犹曲中衬字，前呼后应，仰承俯注，全赖虚字灵活，其词始妥溜而不板实。不特句首虚字易讲，句中虚字亦当留意。如白石词云："庾郎先自吟愁赋，凄凄更闻私语。""先自"

"更闻"，互相呼应，余可类推。

张德瀛《词徵》卷一：词有内抱、外抱二法。内抱如姜尧章《齐天乐》"曲曲屏山，夜凉独自甚情绪"是也。

陈锐《袌碧斋词话》：古人文字，难可吹求。尝谓杜诗"国初以来画马"句，何能着一"鞍"字，此等处绝不通也。词句尤甚，姜尧章《齐天乐》咏蟋蟀，最为有名。然开口便说"庾郎愁赋"，捏造故典。"豳诗"四字，太觉呆诠。至"铜铺""石井"，"候馆""离宫"，亦嫌重复。

郑文焯《白石道人歌曲批语》：《负暄杂录》："斗蛩之戏，始于天宝间。长安富人，镂象牙为笼而蓄之，以万金之资，付之一喙。"此叙所记好事者云云。可知其习尚至宋宣、政间，殆有盛于唐之天宝时矣。功父《满庭芳》词咏促织儿，清隽幽美，实擅词家能事，有观止之叹。白石别构一格，下阕托寄遥深，亦足千古已。

俞陛云《唐五代两宋词选释·宋词选释》：起笔振裘挈领，未闻蟋蟀，先已赋愁，则以下所咏，处处皆含愁意，一线贯注。若由蟋蟀起笔，便无意味，学词者可悟起句之一种用笔也。咏正面仅"露湿""苔侵"三句，此后砧韵机声，皆人与物夹写。"候馆"三句局势开拓，寄情绵邈，与咏蝉之汉苑秦宫，同一意境。结笔灯影琴丝，仍由侧面着想，首尾无一滞笔。时人称其全章精粹，不留滞于物，泂然也。

张伯驹《丛碧词话》：陈伯弢云：姜尧章《齐天乐》咏蟋蟀最为有名，然庾郎愁赋，有何出典？"邠诗"四字，太觉呆诠。至"铜铺""石井""候馆""离宫"，亦嫌重复。按"庾郎愁赋"意谓诗人正自愁吟，而更闻虫语，遂生出下面蟋蟀，与听蟋蟀，层层夹写，正是开场法妙笔。如《霓裳中序第一》是写羁旅怨抑，前阕写时写景，写在客中；后阕则写"乱蛩吟壁"，接出"动庾信、清愁似织"。此是一样方法，正不必固执有无出典。"铜铺""石井",是蟋蟀鸣处;"候馆""离宫",是人听而伤心处,正不嫌其复。结拍"写入琴丝,一声声更苦",因开场先说人之愁吟,不能再收到人,而别以"写入琴丝"作收,而仍关连到人,亦是妙笔。悟此则写诗文传奇法可通。至"豳诗谩与"四字,太觉呆诠,诚然。

潘与刚《读红馆词话》:白石词有当我心者。若……"曲曲屏山,夜凉独自甚情绪"(《齐天乐》),……诸句所谓意象幽闲,不类人境。

顾宪融《填词百法》卷上:此词前半阕结句,预为换头处留下地步。言夜深人独,已无情绪,况又西窗吹雨,悽和虫声,其凄凉益可想,则上下阕打成一气矣。末云:"写入琴丝,一声声更苦。"则全阕通体灵活,如常山之蛇,首尾皆应。而语尽意中,韵留弦外,所以为佳。

咏物词最难,体认稍真,则拘而不畅;摹写稍远,则晦而不明。要在不即不离,恰到好处,所谓不取形而取神,不用事而用意也。……若其《齐天乐》咏蟋蟀,以蟋蟀无可言而言听蟋蟀者,正姚铉所谓"赋水不当仅言水,当言水之前后左右也"。

唐圭璋《唐宋词简释》:此首咏蟋蟀,寄托遥深。起言愁人不能更闻蟋蟀。观"先自"与"更闻",正相呼应。而庾郎不过言愁人,并非谓庾郎曾有蟋蟀之吟也,其《霓裳中序第一》有云"动庾信清愁似织"可证。陈伯弢讥庾郎《愁赋》无出典,未免深文罗织。言蟋蟀声如私语,体会甚细。"露湿"三句,记闻声之处。"哀音似诉"比"私语"更深一层,起下思妇闻声之感。"曲曲"两句,承上言思妇之悲伤,而出之以且叹、且问语气,文笔极疏俊委婉。换头,用"又"字承上,词意不断。夜凉闻声,已是感伤,何况又添暗雨,伤更甚矣。仍用问语叙述,亦令人叹惋不置,此类虚处传神,白石最擅长。"候馆"三句,言闻声者之伤感,不独思妇,皆愁极不堪者,一闻蟋蟀皆愁,故更有无数伤心也。伯弢又谓"候馆""离宫"与"铜铺""石井"重复,不知"铜铺""石井"乃自言听蟋蟀发声之处,"候馆""离宫"乃他人听蟋蟀之所在。一是听蟋蟀在何处,一是在何处听蟋蟀,用意各别,毫不重复。"豳诗"两句陡转,以无知儿女之欢笑,反衬出有心人之悲哀,意亦深厚。末言蟋蟀声谱入琴丝更苦,余意不尽。

胡云翼《宋词选》:南宋都城斗蟋蟀的风气盛行一时,题序里说:"好事者或以三二十万钱致一枚,镂象齿为楼观以贮之。"这是唐朝诗人写新乐府揭露现实的好题材。但作者意不在此,他着重地把蟋蟀的哀音和听蟋蟀的骚人、思妇的愁怀层层夹写,织成一片怨情,这大约是自伤身世之感吧。郑文焯在所校《白石道人歌曲》里说"下阕托寄遥深"。究竟作者有何托寄,实在是难以捉摸的。

沈祖棻《宋词赏析》:起句写人。庾郎,自况。次句写蟋蟀。以下皆人、蛩夹写。先自听者说起,未闻之前,已"先自吟愁赋",则何堪"更闻"耶?以"私语"状蛩鸣,甚切而新。"更闻"应上"先自",透进一层。"露湿"二句,听蛩之地。"哀音"应"私语","语"非独"私"也,其"音"亦"哀",又透进一层。"正思妇"二句,听蛩之人。"曲曲"二句,似问似叹,亦问亦叹,益见低徊往复之情。过片为张炎所赏,以其"曲之意脉不断"(《词源》)也。"暗雨"应上"夜凉","夜凉"已是"独自甚情绪",况"又吹暗雨"耶?再透进一层。"为谁"二句,更作一问,理愈无愈妙,情愈痴愈深。"《豳》诗"句,周济所谓"补凑处"(《宋四家词选序论》),陈锐所谓"太觉呆诠"(《裛碧斋词话》)者也。其病在与下文不连。若李清照《凤凰台上忆吹箫》,于武陵、秦楼之下,续以"惟有楼前流水",则通体皆活矣。一结又绾合"私语""哀音",有余不尽。收尾蛩"声更苦",亦与开头人"先自吟愁赋"呼应。此词下片,当与王沂孙同调《咏蝉》比观。

[评析]

　　庆元二年（1196）秋,姜夔与张镃在张达可家聚会。因闻蟋蟀声,故命题填词。历来名家咏物,惯从虚处着笔,这就容易造成主旨理解上的模棱两可、莫衷一是。姜夔此词即然。有人认为其寄托遥深,乃伤徽、钦二帝北狩;有人则认为纯是一己之怨情,不过身世之感而已。私以为此词兼有家国之感与身世之叹。首句以"愁"起,奠定全词基调。闻者本自先愁,何况更听蛩声耶？"露湿"三句,以冰冷幽暗之环境衬托蛩声之哀。凉夜不眠,自是心怀忧郁,故蛩声之为人听闻,有此一心境为前提。由此则无眠之思妇是何情绪,可以想见矣。换头处意脉连贯,更兼递进。"又吹暗雨"与上片之"夜凉"呼应,从景到情,俱各更进一层。"为谁"二句将蛩声与砧杵之声合写,着以"断续"二字,刻画生动,运思精巧,极得体物之细。"候馆"三句广而言之,盖人生皆苦,凉夜不眠者非只思妇,伤心人各有怀抱,遂将首句之"愁"赋予普遍之意义。惜"豳诗"句突兀,强用旧典,上下不协。"笑篱落"以下苦乐对照,苦者愈苦。同为咏蟋蟀,张镃词先成,然就题论题,语意浅近;而姜夔徘徊良久,顿起幽思,此中有多少说不出处？观其小序与自注,隐然寓有家国之痛。则运笔之骚雅,寄慨之遥深,不唯突过张词,亦且千古咏物名篇。

庆宫春

　　绍熙辛亥除夕①,予别石湖归吴兴,雪后夜过垂虹②,尝赋诗云："笠泽茫茫雁影微，玉峰重叠护云衣。长桥寂寞春寒夜，只有诗人一舸归③。"后五年冬④，复与俞商卿、张平甫、铦朴翁自封禺同载诣梁溪⑤，道经吴松，山寒天迥，云浪四合，中夕相呼步垂虹⑥。星斗下垂，错杂渔火，朔吹凛凛⑦，卮酒不能支⑧。朴翁以衾自缠，犹相与行吟，因赋此阕，盖过旬涂稿乃定⑨。朴翁咎予无益⑩，然意所耽，不能自已也⑪。平甫、商卿、朴翁皆工于诗，所出奇诡，予亦强追逐之⑫。此行既归，各得五十余解。

双桨莼波⑬，一蓑松雨，暮愁渐满空阔。呼我盟鸥⑭，翩翩欲下，背人还过木末⑮。那回归去，荡云雪、孤舟夜发。伤心重见，依约眉山⑯，黛痕低压⑰。　采香径里春寒⑱，老子婆娑⑲，自歌谁答。垂虹西望，飘然引去，此兴平生难遇。酒醒波远，政凝想、明珰素袜⑳。如今安在，唯有阑干，伴人一霎。

[注释]

①绍熙辛亥：宋光宗绍熙二年（1191）。②垂虹：垂虹桥。祝穆《方舆胜览》卷二："垂虹桥在吴江县，即利往桥。东西千余尺，用木万计。前临具区，横绝松陵，湖光海气，荡漾一色，乃三吴之绝景。桥之中有亭曰'垂虹'。"③"尝赋诗"数句：题为《除夜自石湖归苕溪》十首之七，见《白石道人诗集》卷下。④后五年：宋宁宗庆元二年（1196）。⑤铦朴翁：即葛天民。周密《癸辛杂识》别集上："葛天民字无怀，后为僧，名义铦，字朴翁。其后返初服，居西湖上，一时所交皆胜士。"姜夔与之交往甚密，《白石道人诗集》录有七首赠答之作。梁溪：水名，流经

无锡。故亦为无锡之别称。⑥中夕：半夜。刘伶《北芒客舍诗》："长笛响中夕，闻此消胸襟。"⑦朔吹：指北风。张正见《赋得寒树晚蝉疏》："寒蝉噪杨柳，朔吹犯梧桐。"⑧卮酒：即杯酒。《史记·项羽本纪》："项王曰：'壮士，赐之卮酒。'"⑨涂稿：修改词稿。⑩咎：责备。⑪耽：喜爱，沉浸。自已：犹自止。⑫强：勉强。⑬莼波：莼菜漂浮的水面。莼菜又名凫葵，叶片为椭圆形，浮于水面。⑭盟鸥：约为伴侣的鸥鸟。参见25页《小重山令·赋潭州红梅》注释⑥。⑮木末：树梢。屈原《九歌·湘君》："采薜荔兮水中，搴芙蓉兮木末。"⑯眉山：似眉的远山。⑰黛痕：画黛之痕，一般是青黑色。⑱采香径：吴宫遗迹，在苏州西灵岩山前。相传吴王种香于香山，使美人泛舟此泾以采香。一说为吴王宠姬西施采摘香草的小径。⑲老子：自称，犹老夫。婆娑：盘桓，逗留。⑳明珰素袜：明珠的耳饰和洁白的罗袜，代指所思念的女子。曹植《洛神赋》："无微情以效爱兮，献江南之明珰。"又："凌波微步，罗袜生尘。"

[辑评]

陆友仁《砚北杂志》卷下：近世以笔墨为事者，无如姜尧章、赵子固。二公人品高，故所录皆绝俗。往余见姜贯道画图，后有子固端平三年监新城商税日，叙姜尧章《庆宫春》词。爱其词翰丰茸，故备载之。

陈澧《白石词评》：填一词而过旬乃定，真无益也。然非如此则不能工，故余绝意不为也。作此词时盖小红方嫁也。

况周颐《蕙风词话》卷二：元人沈伯时作《乐府指迷》，于清真词推许甚至。唯以"天便教人，霎时厮见何妨""梦魂凝想鸳侣"等句为不可学，则非真能知词者也。清真又有句云："多少暗愁密意，唯有天知。""最苦梦魂，今宵不到伊行。""拚今生、对花对酒，为伊泪落。"此等语愈朴愈厚，愈厚愈雅，至真之情，由性灵肺腑中流出，不妨说尽而愈无尽。南宋人词如姜白石云："酒醒波远，政凝想、明珰素袜。"庶几近似，然已微嫌刷色。

俞陛云《唐五代两宋词选释·宋词选释》：白石于冬夜偕友过吴江，卮酒御寒，相与赓和，乃赋此调。起笔即秀逸而工，承以"盟鸥"三句，着笔轻灵。此下回首前游，凄然凝望，山压眉低，此中当有人在。故下阕言旧地重过，已明珰人去，酒醒波远，倚阑之惆怅可知。白石曾在吴江垂虹亭谱一曲新词，付小红低唱，传为韵事。观"如今安在"句，当是小红去后之作，虽无词序言明，以重过垂虹相证，或非虚造之谈也。白石赋此词，几经涂稿而成，知吟安一字之难。以横溢之天才，而审慎如是，学词者未可以轻心掉之。

唐圭璋《唐宋词简释》：此首夜泛垂虹作，写境极空阔，写情亦放旷。初点湖天空阔、日暮天寒之境，次写盟鸥呼我之情。翩翩欲下，又过木末，写鸥飞最生动，而呼我之情尤觉亲切有味。"那回"两句，回忆昔年雪夜泛湖情景，宛然在目。"伤心"两句，折入现景，点明山况。换头，因荡舟山川之间，又起怀古之思。"采香"三句，极写乐极而歌。"垂虹"三句，写孤舟远引，胸次浩然，逸兴遄飞，有翛然物外，浑忘尘世之高致，诚玉田所谓"野云孤飞，去留无迹"也。"酒醒"两句，复写乐极而饮，并酒醒后怀古之情。"如今安在"四字提唱，与《点绛唇》之"今何许"三字作法相同。"惟有"两句应上句，倍觉前尘如梦，只余一片苍茫，令人叹息。王静安论词，辄标举境界之首，而诋白石。然若此首境界幽绝，又曷可轻诋。且白石所作，类皆情景交融，独臻神秀，又非一二写境之语，足以尽其词之美也。

[评析]

庆元二年（1196）冬夜，姜夔与友人自湖州往无锡。道经垂虹，故地重游,赋词寄感。关于其主旨,前贤有怀人、怀古二说。私以为此词感慨今昔,怀古怀人兼而有之。起三句从小处着笔,一桨一蓑,而湖山之空阔自出,更点染以"莼波""松雨",透出清馨的木叶气息。"呼我"三句写鸥鸟忘机,亲切可喜。"那回"以下兴起感旧之思,想当年别友之后,独过垂虹,一种寒冷孤凄,于今难忘,故下句有"伤心重见"之语。以低眉比远山,是当年郁结之情绪犹然未散。下片心境陡转,"采香"三句,情绪欢悦,意兴疏狂。盖此次游垂虹乃与好友数人相共,冲风冒雪,寒则寒矣,却有览古之豪情。"垂虹"三句更言兴致之浓。"酒醒"以下,由疏狂之清兴转入冷静之思考,情绪由张扬入于收敛。怀古怀人,一时俱发。姜夔有《过垂虹》诗一首:"自作新词韵最娇,小红低唱我吹箫。曲终过尽松陵路,回首烟波十四桥。"此刻重念佳人,情理固宜。全词清雅疏宕,张弛有致。

江梅引

丙辰之冬,予留梁溪,将诣淮而不得[①],因梦思以述志。

人间离别易多时。见梅枝。忽相思。几度小窗,幽梦手同携。今夜梦中无觅处,漫徘徊,寒侵被,尚未知。　　湿红恨墨浅封题[②]。宝筝空,无雁飞。俊游巷陌,算空有、古木斜晖。旧约扁舟,心事已成非。歌罢淮南春草赋[③],又萋萋。漂零客,泪满衣。

[注释]

①诣淮：前往淮河一带，指去合肥。②湿红：泪湿红笺。恨墨：充满离恨的墨迹。封题：在书札的封口上签押，引申为书札的代称。此句化用晏几道《思远人》下半阕："泪弹不尽临窗滴，就砚旋研墨。渐写到别来，此情深处，红笺为无色。"③淮南春草赋：参见34页《翠楼吟》注释⑬。

[辑评]

沈祖棻《宋词赏析》：上片冬留梁溪，下片诣淮不得，因梦述志。"见梅枝"两句，从卢仝《有所思》"相思一夜梅花发，忽到窗前疑是君"来。"歌罢"两句用淮南小山《招隐士》"王孙游兮不归，春草生兮萋萋"，仍是离别之感，绾合起句。离别之难，相思之苦，似应度日如年矣，而言"易多时"，是一拗。既已多时，似不相思矣，而承以"忽相思"，又是一转。相思在"见梅枝"之后，似见花而怀人，然证之"几度"一句，则固未尝一日忘也。或谓"几度小窗幽梦"亦可在"见梅枝"之后，然其下紧接"今夜梦中"，作一对比，则此"几度"，固谓"今夜"以前。

[评析]

庆元二年（1196）冬，姜夔身处无锡，欲往合肥而不得。相思之切，至于梦寐，遂记之于词。姜夔记梦，每与合肥有关，如其《踏莎行》（燕燕轻盈）、《鹧鸪天·元夕有所梦》是也。一种相思，屡成梦寐，可谓深于情者。上片写相思之苦。别离日久，悲苦或随时间而淡化，然一遇触发，便不可收拾。词人见梅起兴，梅花清丽疏朗，伴我窗前，几如入梦之佳人。然梦魂无据，今宵能否觅得美梦，尚未可知。此数语真挚可怜，可当一个痴字。下片写相会无期，相思之苦倍增。别来书信难传，旧游旧约，均已成空。"王孙游兮不归，春草生兮萋萋。""又"字可见别多会少、归期难卜之恨千古如一,天涯倦客徒抛清泪。姜夔善以冷静节制之笔触写极深极烈之情感,然此篇"湿红恨墨""泪满衣"等语淋漓尽致,略无和缓,颇具直接感发之力量。

鬲溪梅令

丙辰冬,自无锡归,作此寓意。

好花不与殢香人①。浪粼粼。又恐春风归去绿成阴②。玉钿何处寻③。　木兰双桨梦中云④。小横陈。漫向孤山山下觅盈盈⑤。翠禽啼一春⑥。

[注释]

①殢(tì):迷恋,沉湎。②"又恐春风"句:化用杜牧《怅诗》:"自是寻春去较迟,不须惆怅怨芳时。狂风落尽深红色,绿叶成阴子满枝。"③玉钿:喻洁白如玉的花朵。④木兰:香木名。《本草纲目·木部》:"木兰枝叶俱疏。其花内白外紫,亦有四季开者。深山生者尤大,可以为舟。"这里即指木兰舟。⑤盈盈:指梅花。姜夔《疏影》:"莫似春风,不管盈盈,早与安排金屋。"⑥"翠禽"句:参见101页《疏影》注释②。

[辑评]

陈廷焯《云韶集》卷六:调虽短而音节宛转,酝酿可喜。(评"漫向孤山山下觅盈盈"二句)精秀。

俞陛云《唐五代两宋词选释·宋词选释》：此词原题云："自无锡归，作此寓意。"实则忆西湖看梅往事，观词中"双桨""孤山"等句可见，与《角招》词之忆孤山梅花，同一感怀。此言玉钿难觅，即《角招》词翠翘罗袖之感。结句不着边际，含情无限，如赵师雄之罗浮梦醒，但闻翠羽飞鸣耳。

[评析]

据陈思《白石道人年谱》，庆元二年（1196），姜夔移家杭州，依张鉴居。此词即作于是年冬天自无锡归杭州时。通首用比体，曰"玉钿"，曰"横陈"，曰"盈盈"，是将梅花比佳人，情致宛转。首句从反面着笔，不言惜花之人眷恋花香，却将春去花凋归因于"好花不与"，安排别致。"又恐"二句，正面着笔，言惜花之意。下片空灵清丽，全在虚处，更不着一"梅"字，而梅花之轻盈秀逸跃然而出。序云"作此寓意"，当是借咏梅以怀佳人。至于伊人为《江梅引》之合肥，抑或为《庆宫春》之小红，则读者各以意会可也。

浣溪沙

丙辰腊，与俞商卿、铦朴翁同寓新安溪庄舍①，得腊花韵甚②，赋二首。

花里春风未觉时。美人呵蕊缀横枝。隔帘飞过蜜蜂儿。　　书寄岭头封不到③，影浮杯面误人吹。寂寥惟有夜寒知。

[注释]

①新安溪庄舍：在无锡新安镇，为张鉴庄园。张镃《南湖集》卷七有《题平甫弟梁溪庄园》。②腊花：腊梅。韵：韵致。③岭头：指大庾岭，位于江西、广东边境。唐代张九龄曾在此修路，道旁栽种大量梅树，故又名梅岭。

[评析]

庆元二年（1196）腊月，姜夔与俞灏、葛天民一同住在无锡张鉴庄园。得赏腊梅丰韵，欣然为赋《浣溪沙》二阕。江南春早，腊月已可见花枝与蜜蜂。此词上片以"春风未觉"起，万物未苏之际见此生机盎然之物，一种惊喜油然而出。下片意境陡然转变，由梅花念及故园，顿生寂寥之意。"书寄岭头""影浮杯面"从侧面写梅，有射覆之趣。联想唐人宋之问《题大庾岭北驿》之"明朝望乡处，应见陇头梅"，词人之感情始见。花影映入杯盏之中，词人误以为酒水浑浊，若非心境孤清，何暇顾及杯中梅影？情绪渐转低落。末句情景俱出，心境与环境均达到孤寂之顶点，是观梅之感受终归于故园之思。

又

翦翦寒花小更垂①。阿琼愁里弄妆迟②。东风烧烛夜深归。落蕊半黏钗上燕，露黄斜映鬓边犀③。老夫无味已多时。

[注释]

①翦翦：齐整貌。②阿琼：传说中西王母侍女许飞琼的昵称。这里泛

指美女。弄妆迟：温庭筠《菩萨蛮》："懒起画蛾眉。弄妆梳洗迟。"③露黄：腊梅露出的黄蕊。鬓边犀：指犀簪，用犀角制的发簪。相传妇人用之，尘不着发。

[评析]

此与上篇作于同时，亦咏无锡张鉴园梅。南宋赵友直诗云："雪里梅花度暗香，骚人颇有诗相狎。"姜夔一冬与梅花相伴，几度微吟，良多雅趣。此词写梅花如娇女，"翦翦""小""阿琼"等语俱见娇俏之态。下片对句写娇女梅花，耳鬓厮磨，极温柔旖旎之能事。末句由花及己，"老夫无味已多时"似与全词意境不谐，然念词人漂泊天涯，孤寂一身，于无味时寻此娇柔俏丽之梅花相伴，未尝不为茫茫世间一点温暖慰藉。

浣溪沙

丙辰岁不尽五日①，吴松作。

雁怯重云不肯啼。画船愁过石塘西②。打头风浪恶禁持③。春浦渐生迎棹绿，小梅应长亚门枝④。一年灯火要人归。

[注释]

①不尽五日：年终前五日。②石塘：苏州小长桥附近。祝穆《方舆胜览》卷二："小长桥在石塘，累石为之。"③打头风浪：风浪顶头，阻碍前行。李涉《却归巴陵途中走笔寄唐知言》："去年腊月来夏口，黑风白浪打头吼。"禁持：折磨，使受苦。④亚：低傍。

[辑评]

沈祖棻《宋词赏析》:"春浦"句,客中之景,谓可以归矣。"小梅"句,家中之景,谓待人归去。

[评析]

庆元二年(1196)岁末,姜夔乘船自无锡返杭州,欲与家人团聚过年。作此词时,方行至吴松。归心似箭,溢于言表。上片写羁旅之愁,下片写思归之意。"雁怯""船愁",将主观感受赋予客观事物,实则云重风急,是词人自己客中苦况。下片由春浦生绿念及故园初发的小梅,愁苦之中依稀有温暖的希望。末句直言岁暮盼归之意。唐人刘长卿新年之际有"乡心新岁切,天畔独潸然。老至居人下,春归在客先"之句,与下片情境相类。盖春萌早梅,已先于游子而归矣。

鹧鸪天　丁巳元日①

柏绿椒红事事新②。隔篱灯影贺年人。三茅钟动西窗晓③,诗鬓无端又一春。　　慵对客,缓开门。梅花闲伴老来身。娇儿学作人间字,郁垒神荼写未真④。

[注释]

①丁巳:宋宁宗庆元三年(1197)。②柏绿椒红:以柏叶浸酒,色发绿;以椒实泡酒,色发红。古时新年饮之,以庆贺祈福。宗懔《荆楚岁时记》"正月一日"下:"于是长幼悉正衣冠,以次拜贺。进椒、柏酒,饮桃汤。"③三茅钟:杭州七宝山宁寿观原为三茅堂,宋绍兴中,赐古器玩

三种,其二为唐钟,本唐澄清观旧物,禁中每听钟声以为寝兴食息之节。见《咸淳临安志》卷十三。④郁垒(lǜ)神荼(shū):二神名,相传能驱鬼祛邪,古时奉为门神。宗懔《荆楚岁时记》"正月一日"下:"绘二神贴户左右,左神荼,右郁垒,俗谓之门神。"

[辑评]

刘永济《微睇室说词》:"三茅钟",《咸淳临安志·行在所录》:"宁寿观在七宝山,本三茅堂。绍兴中赐古器玩三种,……其二唐钟,……禁中每听钟声以为寝兴食息之节。""柏绿椒红"皆元日故事。《玉烛宝典》:"正月为端月,其一日为元日。……庭前爆竹,进椒柏酒。""诗鬓无端"句,"无端"言其容易又一年春到也。以上皆叙元日事。换头乃写元日人情。曰"慵",曰"缓",曰"闲",写出老人逢令节情态如此。歇拍二句换写儿童过元日之事,皆老人眼中所见者,闲闲说来,自有风味。"郁垒神荼",二神名,相传能缚鬼,见《风俗通》。后人元日书二神名于门,以御凶物。"郁垒"二字笔画甚繁,故儿童写不真也。

[评析]

庆元三年(1197)正月初一,姜夔在杭州与家人辞旧迎新。时序更替之际,易生岁月蹉跎之感,姜夔此词即然。起二句元日风俗,鲜明热闹。"三茅"二句由热闹入于清寂,深夜闻钟,感慨流年空逝。下片并未进一步渲染身世之悲,而是将身边诸事和缓道来,淡而有味。"梅花闲伴老来身",集中诸作可证,亦见词人之风标清致。

又　正月十一日观灯

巷陌风光纵赏时①。笼纱未出马先嘶②。白头居士无呵殿③，只有乘肩小女随④。　　花满市，月侵衣。少年情事老来悲。沙河塘上春寒浅⑤，看了游人缓缓归。

[注释]

①纵赏：纵情游赏。②笼纱：即纱笼，用绢纱作外罩的灯笼。吴自牧《梦粱录》卷一"元宵"下："公子王孙、五陵年少，更以纱笼喝道，将带佳人美女，遍地游赏。"③白头居士：姜夔自指。呵殿：古代官员出行，仪卫前呵后殿，喝令行人让道。后代指仪仗队伍或随从人员。④乘肩：负在肩上，立在肩上。⑤沙河塘：在杭州城南。唐代崔彦曾开辟，以减弱钱塘江水势。宋时，已成为繁华地带。田汝成《西湖游览志余》卷二十一："沙河，宋时居民甚盛，碧瓦红檐，歌管不绝。"

[辑评]

况周颐《蕙风词话》：姜白石《鹧鸪天》云："笼纱未出马先嘶。"七字写出华贵气象，却淡隽不涉俗。（卷二）

白石词："少年情事老来悲。"宋朱服句："而今乐事它年泪。"二语合参，可悟一意化两之法。（卷二）

冯士美《江城子》换头云："清歌皓齿艳明眸。锦缠头。若为酬。门外三更，灯影立骅骝。""门外"句与姜石帚"笼纱未出马先嘶"意境略

同。(卷三)

刘永济《微睇室说词》:"笼纱",纱灯也。"乘肩小女",小女乘肩随之出游也。"沙河塘"乃杭州街名,在余杭门内,其地灯事最盛。苏轼《湖上夜归》诗有"繁灯闹河塘",即沙河塘也。

沈祖棻《宋词赏析》:"笼纱"句,《蕙风词话》云:"七字写出华贵气象。"是也。先出此句,则后"白头"两句之清冷自见。"纱笼喝道",见《梦粱录》,即呵殿也。过片两句,言风光依旧。"少年"句,言心境情事都非,徒增忉怛耳。章颖《小重山》所谓"旧游无处不堪寻,无寻处,惟有少年心"也,朱服《渔家傲》所谓"寄语东阳沽酒市,拼一醉,而今乐事他年泪"也。"沙河"二句,秦观《金明池》所谓"纵宝马嘶风,红尘拂面,也只寻常归去"也。

[评析]

此词作于庆元三年(1197)正月,乃杭州携女儿外出观灯事。京城新年,自有一片繁华景象。首二句纵笔写来,描绘生动。"白头"二句略带自嘲之意,言自己并无前呼后拥的富贵气象,仅有小女相随。下片道出心中所感,花月正春风,而词人心绪已堕入回忆之中。"少年情事老来悲"一句虽有所本,却也是一番经历后的恳切之言,极易引发读者共鸣。元月本有水边祓禊的旧俗,此刻春寒已浅,沙河之畔正堪游赏。然而词人却并无前去游玩的兴致,只是百无聊赖地观看其他游人。盖因别有怀抱,无心行乐也。

又　元夕不出[①]

忆昨天街预赏时[②]。柳悭梅小未教知[③]。而今正是欢游夕,却怕春寒自掩扉。　帘寂寂,月低低。旧情惟有绛都词[④]。芙蓉影暗三更后[⑤],卧听邻娃笑语归。

[注释]

①元夕:农历正月十五上元节夜。②天街:京城中的街道。韩愈《早春呈水部张十八员外》:"天街小雨润如酥,草色遥看近却无。"预赏:提前放灯供人观赏。孟元老《东京梦华录》卷六:"仕女观者,中贵邀住劝酒一金杯令退。直至上元,谓之'预赏'。"《新刊大宋宣和遗事》亨集:"为甚从腊月放灯?盖恐正月十五日阴雨,有妨行乐,故谓之预赏元宵。"③柳悭梅小:柳芽初生,梅蕊方绽。悭(qiān),不多,稀少。④绛都词:《绛都春》,词牌名。北宋丁仙现有《绛都春》(融和又报),咏汴京元夕。⑤芙蓉:此处指花灯。陆游《灯夕有感》:"芙蕖红绿亦参差。"

[辑评]

贺裳《皱水轩词筌》:《鹧鸪天》最多佳辞,《草堂》所载,无一善者。……姜白石《元夕不出》"芙蓉影暗三更后,卧听邻娃笑语归",骎骎有诗人之致。选不之及,何也?

杨希闵《词轨》卷六:闵案:此白石抱疴时作也。

刘永济《微睇室说词》:"预赏",陈思《白石词疏》引《武林旧事》:"元夕禁中自去岁九月赏菊灯之后,迤逦试灯,谓之预赏。""绛都词",夏承焘《笺校》引《草堂诗余》丁仙现《绛都春》词"融和又报"一首咏汴都灯夕为证。按白石此语,或系记昔日曾作此调,写元夕观灯事,未必定指丁作。"芙蓉",花灯也。以上三词,反复吟咏,如见此老当日情态,盖由其情真景实,不假雕琢,自能动人。

吴世昌《词林新话》卷四:梦窗有《绛都春》,乃忆旧悼亡之作。白石之"绛都词",当亦为《绛都春》,以纪念其所欢者。但不必为悼亡之作,以下首占之,则其人故犹在也,否则不至"两处沉吟"矣。集中不见《绛都春》词,殆作者不欲编入,或年久失传矣。

[评析]

此词作于庆元三年(1197)正月十五上元节夜,以乐景写哀情。都城元夕,本是观灯之正日佳时,词人却索居未出。清人杨希闵谓因"抱疴",恐非。数日前夜游已有"春寒浅"之句,可见"却怕春寒"实为托词。是何情怀令人无心游赏?观下片"旧情"二字,结合前集中姜夔念兹在兹的一段情事,便即了然。"芙蓉影暗"二句貌似和缓,细味自有深悲。词人元夕不出,却也不能安眠,直到灯影暗沉、游人散尽仍自枯坐,一番情苦,委实刻骨铭心。李易安《永遇乐》词云:"如今憔悴,风鬟霜鬓,怕见夜间出去。不如向、帘儿底下,听人笑语。"虽各有怀抱,却是心同此理。

又 元夕有所梦

肥水东流无尽期[①]。当初不合种相思[②]。梦中未比丹青见[③],暗里忽惊山鸟啼。　　春未绿，鬓先丝。人间别久不成悲。谁教岁岁红莲夜④，两处沉吟各自知。

[注释]

①肥水：水名，即淝水，源出安徽合肥西北将军岭。②不合：不应当。③丹青：丹砂和青腹，可作颜料。这里指画像。④红莲：指花灯，与前首"芙蓉"意同。周邦彦《解语花·元宵》："露浥红莲，灯市光相射。"

[辑评]

郑文焯《白石道人歌曲批语》："红莲"谓灯。此可与丁未元日金陵江上感梦之作参看。

唐圭璋《唐宋词简释》：此首元夕感梦之作。起句沉痛，谓水无尽期，犹恨无尽期。"当初"一句，因恨而悔，悔当初错种相思，致今日有此恨也。"梦中"两句，写缠绵颠倒之情，既经相思，遂不能忘，以致入梦，而梦中隐约模糊，又不如丹青所见之真。"暗里"一句，谓即此隐约模糊之梦，亦不能久做，偏被山鸟惊醒。换头，伤羁旅之久。"别久不成悲"一语，尤道出人在天涯况味。"谁教"两句，点明元夕，兼写两面，以峭劲之笔，写缱绻之深情，一种无可奈何之苦，令读者难以为情。

吴世昌《词林新话》卷四：上结"暗里忽惊山鸟啼"凑句。

沈祖棻《宋词赏析》：水流无尽，重见无期，翻悔前种相思之误。别久会难，惟有求之梦寐；而梦境依稀，尚不如对画图中之春风面，可以灼见其容仪，况此依稀之梦境，又为山鸟所惊，复不得久留乎？上片之意如此。下片则言未及芳时，难成欢会，而人已垂垂老矣，足见别之久、愁之深。夫"黯然消魂者，惟别而已矣"，而竟至"不成悲"，盖缘饱经创痛，遂类冥顽耳。然而当"岁岁红莲夜",则依然触景生情,一念之来,九死不悔,惟两心各自知之,故一息尚存,终相印也。戴叔伦《湘南即事》云:"沅湘日夜东流去,不为愁人住少时。"鱼玄机《江陵愁望寄子安》云:"忆君心似西江水,日夜东流无歇时。"可与首二句比观。

[评析]

此词当是庆元三年(1197)元夕夜梦醒后所作,可谓"芙蓉影暗三更后,卧听邻娃笑语归"之续篇。《鹧鸪天》诸词,姜夔皆寓愁绪。至此首始点明合肥情事,悲感殊深。元夕之夜,姜夔心耽旧情,枯坐斗室,久不成眠。入梦之后,一缕情丝竟尔紧随而至,不得稍解。相思至于一种无可摆脱、无可逃遁之境地,其深重可想。故"肥水东流"二句,实乃恳切之言。梦境缥缈,伊人形貌未真,既被山鸟啼破,此梦自必凄惶不安。下片仍道"少年情事老来悲"。词人两鬓星星,距离当年情事已然良久,"不成悲"者,实因此悲无日或忘,已成常态矣。"谁教"二句,温丽悲远,"岁岁""各自"道出"同心而离居,忧伤以终老"之叹。下片相思以外,更饶沧桑之感。姜夔写相思,虽则一往情深,却硬朗而不软媚。

又 十六夜出

辇路珠帘两行垂①。千枝银烛舞僛僛②。东风历历红楼下③,谁识三生杜牧之④。　　欢正好,夜何其⑤。明朝春过小桃枝。鼓声渐远游人散,惆怅归来有月知。

[注释]

①辇路：天子车驾所经的道路。②僛僛（qī）：醉舞欹斜貌。《诗经·小雅·宾之初筵》："宾既醉止，载号载呶。乱我笾豆，屡舞僛僛。"后用以形容轻盈摇曳状。③历历：清晰分明。④三生杜牧之：参见57页《琵琶仙》注释⑥。⑤夜何其：参见55页《浣溪沙》（春点疏梅雨后枝）注释⑥。

[评析]

此词作于庆元三年（1197）正月十六日夜。是夜依旧火树银花，姜夔出门游赏，欲排遣愁情，然终成徒劳。上片前二句是一层，写街景之繁丽；后二句是一层，写己身之茕独。十丈软红，都无故人相识。"三生杜牧"是白石词中屡见的自况之词，风流俊赏，一片深情，俱可想见。下片章法与上片无二，先写良夜欢浓，好春将近，次写游人散尽，惆怅独归。《鹧鸪天》五篇均作于万家欢聚之元月，姜夔以乐写悲，其情其景，恰如朱自清《荷塘月色》之语："热闹是他们的，我什么也没有。"

月下笛

与客携壶，梅花过了，夜来风雨。幽禽自语①。啄香心②、度墙去。春衣都是柔荑翦③，尚沾惹、残茸半缕。怅玉钿似扫，朱门深闭，再见无路。　　凝伫。曾游处。但系马垂杨，认郎鹦鹉④。扬州梦觉，彩云飞过何许⑤。多情须倩梁间燕，问吟袖、弓腰在否⑥。怎知道、误了人，年少自恁虚度。

[注释]

①幽禽：鸣声幽雅的禽鸟。②香心：指花苞。庾信《正旦上司宪府》："短笋犹埋竹，香心未启兰。"③柔荑：柔软而白的茅草嫩芽。《诗经·卫风·硕人》："手如柔荑，肤如凝脂。"后喻指女子柔嫩的手。④认郎鹦鹉：能识人的鹦鹉。刘禹锡《和乐天鹦鹉》："频学唤人缘性慧，偏能识主为情通。"⑤彩云：绚丽的云彩，比喻美好易逝的人事。李白《宫中行乐词》八首其一："只愁歌舞散，化作彩云飞。"晏几道《临江仙》："当时明月在，曾照彩云归。"⑥吟袖：诗人的衣袖，姜夔自指。弓腰：向后弯腰及地如弓形，状女子细腰。这里指姜夔所思之女子。

[辑评]

沈祖棻《宋词赏析》：首言本欲排愁，而风雨无情，既催花谢，幽禽自语，更啄花去，所见皆可恨可悲、无可奈何之景；综观四周，既触目而伤怀，反顾一身，又睹物而念远，将何以为情耶？花之谢，人之隔，固明知其不可"再见"，然于"曾游处"，仍不能不"凝伫"。上片愈说得明白，愈说得斩钉截铁，愈见下片"凝伫"之痴绝、之一往情深。然纵一再"凝伫"，所得再见者，亦惟有"垂杨""鹦鹉"而已。杨能"系马"，鹉能"认郎"，物愈有情，人愈伤感。"彩云"句一问，"吟袖"句再问，问之不已者，情之所不能已也。末用拙重之笔作收，所谓愈朴愈厚也。"春衣都是柔荑剪，尚沾惹、残茸半缕"，即苏轼《青玉案》之"春衫犹是，小蛮针线，曾湿西湖雨"也，与贺铸《半死桐》之"空床卧听南窗雨，谁复挑灯夜补衣"，情境自别。

[评析]

此词未注甲子，陈思《白石道人年谱》定为庆元三年（1197）作。伤春感旧，怀念情人。"与客携壶"以下，铺排种种意象渲染春之可伤。

梅花、风雨、幽禽、香心,纷至沓来,实非杯酒可销。"春衣"以下,道出伤春缘故,是伊人针线尚在,而人已难寻。周邦彦《瑞龙吟》词云:"事与孤鸿去。探春尽是,伤离意绪。"正可概括上片情景。下片重游故地,多物是人非之慨。"飞过何许""弓腰在否""怎知道"俱以问句写出,单句不觉出奇,然通读下来,意脉连贯,一种寻寻觅觅、凄迷怅惘之感油然而生。

喜迁莺慢　功父新第落成①

玉珂朱组②。又占了道人,林下真趣。窗户新成,青红犹润③,双燕为君胥宇④。秦淮贵人宅第⑤,问谁记、六朝歌舞⑥。总付与。在柳桥花馆,玲珑深处。　　居士⑦。闲记取。高卧未成⑧,且种松千树⑨。觅句堂深⑩,写经窗静⑪,他日任听风雨。列仙更教谁做⑫,一院双成俦侣⑬。世间住。且休将鸡犬,云中飞去⑭。

[注释]

①新第:新建的宅第。张镃新宅在杭州城北南湖,号曰桂隐林泉。周密《武林旧事》卷十载张镃《约斋桂隐百课》:"逮庆元庚申,历十有四年之久,匠生于心,指随景变,移徙更葺,规模始全。"其地又分东寺、西宅、南湖、北园、亦庵、约斋等,各极其胜。②玉珂:马络头上的玉制装饰物,指代高官显贵。朱组:红色丝带。古代达官贵人用以系冠、佩玉、佩印之用,亦借指高官。张镃乃南宋名将张俊诸孙,历任大理司直等官,故云。③青红:青色和红色,这里指代颜料。④胥宇:即相宅。《诗

经·大雅·绵》:"爰及姜女,聿来胥宇。"毛传:"胥,相。宇,居也。"孔颖达疏:"自来相土地之可居者。"⑤秦淮:河名,流经南京,沿岸一带为繁华之地。⑥六朝:指相继建都南京的吴、东晋、宋、齐、梁、陈六个朝代。⑦居士:指张镃。其晚年好佛,自号约斋居士。⑧高卧:指隐居不仕。《世说新语·排调》:"卿屡违朝旨,高卧东山,诸人每相与言:'安石不肯出,将如苍生何?'"⑨种松千树:桂隐林泉北园有苍寒堂,植青松二百株。⑩觅句:指诗人构思、寻觅诗句。史浩《题南湖集十二卷后》:"桂隐林泉在钱塘为最胜,张子卜筑。池台馆宇,门墙道路,凡经行宴息处,悉命以佳名,而各有诗。"⑪写经:抄写佛教经典。桂隐林泉亦庵有写经寮,书《华严》等大乘诸经。⑫列仙:位高的仙人。⑬双成:董双成,神话中西王母侍女名。这里指张镃众姬妾。俦侣:伴侣。⑭"世间住"三句:寄语张镃享受人世繁华,莫效淮南王羽化登仙。王充《论衡·道虚》:"淮南王学道,招会天下有道之人。倾一国之尊,下道术之士,是以道术之士,并会淮南,奇方异术,莫不争出。王遂得道,举家升天。畜产皆仙,犬吠于天上,鸡鸣于云中。"

[评析]

张镃于杭州城北营建"桂隐林泉",庆元六年(1200)始成。寺宅湖园,各极其胜。此词即姜夔祝贺之作,调名与内容若合符契。莺迁乔木,贺乔迁之喜也。上片写宅第之美盛。"玉珂朱组""贵人宅第"云云,俱与张功父身份相当。下片写人物之闲雅。"居士"到"任听风雨"数句尚属写实,言主人之恬淡雅趣。王维诗云:"闭户著书多岁月,种松皆老作龙鳞。"此之谓也。"列仙"以下谓主人安享此居,胜过神仙中人,可谓善祝善祷。

徵 招

越中山水幽远，予数上下西兴、钱清间①，襟抱清旷。越人善为舟，卷篷方底②，舟师行歌，徐徐曳之，如偃卧榻上，无动摇突兀势，以故得尽情骋望。予欲家焉而未得，作徵招以寄兴。徵招、角招者，政和间大晟府尝制数十曲③，音节驳矣。予尝考唐田畸《声律要诀》云④："徵与二变之调，咸非流美。"故自古少徵调曲也。徵为去母调，如黄钟之徵，以黄钟为母，不用黄钟乃谐，故隋唐旧谱不用母声。琴家无媒调、商调之类皆徵也，亦皆具母弦而不用。其说详于予所作《琴书》⑤。然黄钟以林钟为徵，住声于林钟，若不用黄钟声，便自成林钟宫矣。故大晟府徵调兼母声，一句似黄钟均，一句似林钟均，所以当时有落韵之讥⑥。予尝使人吹而听之，寄君声于臣民事物之中⑦，清者高而亢，浊者下而遗，万宝常所谓"宫离而不附"者是已⑧。因再三推寻唐谱并琴弦法，而得其意：黄钟徵虽不用母声，亦不可多用变徵蕤宾、变宫应钟声；若不用黄钟而用蕤宾、应钟，即是林钟宫矣；余十一均徵调仿此，其法可谓善矣。然无清声，只可施之琴瑟，难入燕乐；故燕乐阙徵调，不必补可也。此一曲乃予昔所制，因旧曲正宫齐天乐慢前两拍是徵调，故足成之。虽兼用母声，较大晟曲为无病矣。此曲依晋史，名曰黄钟下徵调，角招曰黄钟清角调。

潮回却过西陵浦⑨,扁舟仅容居士⑩。去得几何时,黍离离如此。客途今倦矣。漫赢得、一襟诗思。记忆江南,落帆沙际,此行还是。　迤逦⑪。剡中山⑫,重相见、依依故人情味。似怨不来游,拥愁鬟十二⑬。一丘聊复尔⑭。也孤负、幼舆高志⑮。水㶉晚⑯,漠漠摇烟,奈未成归计⑰。

[注释]

①西兴:渡口名,在今浙江萧山西北。钱清:江名,流经浙江绍兴西北,北邻萧山。陆游《夜归》:"晡时捩舵离西兴,钱清夜渡见月升。"②卷篷方底:船帆为转折之形,船底为方形。③"政和间"句:《宋史·乐志四》:"政和初,命大晟府改用大晟律,……至于《徵招》《角招》,终不得其本均,大率皆假之以见徵音。然其曲谱颇和美,故一时盛行于天下,然教坊乐工嫉之如仇。"④《声律要诀》:乐律学著作。晁公武《郡斋读书志》后志卷一:"《声律要诀》十卷,右唐上党郡司马田畤撰。畤序谓'一切乐器,依律吕之声,皆须本月真响。若但执累黍之文,则律吕阴阳不复谐矣。故据经史参校短长为此书'云。"田畤,一作田畸。⑤《琴书》:姜夔著,已佚。⑥落韵:叶梦得《避暑录话》卷上:"崇宁初,大乐阙徵调,有献议请补者,并以命教坊燕乐同为之。大使丁仙现云:'音已久亡,非乐工所能为,不可以意妄增,徒为后人笑。'蔡鲁公亦不喜,寖授之,尝语予云,见元长屡使度曲,皆辞不能,遂使以次乐工为之。逾旬献数曲,即今《黄河清》之类。而终声不谐,末音寄杀他调。鲁公本不通声律,但果于必为。大喜,亟召众工按试尚书少庭,使仙现在旁听之。乐阕有得色,问仙现何如。仙现徐前环顾坐中曰:'曲甚好,只是落韵。'坐客不觉失笑。"落韵,本指韵文创作的出韵、不押韵。

在音乐上指"终声不谐,末音寄杀他调",即《宋史》所谓"终不得其本均",姜夔所谓"一句似黄钟均,一句似林钟均"。⑦"寄君声"句:钱仁康《宫调辨歧》:"林钟徵(姜夔谓之黄钟徵)与黄钟宫(俗称正宫)同属黄钟均,而徵声又酷似宫声,林钟徵以黄钟为宫,而林钟宫则以大吕为变徵,所差仅此一律耳。《礼记》称'宫为君,商为臣,角为民,徵为事,羽为物',伶州鸠有'大不逾宫,细不过羽'之说,汉儒遂倡'臣民事物,不得凌君'之谬论。徵调之中,徵声浊于宫声,亦即律管长于宫声,故曰'听之寄宫声于臣民事物之中'。"⑧万宝常:隋朝著名音乐家,撰有《乐谱》六十四卷,定乐曲八十四调。《北史》卷九十《万宝常传》附载乐人王令言事:"大业末,炀帝将幸江都,令言之子尝于户外弹胡琵琶,作翻调《安公子曲》。令言时卧室中,闻之惊起,曰:'变!变!'急呼其子曰:'此曲兴自早晚?'其子曰:'顷来有之。'令言遂歔欷流涕,谓其子曰:'汝慎无从行,帝必不反。'子问其故,令言曰:'此曲宫声往而不反。宫,君也,吾所以知之。'帝竟被弑于江都。"⑨西陵:西兴的古称。⑩居士:姜夔自指。⑪迤逦:曲折连绵貌。⑫剡中山:即剡山。在浙江省嵊县西北。四山连绵,孤岑独出,支陇延袤十数里。⑬愁鬟十二:喻指剡山诸峰如女子的螺鬟。黄庭坚《雨中登岳阳楼望君山》二首其二:"满川风雨独凭栏,绾结湘娥十二鬟。"⑭一丘:一座小山,比喻安身之地。《世说新语·品藻》:"明帝问谢鲲:'君自谓何如庾亮?'答曰:'端委庙堂,使百僚准则,臣不如亮;一丘一壑,自谓过之。'"聊复尔:姑且如此。⑮幼舆:谢鲲(280—322)字幼舆,东晋玄学家。以时方多故,优游寄遇,不屑荣利。后以喻人之志行高洁。⑯水蘋:水草名。李贺《湖中曲》:"长眉越沙采兰若,桂叶水蘋春漠漠。"⑰归计:本指回家乡的打算、办法。这句话即对应小序"予欲家焉而未得"。

[辑评]

陈澧《白石词评》：然则以黄钟为宫也。晋荀勖所谓黄钟下徵调者以林钟为宫，白石盖未解荀勖留制也。白石词人考史是其所短耳。此词起二句与《齐天乐》同，然则一句一拍也。

俞陛云《唐五代两宋词选释·宋词选释》：曲中自古少徵调。大晟府尝制《徵招》，而音节近驳。白石乃自制此曲，虽兼用母声，较大晟为无病。因忆越中水乡风景，赋此寄兴，音谐而辞婉。"依依故人"三句尤摇曳生姿。

[评析]

姜夔既是文人，又是乐家。吹箫、弹琴，无所不能。曾著有《琴书》，可见其精通此道。他有感于大晟府所制《徵招》音节驳杂，遂以古琴调律定声，自度此曲。所谓"只可施之琴瑟，难入燕乐"，则此乃琴歌，与浓艳迫促的燕乐迥然有别。与之相应，词风自然清雅飘逸，冲淡闲远。词未纪年，陈思《白石道人年谱》定为宋宁宗嘉泰元年（1201）作。自来天涯游子，倦游之苦与山水之乐往往相伴而生。姜夔性喜林泉，见越中山水，爱不能忘，遂谱入新声。起二句西陵扁舟，照应小序所言。"去得"五句由物及人，叹久客之倦。"诗思"二字接入"记忆江南"，念江南风物可爱，清兴复起。下片铺写此间山水堪怜，落笔有情，如逢故人，亲切有味。倦游之中遇一片佳山水，恋恋淹留，欲栖此身。奈何前路茫茫，难成归计。

蓦山溪　题钱氏溪月①

与鸥为客。绿野留吟屐②。两行柳垂阴,是当日、仙翁手植。一亭寂寞,烟外带愁横,荷苒苒③,展凉云,横卧虹千尺。　　才因老尽,秀句君休觅。万绿正迷人,更愁入、山阳夜笛④。百年心事,惟有玉阑知,吟未了,放船回,月下空相忆。

[注释]

①钱氏:钱良臣,字友魏,华亭(今上海松江)人。绍兴间进士。淳熙五年除端明殿学士,签书枢密院事,复除参知政事。九年罢,出知镇江府,转建康府,皆卓有政绩。光宗时卒。②吟屐:诗人穿的木屐。③苒苒:茂盛貌。④山阳夜笛:晋人向秀经山阳旧居,听到邻人吹笛,不禁追念亡友嵇康、吕安,因作《思旧赋》。后以"山阳笛"为怀念故友的典故。

[辑评]

陈廷焯《词则·别调集》卷二:(评"万绿正迷人"二句)高朗。

[评析]

陈思《白石道人年谱》以此词为宋宁宗嘉泰二年(1202)夏秋间姜夔游华亭所作,时钱氏已经去世。陈谱并谓"白石于淳熙戊申、己酉间,不但受知于钱参,且尝游斯园",则姜夔此番乃是故地重游,感而作此。上片吟玩景物。起二句自状行迹。"两行柳"三句则有"昔年种柳,依依汉南"之慨，盖柳尚垂阴，种柳之人已归尘土。继而写烟、荷、云诸般景物，语气波澜不惊，情感亦淡然节制。下片感伤人事。"才因老尽"是对己身之叹，"山阳夜笛"是对友人之思。"百年心事"以下意象疏朗清隽，点染出独于天地间寂寞往来的形象。《白石道人诗集》卷下有《题华亭钱参园池》："花里藏仙宅，帘边驻客舟。浦涵沧海润，云接洞庭秋。草木山山秀，阑干处处幽。机云韬世业，暇日此夷犹。"所写景物可与此词互证。

汉宫春　次韵稼轩[①]

云曰归欤[②]，纵垂天曳曳[③]，终反衡庐[④]。扬州十年一梦，俛仰差殊[⑤]。秦碑越殿[⑥]，悔旧游、作计全疏[⑦]。分付与、高怀老尹[⑧]，管弦丝竹宁无。　知公爱山入剡，若南寻李白，问讯何如[⑨]。年年雁飞波上，愁亦关予。临皋领客[⑩]，向月边、携酒携鲈。今但借、秋风一榻[⑪]，公歌我亦能书。

[注释]

①次韵：依次用所和诗中的韵作诗，亦称步韵。稼轩：辛弃疾（1140—1207）字幼安，号稼轩，济南历城（今属山东）人。南宋著名词人。一生以收复失地为己任，然壮志未酬，抱恨而终。为词直抒胸臆，慷慨悲凉，别开生面，不可一世。有《稼轩长短句》十二卷。辛弃疾原词为《汉宫春·会稽秋风亭怀古》："亭上秋风，记去年袅袅，曾到吾庐。山河举目虽异，风景非殊。功成者去，觉团扇、便与人疏。吹不断、斜阳

依旧,茫茫禹迹都无。　　千古茂陵词在,甚风流章句,解拟相如。只今木落江冷,眇眇愁余。故人书报,莫因循、忘却蒓鲈。谁念我、新凉灯火,一编太史公书。"②归欤:归去。欤,语末助词。《论语·公冶长》:"子在陈曰:'归欤!归欤!'"③垂天曳曳:形容大鹏飞翔之状。《庄子·逍遥游》:"鹏之背,不知其几千里也。怒而飞,其翼若垂天之云。"曳曳:飘动貌。④衡庐:衡门小屋,言其简陋,多指隐者之居。皇甫谧《高士传·姜岐》:"岐少修孝义,栖迟衡庐,乡里归仁,名宣州里。"⑤俛仰:低头抬头,形容时间短暂。差殊:差异,不同。⑥秦碑:绍兴古迹,在会稽东南四十里秦望山上。《万历绍兴府志》引《十道志》:"秦始皇登秦望山,使李斯刻石,其碑尚存。"越殿:越王宫殿的遗迹。越为先秦时诸侯国,定都会稽。⑦作计:谋划,考虑。《孔雀东南飞》:"阿兄得闻之,怅然心中烦。举言谓阿妹,作计何不量。"⑧老尹:指辛弃疾。时辛弃疾以朝请大夫、集英殿修撰知绍兴府,兼浙江东路安抚使。尹:古代官名,多为主管之官。⑨"知公"三句:言辛弃疾喜爱剡山美景,正与李白风流共赏。李白《秋下荆门》:"霜落荆门江树空,布帆无恙挂秋风。此行不为鲈鱼鲙,自爱名山入剡中。""若南寻"二句,杜甫《送孔巢父谢病归游江东兼呈李白》:"南寻禹穴见李白,道甫问讯今何如。"⑩临皋领客:苏轼《后赤壁赋》:"是岁十月之望,步自雪堂,将归于临皋。二客从予,过黄泥之坂。霜露既降,木叶尽脱。人影在地,仰见明月,顾而乐之,行歌相答。"⑪秋风:指秋风亭,辛弃疾所建。张镃《南湖集》卷十《汉宫春》序云:"稼轩帅浙东,作秋风亭成,以长短句寄余。"榻:几案。

[评析]

此乃辛弃疾《汉宫春·会稽秋风亭怀古》之和词,写于嘉泰三年

(1203)。辛词原作英气勃勃，肝肠似火，实是不可多得的佳什。姜夔与辛弃疾同时而稍后，身当国难，对这位英雄人物定然心折，至有和韵之作。词起三句寄言稼轩，赞其浩气逸怀，是"功成不受爵，长揖归田庐"之意。"扬州"五句转言己身，谓经年离乱，物是人非。"分付与"二句复言稼轩，谓其高风亮节、人物风流。下片沿此一意脉说去，对稼轩之风流气度不吝称扬。观其"愁亦关予""我亦能书"等语，心摹手追之情溢于言表。盖姜夔身当乱世，自有热肠，从其"凭栏怀古""一帘秋霁"可知。然和韵之作，未免束缚拘执，白石之性情襟抱又非稼轩一路，故此词勉强之处甚多，去原作远矣。

又　次韵稼轩蓬莱阁[①]

一顾倾吴[②]，苎萝人不见[③]，烟杳重湖[④]。当时事如对弈[⑤]，此亦天乎。大夫仙去[⑥]，笑人间、千古须臾[⑦]。有倦客、扁舟夜泛，犹疑水鸟相呼。　秦山对楼自绿[⑧]，怕越王故垒[⑨]，时下樵苏[⑩]。只今倚阑一笑，然则非欤。小丛解唱[⑪]，倩松风、为我吹竽。更坐待、千岩月落，城头眇眇啼乌[⑫]。

[注释]

①稼轩蓬莱阁：辛弃疾《汉宫春·会稽蓬莱阁观雨》："秦望山头，看乱云急雨，倒立江湖。不知云者为雨，雨者云乎。长空万里，被西风、变灭须臾。回首听、月明天籁，人间万窍号呼。　谁向若耶溪上，倩美人西去，麋鹿姑苏。至今故国人望，一舸归欤。岁云暮矣，问何不、鼓瑟

吹筝。君不见、王亭谢馆,冷烟寒树啼乌。"蓬莱阁,在浙江绍兴。《宝庆会稽续志》:"蓬莱阁在设厅后卧龙之下,……阁乃吴越钱镠所建。"②一顾倾吴:指春秋越国美女西施。越王勾践败于会稽,范蠡以西施献吴王夫差,使其迷惑忘政,越遂灭吴。《李延年歌》:"北方有佳人,绝世而独立。一顾倾人城,再顾倾人国。"③苎萝人:指西施。西施家苎萝(今浙江诸暨南)。④烟杳重湖:吴亡后,西施归范蠡,泛舟五湖。⑤对弈:下棋。⑥大夫:指越国大夫文种。其辅佐越王勾践灭吴,功成之后被逼自杀,葬于卧龙山。⑦须臾:片刻,短时间。⑧秦山:即秦望山。⑨故垒:古代的堡垒。这里指越王勾践的遗迹。⑩樵苏:打柴砍草的人。⑪小丛:即盛小丛,唐代越地歌妓。范摅《云溪友议》卷上"钱歌序":"李尚书讷夜登越城楼,闻歌曰:'雁门山上雁初飞。'其声激切。召至,曰:'去籍之妓盛小丛也。'曰:'汝歌何善乎?'曰:'小丛是梨园供奉南不嫌女甥也。所唱之音,乃不嫌之授也。今色将衰,歌当废矣!'"这里借指辛弃疾的侍女。⑫眇眇:高远貌。

[辑评]

俞陛云《唐五代两宋词选释·宋词选释》:白石学清真,心摹手追,犹觉挽强命中而未能穿札。和辛稼轩二首,则工力相等。宜杜少陵评诗谓材力未能跨越,有"鲸鱼""翡翠"之喻也。

梁启勋《曼殊室随笔·词论》:每见南宋词人,偶有运用散文句法入词者辄曰"效稼轩体"。如姜白石次韵稼轩之《汉宫春》曰:"云曰归欤。纵垂天曳曳,终反衡庐。……知公爱山入剡,若南寻李白,问讯何如。年年雁飞波上,愁亦关予。"又次韵稼轩蓬莱阁之《汉宫春》曰:"一顾倾吴。苎萝人不见,烟杳重湖。当时事如对弈,此亦天乎。……秦山对楼自绿,怕越王故垒,时下樵苏。只今倚阑一笑,然则非欤。"白石词最为清丽，似此两首，只是贴旦反串外末，终不掩其婀娜。

[评析]

　　此与前篇作于同时。姜夔和韵辛弃疾《汉宫春·会稽蓬莱阁观雨》，所咏亦吴越争霸事。上片怀古。"一顾"三句，言西施事，句法飞动。"当时"二句，言废兴万变。"大夫仙去"，指文种。倦客泛舟，是范蠡功成身退，泛舟五湖，亦可解作词人自己访此故地，缅怀旧事。此句清冷峻峭，最见白石本色。下片伤今。此词追步稼轩，不惟拟其以文为词之句法，即章法结构，亦且拟之。换头三句言"时下樵苏"者，一如稼轩之"麋鹿姑苏"，俱为梓泽丘墟之叹。"只今"以下写今人百端兴慨，难言孰是孰非，唯有借声伎以拨闷，托风月以寓形也。"坐待"状销凝之貌，较稼轩原作主观色彩更浓。此词灵动俊逸，不因和韵而流于滞涩。

洞仙歌　黄木香赠辛稼轩[①]

　　花中惯识，压架玲珑雪。乍见缃蕤间琅叶[②]。恨春风将了，染额人归[③]，留得个、裛裛垂香带月。　　鹅儿真似酒[④]，我爱幽芳，还比酴醾又娇绝[⑤]。自种古松根，待看黄龙[⑥]，乱飞上、苍髯五鬣[⑦]。更老仙、添与笔端春，敢唤起桃花，问谁优劣。

[注释]

　　①黄木香：一名黄花木香，属蔷薇科。四五月开花，黄色。花姿优雅，极为美观。李渔《闲情偶寄·种植部》："木香花密而香浓，此其稍胜蔷薇者也。"②缃蕤（ruí）：黄色下垂的花朵。缃，浅黄色。蕤，指花

琅叶：琅玕树的叶子，极言其珍贵美好。琅玕，传说和神话中的一种仙树。③染额：指梅花妆。参见101页《疏影》注释⑥。④"鹅儿"句：意思是黄木香花色如同鹅黄酒一般。杜甫《舟前小鹅儿》："鹅儿黄似酒，对酒爱新鹅。"⑤酴醾：花名。开于暮春，白色。李渔《闲情偶寄·种植部》："酴醾之品，亚于蔷薇、木香。"⑥黄龙：指繁簇的黄木香。⑦苍髯：青色的胡须。这里形容苍松。五鬣：五鬣松。段成式《酉阳杂俎》前集卷十八："松，今言两粒、五粒，粒当言鬣。成式修行里私第，大堂前有五鬣松两株，大财如碗。"

[评析]

　　此乃姜夔为赠辛弃疾黄木香所写的一首咏花词。姜夔素爱梅，乍见黄木香娇艳可爱，不觉心动。欲寄此以赠稼轩者，或因其生气蓬勃也。词中以梅花、酴醾作比，写黄木香之风貌，全从侧面托出。观"自种古松根"三句，知此花实为攀援植物，状柔弱之物而如黄龙之飞，心思别致。"更老仙"三句强为大言，实非姜夔擅场。

念奴娇　毁舍后作①

　　昔游未远，记湘皋闻瑟②，澧浦捐褵③。因觅孤山林处士，来踏梅根残雪。獠女供花④，伧儿行酒⑤，卧看青门辙⑥。一丘吾老，可怜情事空切。　　曾见海作桑田⑦，仙人云表，笑汝真痴绝。说与依依王谢燕⑧，应有凉风时节。越只青山，吴惟芳草，万古皆沉灭。绕枝三匝⑨，白头歌尽明月。

[注释]

①毁舍后作：据陈思《白石道人年谱》，此词作于嘉泰四年（1204）。陈谱云："三月，行都大火。舍毁，移寓旅邸。"②湘皋：湘水之滨。闻瑟：听湘灵鼓瑟。参见17页《湘月》注释⑪。③澧（lǐ）浦捐褋（dié）：屈原《九歌·湘夫人》："捐余袂兮江中，遗余褋兮澧浦。"澧水，流经湖南西北，注入洞庭湖。褋：单衣。④獠（liáo）女：粗蠢的婢女。⑤伧（cāng）儿：粗蠢的童仆。⑥青门：指宋时杭州东青门。据《咸淳临安志》卷十八载，临安城东有东青门，俗呼菜市门。⑦海作桑田：大海变成农田，比喻世事变化巨大。葛洪《神仙传》卷二："麻姑自说云：'接侍以来，已见东海三为桑田。'"⑧王谢燕：指旧时富贵人家的梁间燕。王谢，东晋王导、谢安两大贵族。刘禹锡《乌衣巷》："旧时王谢堂前燕，飞入寻常百姓家。"⑨绕枝三匝：曹操《短歌行》："月明星稀，乌鹊南飞。绕树三匝，何枝可依。"

[评析]

嘉泰四年（1204），姜夔在临安，居所毁于大火。因作此词释闷，颇多旷达之语。上片记年来行迹与临安隐居情味。孤山林和靖，是此地前辈隐者。"卧看青门辙"，是渊明"穷巷隔深辙"之意。盖姜夔欲老此身，必择幽静清佳之处。奈何世事无常，即此一隅之地，也不得保全。下片以诗人的情思将此遭遇置于广阔的时空之中，顿生沧海一粟之感，则此遭遇殊不足道。遂尔放怀咏歌，以奔迸放旷之笔将古来沧海桑田、梓泽丘墟之事一番列举，最后表达随遇而安之意。李太白《春夜宴从弟桃花园序》云："夫天地者，万物之逆旅也；光阴者，百代之过客也。"姜夔多经乱离，想来已悟透此理。

永遇乐 次稼轩北固楼词韵①

云隔迷楼②,苔封很石③,人向何处。数骑秋烟,一篙寒汐④,千古空来去。使君心在⑤,苍厓绿嶂⑥,苦被北门留住⑦。有尊中、酒差可饮⑧,大旗尽绣熊虎⑨。　　前身诸葛,来游此地,数语便酬三顾⑩。楼外冥冥,江皋隐隐,认得征西路。中原生聚⑪,神京耆老⑫,南望长淮金鼓⑬。问当时、依依种柳⑭,至今在否。

[注释]

①稼轩北固楼词:辛弃疾《永遇乐·京口北固亭怀古》:"千古江山,英雄无觅,孙仲谋处。舞榭歌台,风流总被,雨打风吹去。斜阳草树,寻常巷陌,人道寄奴曾住。想当年、金戈铁马,气吞万里如虎。　　元嘉草草,封狼居胥,赢得仓皇北顾。四十三年,望中犹记,烽火扬州路。可堪回首,佛狸祠下,一片神鸦社鼓。凭谁问、廉颇老矣,尚能饭否。"北固楼,楼名。在今江苏省镇江市北固山上。②迷楼:隋炀帝所建楼名。故址在今江苏省扬州市西北郊。镇江与扬州,南北隔江相望。③很石:石名。在江苏省镇江市北固山甘露寺前,状如伏羊。相传刘备(一说诸葛亮)曾坐其上,与孙权共论曹操。④汐:晚上的潮水。⑤使君:汉时称刺史为使君,亦为州郡长官的尊称。宋宁宗嘉泰四年(1204)三月,辛弃疾知镇江府。故姜夔以"使君"称辛弃疾。⑥苍厓(yá)绿嶂:泛指秀美的山峦。⑦北门:喻指北部边防要地。《隋书》卷五十三《贺娄子干传》:

"自公守北门，风尘不警。突厥所献，还以赐公。"南宋时扬州已临边境，镇江亦属北防要塞。⑧"有尊中"句：《晋书》卷六十七载桓温云："京口酒可饮，兵可用。"东晋桓温曾拜征西大将军，数次北伐。姜夔以之比拟辛弃疾。⑨熊虎：指熊与虎的图案，乃古代战旗上的徽识。《周礼·春官·司常》："熊虎为旗，鸟隼为旟。"⑩三顾：指汉末刘备三次往隆中访聘诸葛亮。诸葛亮《出师表》："先帝不以臣卑鄙，猥自枉屈，三顾臣于草庐之中。"这里是以诸葛亮比拟辛弃疾。⑪生聚：指人民。郭周藩《谭子池》："此有黄金藏，镇在兹庙基。发掘散生聚，可以救贫羸。"⑫神京：帝都。指北宋都城汴梁。耆（qí）老：老人。⑬长淮：淮河。南宋时为宋、金边界。金鼓：古时军中以金鼓指挥进退。金指金钲，用以止众；鼓用以进众。故亦借指军队。⑭依依种柳：用桓温种柳典，参见74页《长亭怨慢》注释①。

[辑评]

刘熙载《艺概》卷四：张玉田盛称白石，而不甚许稼轩，耳食者遂于两家有轩轾意。不知稼轩之体，白石尝效之矣。集中如《永遇乐》《汉宫春》诸阕，均次稼轩韵。其吐属气味，皆若"秘响相通"，何后人过分门户耶？

[评析]

宋宁宗嘉泰四年（1204）三月，辛弃疾知镇江府，预为伐金恢复之计。作《永遇乐·京口北固亭怀古》一词，神气贯注，古今同慨，以抒老骥伏枥之志。此词为姜夔和韵之作，乃以怀古为貌，思慕稼轩豪情壮志。"云隔迷楼"六句对景兴怀，起怀古之思。"使君"以下俱为稼轩写真，言其忧国之心与军容之盛。下片承此意绪而来，对稼轩所致力之北伐事业始终怀有热望。姜夔身在江南，与"南望长淮"之中原父老却是心无二致。末二句言大业蹉跎日久,令人无奈。此词受韵脚所限,常有拼凑处。杜工部云"或看翡翠兰苕上,未掣鲸鱼碧海中",白石学稼轩而神似者,当推"今何许,凭栏怀古,残柳参差舞"三句,如此词者徒得其形而已。

虞美人

括苍烟雨楼①,石湖居士所造也。风景似越之蓬莱阁,而山势环绕,峰岭高秀过之。观居士题颜②,且歌其所作《虞美人》③,夔亦作一解。

阑干表立苍龙背④。三面巉天翠⑤。东游才上小蓬莱⑥。不见此楼烟雨未应回。　而今指点来时路。却是冥濛处⑦。老仙鹤驭几时归。未必山川城郭是耶非⑧。

[注释]

①括苍:古县名,以括苍山得名。在今浙江丽水东南,宋时属处州。烟雨楼:在括苍山上,范成大所建。②题颜:题写匾额。祝穆《方舆胜览》卷九:"烟雨楼在州治,范至能书。"③其所作《虞美人》:范成大为烟雨楼所填《虞美人》,今佚。④"阑干"句:指烟雨楼建在山冈上,山冈犹如苍龙之背。⑤巉(chán):突兀险峭。⑥才:仅仅。小蓬莱:指越州绍兴蓬莱阁。⑦冥濛:幽暗不明。⑧"老仙"二句:化用丁令威典故。

陶潜《搜神后记》卷一记载，汉辽东人丁令威学道于灵虚山，后成仙化鹤归来，落城门华表柱上。时有少年，举弓欲射之，鹤乃飞，徘徊空中而言曰："有鸟有鸟丁令威，去家千年今始归。城郭如故人民非，何不学仙冢累累。"这里的"老仙"乃指范成大。据夏承焘编年，姜夔此词作于开禧二年（1206），时范氏已去世十三年之久。

[辑评]

叶绍钧《〈周姜词〉绪言》：他有少数的词，却受了别一派词家的影响，全变了平时的风格。如《虞美人》《水调歌头》《汉宫春》几首，完全是辛弃疾，如其同辛词排在一起，很可乱真。《虞美人》里的"东游才上小蓬莱，不见此楼烟雨未应回。　而今指点来时路，却是冥濛处"，尤其有辛词的豪放的神韵。

[评析]

此首未注甲子，陈思《白石道人年谱》定为开禧二年（1206）作。若是，则距烟雨楼之建造者范成大辞世已十三年矣。词中描写烟雨楼的形势景致，并寄寓对于故人的哀思。烟雨楼在括苍山上，地势险要，风景奇秀，一如词中景致。起二句正面着笔，写此楼所在。次二句侧面着笔，写此楼名实相应。错落有致，文气贯通，意境苍茫悠远。下片由楼而及人，言再来此处，筑楼之人已属杳冥。末二句以极为潇洒出尘的语气表达了对亡友的思念，轻灵飞动之中自饶沉痛。此等小词读来似全不着力，实则章法井然，见心见志。姜夔词的特色，在于精雕细琢，句奇语重，偶有别调，即如此篇。

水调歌头　富览亭永嘉作①

日落爱山紫,沙涨省潮回②。平生梦犹不到,一叶眇西来③。欲讯桑田成海,人世了无知者,鱼鸟两相推④。天外玉笙杳,子晋只空台⑤。　　倚阑干,二三子⑥,总仙才。尔歌远游章句⑦,云气入吾杯。不问王郎五马⑧,颇忆谢生双屐⑨,处处长青苔。东望赤城近⑩,吾兴亦悠哉。

[注释]

①富览亭:《光绪永嘉县志》卷二十一:"富览亭在郭公山上,登者不越几席,而尽山水之胜。额系晋王羲之笔。宋嘉祐三年知州楚建中重建。"永嘉:古县名,宋时为瑞安府治所,今浙江省温州市。②"沙涨"句:沙际之水上涨,便可知道潮水已经回来。省(xǐng):知晓。永嘉临海,瓯江流经,潮水往还,故云。③一叶:扁舟一叶,指小船。西来:指从处州来永嘉。处州位于永嘉西面,故云。④推:推诿,推托。⑤"天外"二句:指王子乔吹笙成仙事,参见125页《阮郎归》(旌阳宫殿昔徘徊)注释③。永嘉有吹笙台,《光绪永嘉县志》卷二十一:"吹笙台在吹台山上,相传为王子晋吹笙处。"⑥二三子:指与姜夔同游者。⑦远游章句:《楚辞》有《远游》篇,相传为屈原所作。王逸解题曰:"托配仙人,与俱游戏,周历天地,无所不到。"⑧王郎五马:永嘉有五马坊。《光绪永嘉县志》卷二十一:"在旧郡治前。王羲之守永嘉,庭列五马,绣鞍金

勒，出即控之。今有五马坊。"⑨谢生双屐：谢灵运曾为永嘉太守，遍游山水。其登山时，穿一种前后齿可装卸的木屐，上山去其前齿，下山去其后齿，号曰"谢公屐"。永嘉有谢公池、谢公楼、谢公亭、谢客岩等古迹。⑩赤城：山名，土石色赤而状如城堞。在浙江省天台县北。孙绰《游天台山赋》："赤城霞起而建标，瀑布飞流以界道。"天台在永嘉东北，故云"东望"。

[评析]

　　开禧二年（1206），姜夔至处州（今浙江丽水）访烟雨楼。随后泛舟东下到永嘉（今浙江温州），登富览亭，作此词以纪游抒怀。永嘉乃人文荟萃之所，姜夔慕之久矣。梦犹不到，一叶西来，正是漂泊岁月里的可喜际遇。此地风景佳胜，引人遐思，故一见即起沧海桑田之慨。知音难觅，前贤已杳，空留词人一己凭栏，对千古云山。下片漫引古事，托出自己一怀悠然逸兴。"不问"与"颇忆"之间，察其所安，则山泽鱼鸟之思自见。"处处长青苔"者，即李太白"谢公行处苍苔没"之意。江山留胜迹，我辈复登临，虽物是而人非，亦不减乎清兴。全词洒脱旷远，有东坡"一点浩然气，千里快哉风"之感。

卜算子

吏部梅花八咏①，夔次韵。

　　江左咏梅人②，梦绕青青路。因向凌风台下看③，心事还将与。　　忆别庾郎时④，又过林逋处。万古西湖寂寞春，惆怅谁能赋。

[注释]

①吏部：指曾三聘。曾三聘（1144—1210）字无逸，新淦县（今江西省新干县）人。乾道二年（1166）进士，任赣州司户参军。宁宗时，兼考功郎。考功郎掌官吏考课之事，属吏部，故云。曾三聘所作《卜算子》咏梅八章，今佚。②江左：江东。③凌风台：扬州台名，其地多梅。何逊《咏早梅》："枝横却月观，花绕凌风台。"④庾郎：指庾信。其有《梅花》诗："当年腊月半，已觉梅花阑。不信今春晚，俱来雪里看。树动悬冰落，枝高出手寒。早知觅不见，真悔着衣单。"

[评析]

《卜算子》咏梅八首乃姜夔次韵曾三聘所作，陈思《白石道人年谱》编入开禧三年（1207）。姜夔集中咏梅之作甚多，此八章则专写杭州梅花。角度各异，反复申说，同归于眷爱之情。此首回顾江东咏梅文人，隐然有步武前修之意，可谓八章之总纲。起二句自然清畅，化出迷离惝恍之境。"因向"二句，把一己情志托与梅花。下片人之风神与梅之风韵更无分别。用庾信与林逋事，引出下句"万古西湖"，时空浩渺，人事悠悠，而同此惆怅。"谁能赋"者，难以句诠也。小词着墨不多而风神复绝。

又

月上海云沉，鸥去吴波迥。行过西泠有一枝①，竹暗人家静。

又见水沉亭，举目悲风景。花下铺毡把一杯②，缓饮春风影。

西泠桥在孤山之西，水沉亭在孤山之北，亭废。

[注释]

①西泠：桥名，亦称西陵桥、西林桥。在杭州孤山西北尽头处，是由孤山入北山的必经之路。②毡（zhān）：毛制的垫子。

[评析]

此首写孤山西泠之梅。与上篇相较，笔致疏淡，变苍茫为清丽。上片写梅。起二句大处着笔，海天明月，烟波浩渺。次二句小处着笔，竹暗人家，一枝而见风骨。下片抒感。词人眼望遗迹，满目萧然，惟有以酒释悲。末二句极风雅，花下执杯，清香似欲透纸而来。"缓饮春风影"最能触动读者感官，但觉冷香袭人。此句与《浣溪沙》之"影浮杯面误人吹"同一意趣，将梅影置于酒杯之中，杯酒浇块垒，是词人之心魂已与梅花泯一矣。

又

藓干石斜妨①，玉蕊松低覆。日暮冥冥一见来，略比年时瘦。凉观酒初醒②，竹阁吟才就③。犹恨幽香作许悭，小迟春心透④。凉观在孤山之麓，南北梅最奇。竹阁在凉观西，今废。

[注释]

①"藓干"句：长满青苔的梅枝错落横斜，为山石所防阻。②凉观：楼观名，一名凉堂。叶绍翁《四朝闻见录》丙集："孤山凉堂，西湖奇绝处也。堂规模壮丽，下植梅数百株，以备游幸。"③竹阁：楼阁名。在孤

山附近，今废。白居易《宿竹阁》："晚坐松檐下，宵眠竹阁间。清虚当服药，幽独抵归山。巧未能胜拙，忙应不及闲。无劳别修道，即此是玄关。"周密《武林旧事》卷五："孤山旧有柏堂、竹阁、四照阁、巢居阁、林处士庐，今皆不存。"张岱《西湖梦寻》卷三："六一泉在孤山之南，一名竹阁，一名勤公讲堂。……南渡高宗为康王时，常使金，夜行，见四巨人执殳前驱。登位后，问方士，乃言紫薇垣有四大将，曰天蓬、天猷、翊圣、真武。帝思报之，遂废竹阁，改延祥观，以祀四巨人。"④小迟：稍待，稍延缓。

[评析]

此首写孤山凉观之梅。起二句句法生新，犹杜工部之"香稻啄余鹦鹉粒，碧梧栖老凤凰枝"，写梅之形态，萧疏横斜之貌全出。次二句写今时重见，"瘦"字极佳，怜花如怜故人。下片是坐中观梅所感，"凉观""竹阁"俱为此间胜景，词人吟玩其间，有梅花相伴，想来酒后诗成，所咏者必是梅花矣。此二句虽不见梅而意实有之。末二句与上片"瘦"字相应，梅花香气本不浓烈，此梅既风姿窈窕，自与"十亩梅花作雪飞"者大异其趣，幽香微茫，妙在似有似无，引人遐想。

又

家在马城西①，今赋梅屏雪②。梅雪相兼不见花，月影玲珑彻。前度带愁看，一饷和愁折③。若使逋仙及见之④，定自成愁绝。

马城在都城西北，梅屏甚见珍爱。

[注释]

①马城：即马塍。《咸淳临安志》卷三十："东西马塍，在余杭门外。土细宜花卉，园人工于种接，都城之花皆取焉。或云'塍'当为'城'。"②梅屏：成排如屏的梅树。③一饷（xiǎng）：片刻。④逋仙：对林逋之雅称。

[评析]

此首写马城之梅。马城宜种花卉，起二句标明梅之所在，是此水土相宜、梅树如屏之处，末著一"雪"字，又点名此际之气候。次二句承"梅""雪"二字而来，清极寒极，梅雪争辉，是梅是雪两不知也。更兼明月在天，一庭寒彻，几如琉璃世界。上片写梅境界重大，下片情遂难抑。连用三个"愁"字，但见情意痴痴而不觉重复，与李后主之"心事莫将和泪说，凤笙休向泪时吹"用意相类。姜夔爱梅，当真是"心事还将与"也。

又

摘蕊暝禽飞，倚树悬冰落①。下竺桥边浅立时②，香已漂流却。空径晚烟平，古寺春寒恶。老子寻花第一番，常恐吴儿觉③。下竺寺前磡石上风景最妙。

[注释]

①"倚树"句：庾信《梅花》："树动悬冰落。"②下竺：即下天竺寺，位于杭州天竺山飞来峰南。周密《武林旧事》卷五："大抵灵竺之

胜，周回十数里，岩壑尤美，实聚于下天竺寺。自飞来峰转至寺后，诸岩洞皆嵌空玲珑，莹滑清润，如虬龙瑞凤，如层华吐萼，如皱縠叠浪，穿幽透深，不可名貌。林木皆自岩骨拔起，不土而生。传言兹岩韫玉，故腴润若此。石间波纹水迹，亦不知何时有之。"③吴儿：吴地少年。梅尧臣《与道损仲文子华陪泛西湖》："船学吴儿剌，吟稀楚老新。"

[评析]

此首写下天竺寺寻梅。生动有趣，意兴疏狂。起二句写人与梅相亲之貌，"摘蕊""倚树"诸般动作惊起"暝禽""悬冰"，亲切可爱，欣欣有生气，颇得自然之趣。次二句更具动态，亦兼思致精奇，想"香"如何"漂流"，看似无理，却将氤氲水汽中梅花之香远益清写出。下片先写环境，日暮春寒，委实不宜外出，然词人寻花之兴正浓，则日暮春寒殊不足道。末二句兴致勃勃，是"老夫聊发少年狂"也。

又

绿萼更横枝①，多少梅花样。惆怅西村一坞春，开遍无人赏。细草藉金舆②，岁岁长吟想。枝上幺禽一两声③，犹似宫娥唱。

绿萼、横枝，皆梅别种，凡二十许名。西村在孤山后，梅皆阜陵时所种④。

[注释]

①绿萼：范成大《梅谱》："绿萼梅。凡梅花跗蒂，皆绛紫色。惟此纯绿，枝梗亦青，特为清高。好事者比之九疑仙人萼绿华。"②藉：以物衬垫。金舆：帝王乘坐的车轿。③幺（yāo）：小。④阜陵：宋孝宗（赵

春）的陵墓永阜陵的省称，在浙江绍兴宝山。后宋人因以称孝宗。

[评析]

　　此首写孤山西村之梅。西村多种梅，绿萼、横枝俱非凡品，可以想见其盛。然而此后词意顿转，"惆怅西村"二句，俱是寂寞凄凉之意。下片道出花无人赏之故。"金舆"指孝宗，"岁岁长吟想"，是姜夔一片忠悃之心。孝宗在位时意图恢复，结合姜夔词中和辛弃疾诸作，自可理解他对这位皇帝的追慕。末二句不写梅，却写梅上么禽，梅非凡品，禽亦佳禽，将鸣声比宫娥之唱，其哀音可想。

又

　　象笔带香题①，龙笛吟春咽②。杨柳娇痴未觉愁，花管人离别。路出古昌源③，石瘦冰霜洁。折得青须碧藓花④，持向人间说。

越之昌源，古梅妙天下。

[注释]

　　①象笔：以象牙为管的笔。后用作笔的美称。②龙笛：指笛。据说其声似水中龙鸣，故称。③昌源：《嘉泰会稽志》卷十八："昌园在会稽县南。园有梅万余株，花时雪色可爱，芬香闻数里，居民以梅为生业。唐陈谏石伞峰序云：'齐公旧居西偏，昌元之精舍。''园'当作'元'。然齐祖之集又作'昌源'，未知孰是。"④青须碧藓花：附有绿丝青苔的梅花。参见100页《疏影》注释①。

[评析]

　　此首写昌源古梅。起二句用烘托之法,"象笔""龙笛"俱是珍美之物,也是歌咏梅花的载体,侧面托出古梅之高洁贵重。次二句以杨柳之无知无情衬托梅花之自有真性。下片正面描写,言古梅之瘦硬出尘。《卜算子》八章多咏杭州梅花,唯此首为他处。盖所在不同,品种各异,似乎也各有性情。

又

　　御苑接湖波①,松下春风细。云绿峨峨玉万枝,别有仙风味。长信昨来看②,忆共东皇醉③。此树婆娑一惘然④,苔藓生春意。聚景官梅,皆植之高松之下,芘荫岁久,萼尽绿。夔昨岁观梅于彼,所闻于园官者如此,末章及之。

[注释]

　　①御苑:即御园。周密《武林旧事》卷四:"聚景园,清波门外孝宗致养之地,堂匾皆孝宗御书。淳熙中,屡经临幸。嘉泰间,宁宗奉成肃太后临幸。其后并皆荒芜不修。"②长信:汉代长信宫,太后常居之。后用为太皇太后的代称。陈思《白石道人年谱》:"《宋史·宁宗纪》开禧二年三月己亥,从太皇太后幸聚景园。此词为三年春之作,故曰'长信昨来看'。"③东皇:司春之神,代指春光。④婆娑:扶疏纷披貌。

[评析]

　　此首写聚景官梅。来此者多天潢贵胄,故词意雍容典雅,如接大宾。

起二句是梅花所在，次二句是梅林风貌，俱从大处着笔。下片先写昔年观梅之人，"长信"是成肃太后代称，故以"东皇"指春，身份相称。次写此际梅之形态。姜夔向来视花如人，写梅最饶灵气，云"惘然"者，既与梅林婆娑之貌相合，亦点出人事变迁之感。

好事近　赋茉莉①

凉夜摘花钿②，苒苒动摇云绿③。金络一团香露④，正纱厨人独⑤。　　朝来碧缕放长穿，钗头罣层玉⑥。记得如今时候，正荔枝初熟⑦。

[注释]

①茉莉：夏季开白花，有浓香。②花钿：本为用金翠珠宝制成的花形首饰。这里指采茉莉花为首饰。③苒苒：柔弱轻柔貌。云绿：如云的绿叶。④金络：金饰的马笼头，借指良马。香露：夜晚采摘，花上带露。⑤纱厨：纱帐。室内张施用以隔层或避蚊。李清照《醉花阴》："玉枕纱厨，半夜凉初透。"⑥"朝来"二句：谓用碧色丝线穿花心，挂在钗头，作为首饰。罣（guà），悬挂。层玉，指茉莉花层叠如玉。周密《武林旧事》卷三"都人避暑"："而茉莉为最盛，初出之时，其价甚穹，妇人簇戴，多至七插，所直数十券，不过供一饷之娱耳。"⑦荔枝：嵇含《南方草木状》卷下："荔枝树，高五六丈余，如桂树，绿叶蓬蓬，冬夏荣茂，青华朱实，实大如鸡子，核黄黑似熟莲，实白如肪，甘而多汁，似安石榴。"荔枝果实成熟于夏季。

[辑评]

陈澧《白石词评》：白石曾至岭南耶？抑为粤人赋也。

[评析]

自《好事近》以下诸词，皆无从编年者。此首咏茉莉，状其意态香氛，意境清和圆融。上片时在晚间。"花钿""云绿"见其嫣然可爱之貌。"香露""纱厨"落笔虽淡，却可想象"三更有梦花当枕"也。下片时在清晨。茉莉花朵小巧，香气浓郁，宜作头饰。"朝来"二句便是茉莉动摇云鬓间娉娉袅袅之状。末二句用同样生于盛夏的荔枝点明时令，更添生气。"记得"二字将思绪引入回忆，置于篇末正可涵咏不尽。

虞美人　赋牡丹①

西园曾为梅花醉②。叶翦春云细③。玉笙凉夜隔帘吹。卧看花梢摇动一枝枝。　　娉娉袅袅教谁惜④。空压纱巾侧。沉香亭北又青苔⑤。唯有当时蝴蝶自飞来。

[注释]

①牡丹：著名的观赏植物，属芍药科。春末开花，色泽明艳，富丽堂皇，有"花王"的美誉。②西园：园林名，传为曹操所建。曹植《公宴诗》："清夜游西园，飞盖相追随。"后用以指代游宴之地。为梅花醉：为梅花零落而醉。③"叶翦"句：梅花于早春先叶开放。梅花既落，梅叶初生，有如春云般纤细。④娉娉袅袅：形容姿态轻柔美好。陈师道《木兰花减字》："娉娉袅袅。芍药枝头红玉小。"⑤沉香亭：位于唐代兴庆宫

内,遍植牡丹,唐玄宗与杨贵妃曾在此赏花游乐。诏命李白进《清平调》三章,末章云:"名花倾国两相欢,长得君王带笑看。解释春风无限恨,沉香亭北倚阑干。"事见《太平广记》卷二百〇四。

[评析]

姜夔《卜算子》八首咏梅,各具性情。《虞美人》二首亦然,虽同为牡丹,前者繁华馥郁如宫装丽人,后者风标清致如姑射仙子。无情草木入于诗人之眼,合当各有性灵。此词上片写自然,起二句以梅花开落暗示时令变迁,盖梅之为物,先花而后叶,曰"叶翦春云细",是梅花已落矣。渐渐春深,词人无梅可赏,遂寄情于牡丹。春夜吹笙,凉风阵阵,意境空明澄澈,曰"卧看",赏花人之意态慵懒可想。下片写人事,"娉娉袅袅"是以牡丹插鬓,所谓"名花倾国两相欢"也。"沉香亭北"二句用李杨故事,如红颜白发,顿生沧桑。末句是一篇中警句。蝴蝶生命短暂,"当时蝴蝶"如何可以"飞来"?是词人发兴无端,借此美好而短暂之生命寄托一片幽情也。全词写花写魂,不落形迹,是咏物之佳者。

又

摩挲紫盖峰头石①。下瞰苍厓立②。玉盘摇动半崖花③。花树扶疏一半白云遮。　盈盈相望无由摘④。惆怅归来屦。而今仙迹杳难寻。那日青楼曾见似花人⑤。

[注释]

①摩挲:抚摸。紫盖:紫盖峰。南岳衡山七十二峰之一,因峰高有紫

云缭绕，故名。②下瞰：俯视。姜夔《昔游诗》："紫盖何突兀，万里在一目。余峰六七十，仅如翠浪矗。"③玉盘：比喻盘状的白花。司马光《和君贶寄河阳侍中牡丹》："尽日玉盘堆秀色，满城绣毂走香风。"半崖花：山腰的牡丹。姜夔《昔游诗》："北有懒瓒岩，大石庇樵牧。下窥半崖花，杯盂琢红玉。"④盈盈：仪态美好貌，指牡丹。⑤青楼：青漆涂饰的豪华精致的楼房。曹植《美女篇》："借问女安居，乃在城南端。青楼临大路，高门结重关。"

[评析]

此篇所咏，乃是生于高崖之上的白牡丹。起二句写山势极高极险，牡丹生于其上，如临下土，遗世独立，气度凛然。"玉盘"二句厚重朴拙，言花朵开遍山崖，洋洋洒洒。牡丹不是苍松老柏，写花木而有此等气势者，实属少见。此花既身处白云苍崖之上，自然可望而不可即，下片遂有"无由摘"之语。望而不得，更生惆怅。牡丹之仙姿深印脑海，念念不忘，以至于见人而思花。末句反用牛希济"记得绿罗裙，处处怜芳草"之意，情致痴绝。

忆王孙　鄱阳彭氏小楼作①

冷红叶叶下塘秋②。长与行云共一舟③。零落江南不自由。两绸缪④。料得吟鸾夜夜愁⑤。

[注释]

①鄱阳：地名，在今江西省东北部。宋时属饶州，为州治。姜夔籍贯

即鄱阳。彭氏：宋时鄱阳世族。彭汝砺，治平二年进士第一，历官大理寺丞，权兵、刑、吏部侍郎，进权吏部尚书，以忠义自许，著有《鄱阳集》。弟汝霖，历官显谟阁待制。弟汝方，知衢州。方腊兵至，死节。赠龙图阁直学士，谥忠毅。彭大雅，宝祐间进士，出为四川制置副使，曾使北。守蜀期间，殚精竭虑，筑重庆城。追谥忠烈。②冷红：指轻寒时节的花。下塘秋：意即下秋塘。③行云：流动的云。④绸缪：形容缠绵不解的男女恋情。⑤吟鸾：终日吟想的女子。鸾，传说中凤凰一类的鸟，借指姬妾。

[评析]

鄱阳彭氏，世代簪缨。姜夔过其故地，不过触目兴怀，伤繁华之零落耳。冷红入水，其凉意似能透纸。秋塘上映行云，下涵落花，花形云影，共此寒塘。更不多着一字，词人之心境自出。"零落江南"句，索寞之中自有青衫磊落之感。末二句想起少年情事，如其《鹧鸪天》词之"两处沉吟各自知"。一片深情，峭拔硬朗，正是白石本色。

少年游　戏平甫①

双螺未合②，双蛾先敛③，家在碧云西④。别母情怀，随郎滋味，桃叶渡江时。　扁舟载了，匆匆归去，今夜泊前溪⑤。杨柳津头⑥，梨花墙外，心事两人知。

[注释]

①戏平甫：戏张鉴纳妾事。②双螺：指少女头上的两个螺形发髻。晏

几道《采桑子》："红窗碧玉新名旧，犹绾双螺。"杨慎《词品》卷二："双螺，盖当时角妓未破瓜时发饰之名。"③双蛾：指美女的两眉。沈约《昭君辞》："朝发披香殿，夕济汾阴河。于兹怀九逝，自此敛双蛾。"④碧云：碧空中的云。江淹《休上人怨别》："日暮碧云合，佳人殊未来。"后用以指美人所在的地方。⑤前溪：古代吴地村名，在今浙江省德清县。张鉴在此置有别业，即《鹧鸪天》（曾共君侯历聘来）词序所谓"欲治舟往封禺松竹间"。⑥津头：渡口。王昌龄《送薛大赴安陆》："津头云雨暗湘山，迁客离忧楚地颜。"

[辑评]

杨慎《词品》卷四：戏张平甫纳妾云："别母情怀，随郎滋味，桃叶渡江时。"……其腔皆自度者。传至今，不得其调，难入管弦，只爱其句之奇丽耳。

陈澧《白石词评》：平甫纳姬，戏之也。

陈廷焯《词则·闲情集》卷二：（评"别母情怀"三句）绮语自白石出之，亦自闲雅，具有仙笔。

陈廷焯《白雨斋词话》卷十："随郎滋味"四字，似不经心，而别有姿态。盖全以神味胜，不在字句之间寻痕迹也。

梁启勋《曼殊室随笔·词论》：美诚与欢娱有密切关系。才曰美，便即与怡情悦性生联想，此则通常观念矣。然而冯延巳之"和泪试严妆"，每一念及，辄生美感，泪非愉快事也。姜白石之"别母情怀，随郎滋味，桃叶渡江时"，别母亦非愉快事也，但每一念及，弥觉其美。泪与严妆两绝对，苦的情怀与乐的滋味两绝对。二者调合，乃竟发生一种特殊美感，此殆与东坡所谓"刚健含婀娜"同一韵味，刚健之与婀娜，固两绝对也。

[评析]

　　姜夔游戏笔墨不多,《眉妩·戏张仲远》后,此是其二,盖为平甫纳妾而作。起三句写形,意态生动。次三句写神,风情缱绻。"别母情怀,随郎滋味"颇能刻画少女初嫁心态。下片是行程中事。"扁舟"三句带有戏谑风味。"杨柳"三句则清丽典雅。姜夔与平甫交情甚笃,由此词之用意造语亦能见之。

诉衷情　端午宿合路①

　　石榴一树浸溪红。零落小桥东。五日凄凉心事②,山雨打船篷。　谙世味,楚人弓③。莫忡忡④。白头行客⑤,不采蘋花⑥,孤负薰风⑦。

[注释]

　　①端午:端午节,农历五月初五日,相传为纪念屈原而设。有裹粽子、赛龙舟、挂艾叶、饮雄黄酒等风俗。合路:合路镇。在嘉兴、吴江间,地傍运河。陆游《入蜀记》卷一:"过合路,居人繁夥,卖鲊者尤众。"②五日:即指端午节。万俟咏《南歌子》:"香芦结黍趁天中。五日凄凉今古与谁同。"③楚人弓:《孔子家语·好生》:"楚王出游,亡弓。左右请求之。王曰:'止。楚王失弓,楚人得之,又何求之?'"后多表示对于得失的达观态度。④忡忡:忧愁貌。《诗经·召南·草虫》:"未见君子,忧心忡忡。"⑤行客:行人,过客。此乃姜夔自指。⑥蘋花:即白蘋,一种水中浮草。叶梦得《贺新郎》:"无限楼前沧波意,谁采蘋花寄取。"

⑦薰风：和暖的风，指初夏时的东南风。《吕氏春秋》卷十三："东南曰熏风。"

[评析]

　　此词作于客途，乃逢端午佳节而感怀。起二句写榴花零落，清丽凄婉。次二句点明节令，直陈心事，不假雕琢，淡而有味。"山雨"句与蒋捷听雨词相类，所谓"悲欢离合总无情，一任阶前点滴到天明"也。下片先言不以己悲，结合姜夔居舍被火焚后所作之《念奴娇》，可知何谓"楚人弓，莫忡忡"。次言不以物喜，蘋花满目，薰风和暖，均不能使"白头行客"暂时一顾。然而此等无悲无喜之心境，实乃沈祖棻所云"饱经创痛，遂类冥顽"也。

念奴娇　谢人惠竹榻①

　　楚山修竹②，自娟娟、不受人间袢暑③。我醉欲眠伊伴我④，一枕凉生如许。象齿为材⑤，花藤作面，终是无真趣。梅风吹溽⑥，此君直恁清苦。　　须信下榻殷勤，翛然成梦⑦，梦与秋相遇。翠袖佳人来共看，漠漠风烟千亩。蕉叶窗纱⑧，荷花池馆，别有留人处。此时归去，为君听尽秋雨。

[注释]

　　①惠：赐予，赠送。竹榻：供躺卧用的竹制小床。②楚山：泛指楚地之山。修竹：长长的竹子。苏轼《水龙吟》："楚山修竹如云，异材秀出千林表。"③袢（pàn）暑：犹溽暑，炎暑。④我醉欲眠：李白《山中与

幽人对酌》:"我欲醉眠卿且去,明朝有意抱琴来。"苏轼《西江月》:"障泥未解玉骢骄。我欲醉眠芳草。"⑤象齿:象牙。⑥梅风:黄梅季节的风。周邦彦《过秦楼》:"梅风地溽,虹雨苔滋,一架舞红都变。"⑦翛(xiāo)然:迅疾貌。司马光《馆宿遇雨怀诸同舍》:"佳雨濯烦暑,翛然生晓凉。"⑧蕉叶:芭蕉叶。

[评析]

　　此词乃姜夔为感谢友人惠赠竹榻而作。上片质实,写竹榻之材质功用。竹榻之为物,可以触体生凉,抵御暑热。故起二句以森森修竹营造丝丝凉意。"我醉欲眠"二句,意态悠闲。"象齿"三句,乃以精雕细琢之床榻与竹榻作比,赞其自然真趣。"梅风"二句以"清苦"形之,此君在盛夏之际的功用历历可感。下片清虚,写卧榻之人诸般消闲意趣。"梦与秋相遇",真能状其清凉之感。"翠袖佳人"以下,俱是盛夏清和风物,不惟紧扣一番凉意,更见词人之萧斋雅趣也。结二句"归去"者,即承"蕉叶窗纱,荷花池馆"而言。"为君听尽秋雨"则化用李商隐《宿骆氏亭寄怀崔雍崔衮》"秋阴不散霜飞晚,留得枯荷听雨声",以抒怀友之情。全篇大半皆摹写竹榻,至结尾一点,方挽到"谢人"意。神完气足,且复得体。姜夔词虽泛泛酬应之作,亦可见其章法之安排。

法曲献仙音

　　张彦功官舍在铁冶岭上①,即昔之教坊使宅②。高斋下瞰湖山③,光景奇绝。予数过之,为赋此。

虚阁笼寒，小帘通月，暮色偏怜高处。树隔离宫，水平驰道④，湖山尽入尊俎⑤。奈楚客⑥、淹留久⑦，砧声带愁去⑧。　　屡回顾。过秋风未成归计，谁念我、重见冷枫红舞。唤起淡妆人⑨，问逋仙今在何许。象笔鸾笺⑩，甚而今、不道秀句⑪。怕平生幽恨，化作沙边烟雨。

[注释]

①张彦功：姜夔友人，生平不详。刘过有《贺新郎·赠张彦功》，或即此人。官舍：官吏的住宅。铁冶岭：杭州地名。田汝成《西湖游览志》卷十四："铁冶岭，宋名丰宁坊，南上云居山者。"②教坊：古时管理宫廷音乐的官署，专管雅乐以外的音乐、舞蹈、百戏的教习、排练、演出等事务。教坊使，即教坊之正长官。③高斋：高雅的书斋。常用作对他人屋舍的敬称。④驰道：古代供君王行驶车马的道路。⑤尊俎：古代盛酒肉的器皿。常用来指代宴席。⑥楚客：楚国人屈原忠而被谤，身遭放逐，流落他乡，故称"楚客"。后泛指客居他乡的人。⑦淹留：羁留。屈原《离骚》："时缤纷其变易兮，又何可以淹留。"⑧砧声：捣衣声。李颀《送魏万之京》："关城曙色催寒近，御苑砧声向晚多。"⑨淡妆人：比喻梅花。杨万里《克信弟坐上赋梅花二首》其二："月波成露露成霜，借与南枝作淡妆。"⑩鸾笺：印有鸾凤花纹的彩笺。⑪秀句：优美的文句。

[辑评]

陆辅之《词旨》上：属对凡三十八则：……虚阁笼云，小帘通月。

陆辅之《词旨》下：警句凡九十二则：……重见冷枫红舞。

杨慎《词品》卷四：《法曲献仙音》云："过秋风未成归计。""重见冷枫红舞。"……其腔皆自度者。传至今，不得其调，难入管弦，只爱其句之奇丽耳。

周济《宋四家词选目录序论》：（评"象笔鸾笺，甚而今、不道秀句"）白石号为宗工，然亦有……寒酸处。

陈澧《白石词评》：起句奇丽，接句幽而不滞。（评"奈楚客、淹留久"）是词不是诗。"梦逐愁声去"，"砧声带愁去"，押"去"韵俱妙。（评"唤起淡妆人"二句）豪迈之气收入幽细，此白石所以独步。"不道秀句"四字拙。（评结二句）幽艳。

李佳《左庵词话》卷下：词中属对，亦有求工者。如……白石"虚阁笼寒，小帘通月"，……皆经锻炼而出，然亦不可十分吃力。

陈廷焯《云韶集》卷六：风流酸楚。白石词每于一二虚字中反复唱叹，韵味都出。如此篇"奈"字及"谁念我""甚而今""怕平生"俱极有意思，他可类推。

潘与刚《读红馆词话》：白石词有当我心者。若……"虚阁笼寒，小帘通月，暮色偏怜高处"（《法曲献仙音》）诸句所谓意象幽闲，不类人境。

[评析]

姜夔对湖山胜景，屡兴幽怀。某年秋过杭州铁冶岭张彦功宅，登高临远，良多羁愁，遂成此篇。起三句照应小序中"铁冶岭上"，意境高远。"虚""笼""通"几处颇见炼字之功，属对极佳。"树隔"三句境界疏阔，在临安而言"离宫""驰道"，措语妥帖。"湖山尽入尊俎"一如张孝祥之"万象为宾客"，襟怀洒落。"奈楚客"三句，是己身之零落栖迟也。下片发兴无端，情怀萧索。"过秋风"句暗用晋人张季鹰事，将思归之意雅化。归终不遂，幽恨难平，下句顿生激楚。"冷枫红舞"四字凄艳，与下句之"淡妆人"恰成对照，色彩浓淡有致。"象笔鸾笺"二句未免小气，周济谓为"寒酸处"，眼光甚毒。幸而末二句将情绪化入烟景，结得尚属圆融。

侧犯　咏芍药①

恨春易去。甚春却向扬州住。微雨。正茧栗梢头弄诗句②。红桥二十四③，总是行云处。无语。渐半脱宫衣笑相顾④。　　金壶细叶⑤，千朵围歌舞。谁念我、鬓成丝，来此共尊俎。后日西园，绿阴无数。寂寞刘郎⑥，自修花谱。

[注释]

①芍药：五月开花，花大而美，有红、白等多种颜色。②茧栗：指植物的幼芽或蓓蕾。黄庭坚《寄王定国二首》诗序："往岁过广陵值早春，尝作诗云：'……红药梢头初茧栗，扬州风动鬓成丝。'"③红桥二十四：扬州古代名胜有二十四桥。参见2页《扬州慢》注释⑯。④宫衣：宫中女子所穿之衣。⑤金壶：喻指鲜艳硕大的芍药花。⑥刘郎：刘攽（1023—1089）字贡父，江西樟树人。下句"自修花谱"，乃指其所撰《芍药谱》，又称《维扬芍药谱》。凡一卷，成于熙宁六年（1073）。书中分七等记载扬州芍药31种，并令画工绘图附后，是中国最早的芍药专谱。

[辑评]

叶寘《爱日斋丛抄》卷四：高续古赋红药词云："红翻茧栗梢头遍。"姜尧章芍药词亦云："正茧栗梢头弄诗句。"取譬花之含蕊为工。

陈廷焯《云韶集》卷六：咏花题易流艳冶纤媚，此独骚雅而姿态正自秾丽,宜其独步词坛也。

[评析]

宋代吴曾《能改斋漫录》卷十五云:"孔常甫初官维扬,以维扬芍药甲天下,因尽取其名以叙云:'扬州芍药,名于天下,非特以多为夸也。其敷腴盛大,而纤丽巧密,皆他州之所不及。至于名品相压,争妍斗奇,故者未厌,而新者已盛。州人相与惊异,交口称说,传于四方。名益以远,价益以重,遂与洛阳牡丹俱贵于时。'"姜夔此篇亦为扬州芍药传神写照。五月春深,芍药始花。起二句欲扬先抑,先言"春易去",次言芍药之留春住也。"茧栗梢头"正如《念奴娇》之"冷香飞上诗句",无理而佳妙。"红桥"以下自然流丽,流水行云,俱是时光之逝,芍药遂于此无情春光里盛极而微脱。贺铸云"红衣脱尽芳心苦",此花能于"半脱宫衣"之际"笑相顾",其品格可知。下片复于盛极渐衰之际铺写芍药之敷腴盛大、亮烈光鲜。词人一向多情,念周邦彦"拚今生对花对酒"之句,可想其两鬓星星、花前独酌之状。"绿阴无数",自是花落空枝。云"自修花谱"者,一如梅花之"已入小窗横幅",杳然前世今生之感。

小重山令

赵郎中谒告迎侍太夫人①,将来都下,予喜为作此曲。

寒食飞红满帝城②。慈乌相对立③,柳青青。玉阶端笏细陈情④。天恩许⑤,春尽可还京。　　鹊报倚门人,安舆扶上了⑥,更亲擎⑦。看花携乐缓行程。争迎处,堂下拜公卿。

[注释]

①郎中：官名。六部皆设郎中，分掌各司事务，为尚书、侍郎之下的高级官员。赵郎中，其人未详。谒告：请假。迎侍：迎候侍奉。太夫人：对官吏之母的尊称。②飞红：落花。帝城：京城。③慈乌：乌鸦的一种。相传此鸟能反哺其母，故称。李时珍《本草纲目·禽部》卷四十九："此乌初生，母哺六十日。长则反哺六十日，可谓慈孝矣。"④玉阶：玉石砌成或装饰的台阶。这里指代朝廷。笏（hù）：古代臣朝见君时所执的狭长板子，用玉、象牙、竹木等制成。陈情：陈诉衷情。⑤天恩：指帝王的恩惠。⑥安舆：安车。《新唐书》卷一百八十二《赵隐传》："懿宗诞日，宴慈恩寺，隐侍母以安舆临观。"⑦擎（qíng）：举，向上托。

[评析]

此词为友人迎奉母亲而作，题材在词中甚为少见。起三句写京城节物，用乌鸦反哺比母慈子孝。"玉阶"三句既颂天恩，亦言人子之情。下片铺叙许多动作，欣喜殷勤之状溢于言表，诚可谓"千载如逢当日"。

蓦山溪　咏柳

青青官柳①，飞过双双燕。楼上对春寒，卷珠帘、瞥然一见②。如今春去，香絮乱因风，沾径草，惹墙花，一一教谁管。　　阳关去也③，方表人肠断④。几度拂行轩⑤，念衣冠⑥、尊前易散。翠眉织锦⑦，红叶浪题诗⑧，烟渡口，水亭边，长是心先乱。

[注释]

①官柳：大道上的柳树。②瞥然：忽然，迅速地。③阳关：古关名。在今甘肃省敦煌市西南古董滩附近，因位于玉门关以南，故称。王维《送元二使安西》："渭城朝雨浥轻尘，客舍青青柳色新。劝君更尽一杯酒，西出阳关无故人。"④方表：四方之外，指极远之地。《后汉书》卷四："文加殊俗，武畅方表，界惟人面，无思不服。"⑤行轩：古时指高贵者所乘的车。⑥衣冠：衣和冠。古代士以上戴冠，指代缙绅或士大夫。⑦翠眉：指代美丽的女子。织锦：用五色丝织成的回文诗图。《晋书》卷九十六："窦滔妻苏氏，始平人也，名蕙，字若兰，善属文。滔，苻坚时为秦州刺史，被徙流沙。苏氏思之，织锦为回文旋图诗以赠滔。宛转循环以读之，词甚凄惋。"后遂以"织锦"借指女子的离别相思。⑧红叶浪题诗：红叶题诗，参见14页《霓裳中序第一》注释⑱。浪：徒然，白白地。

[评析]

此词咏柳以叙别情。上片写形。起二句姿容轻倩。次二句以"瞥然"二字谓流光之速。下句遂见春去而柳絮生。柳絮轻盈，"一一教谁管"颇能状其飘荡无定之貌。下片写神。自古柳为赠别之物，下片遂专写离别之意。"阳关去也"四句苍凉沉郁，是友朋之别。"翠眉"二句柔肠百结，是男女之别。末三句形神兼具，"心先乱"者，既是离人之情愫，亦见风拂柳枝之貌。全词尚属自然流畅，然在姜夔咏物词中仅为中平之作。

永遇乐　次韵辛克清先生①

我与先生，夙期已久②，人间无此。不学杨郎，南山种豆，十一徵微利③。云霄直上，诸公衮衮④，乃作道边苦李⑤。五千言⑥、老来受用，肯教造物儿戏。　　东冈记得⑦，同来胥宇⑧，岁月几何难计。柳老悲桓⑨，松高对阮⑩，未办为邻地。长干白下⑪，青楼朱阁，往往梦中槐蚁⑫。却不如、窐尊放满⑬，老夫未醉。

[注释]

①辛克清：姜夔好友。参见 31 页《探春慢》注释②。②夙期：谓旧谊。③"不学杨郎"三句：化用西汉杨恽事。杨恽《报孙会宗书》："其诗曰：'田彼南山，芜秽不治。种一顷豆，落而为萁。人生行乐耳，须富贵何时。'是日也，拂衣而喜，奋袖低昂，顿足起舞，诚淫荒无度，不知其不可也。恽幸有余禄，方籴贱贩贵，逐什一之利。"信中颇多怨怼之辞，宣帝见而怒之，判恽大逆无道，腰斩。④衮衮：纷繁众多貌。杜甫《醉时歌》："诸公衮衮登台省，广文先生官独冷。"⑤道边苦李：《晋书》卷四十三《王戎传》："又尝与群儿嬉于道侧，见李树多实，等辈竞趣之，戎独不往。或问其故，其曰：'树在道边而多子，必苦李也。'取之信然。"苏轼《次韵王定国南迁回见寄》："君知先竭是甘井，我愿得全如苦李。"⑥五千言：指老子《道德经》，凡五千字左右，教人以清静无为之道。⑦东冈：向阳的山冈。⑧胥宇：相宅。参见 153 页《喜迁莺慢》注释④。

姜夔《以"长歌意无极，好为老夫听"为韵奉别沔鄂亲友》其四谓辛克清"别墅沧浪曲，绿阴禽鸟呼"。⑨柳老悲桓：用桓温种柳事。参见74页《长亭怨慢》注释①。⑩松高对阮：魏晋人阮籍纵情山水，高卧林泉。其《咏怀诗》其十四："瞻仰景山松，可以慰吾情。"杜甫《绝句四首》其一："梅熟许同朱老吃，松高拟对阮生论。"⑪长干：里巷名，靠近长江。白下：古地名，在南京西北。亦为南京的别称。黄庭坚《次韵王荆公题西太一宫壁二首》其二："白下长干梦到，青门紫曲尘迷。"⑫梦中槐蚁：喻指虚幻的荣华富贵。李公佐《南柯太守传》载，淳于棼饮酒古槐树下，醉后入梦，见一城楼题大槐安国。国王招其为驸马，任南柯太守三十年，享尽富贵荣华。醒后见槐下有一大蚁穴，南枝又有一小穴，即梦中的槐安国和南柯郡。⑬窐（wā）尊：即洼尊，指酒器。唐开元间，李适之为湖州别驾。山有石樽，可贮酒五斗。适之每与友人登山畅饮。颜真卿《登岘山观李左相石樽联句》："李公登饮处，因石为洼尊。"

[辑评]

吴世昌《词林新话》卷四：又《永遇乐·次韵辛克清先生》一首亦甚劣。

[评析]

辛克清乃姜夔居沔时好友。"我与先生，夙期已久，人间无此"三句，与东坡《八声甘州·寄参寥子》"算诗人相得，如我与君稀"同一笔法，可见两人之交情。全词放笔随意，似与友人漫谈，多淡泊名利、清静自守之语。此意陈陈相因，若无超逸襟怀与奇警佳句，实难出彩。细审全词，惟"柳老悲桓，松高对阮"八字，略见姜夔炼字功力，其余俱非本色。

存 疑 词

越女镜心　别席毛莹

风竹吹香，水枫鸣绿，睡觉凉生金缕。镜底同心，枕前双玉，相看转伤幽素。旁绮阁、清阴度。飞来鉴湖雨。　近重午。燎银篝、暗熏溽暑。罗扇小、空写数行怨苦。纤手结芳兰，且休歌、九辩怀楚。故国情多，对溪山、都是离绪。但一川烟苇，恨满西陵归路。

越女镜心　春晚

檀拨幺弦，象奁双陆，旧日留欢情意。梦别银屏，恨栽兰烛，香篝夜间鸳被。料燕子、重来地。桐阴锁窗绮。　倦梳洗。晕芳钿、自羞鸾镜，罗袖冷、疏竹画帘半倚。浅雨渗酴醿，指东风、芳事余几。院落黄昏，怕春莺、笑人憔悴。倩柔红约定，唤起玉箫同醉。

按：《越女镜心》二词见于洪正治刊本《白石诗词集》及姜忠肃祠

堂钞本《白石道人集》。对于二词的真伪，清人况周颐谓其是，郑文焯谓其非，近人夏承焘亦辨其伪。姑迻录诸家之说于后。

[辑评]

况周颐《香东漫笔》卷一：细读两词，虽非集中桀作，然如前阕"雨""绪""路"、后阕"绮""几""醉"等韵，自是白石风格，非窜入它人之作也。……周颐按右词二阕，采附《法曲献仙音》"虚阁笼寒"阕后。细审词调，有与《法曲献仙音》小异者。前段"轻阴度""重来地"叶，后段"空写数行怨苦""疏竹画帘半倚"，"怨"字、"半"字，去声是也。有与《法曲献仙音》吻合者。前阕前段"风竹"竹字、"鸣绿"绿字、"睡觉"觉字，后段"故国"国字；后阕前段"檀拨"拨字、"双陆"陆字、"旧日"日字，后段"院落"落字，并入声是也。守律若是谨严，自是白石家法。

郑文焯《白石道人歌曲批语》：洪陔华刻本，有《越女镜心》二解，它本所无。谛审其语义风格，并近靡曼之音，可决为非道人之作。至其曲体，与《献仙音》同类。南村依宋椠写校，既无是阕。宋元诸家选本说部，亦不闻有集外佚词。是洪刻虽多，亦奚以为？

夏承焘《白石词集辨伪二篇·姜白石晚年手定集》：其《越女镜心》"花匣幺弦"一首，实即楼采之《法曲献仙音》，见《绝妙好词》卷四（此曩年朱彊村先生告予）。采，宋末人，约与周密同时，《绝妙好词》载其词六首，不容有误。陆辅之《词旨》"属对"，引"花匣"二句，亦注楼氏，其非白石作甚明（《阳春白雪》则作赵闻礼）。检清初洪正治重刊陈撰所辑白石诗词刻本，词共五十八首，其十一首为陶南村钞本所无者，皆非姜词，具有显证。《越女镜心》二首、《月上海棠》一首，即在此十一首之内。况周颐《香东漫笔》乃谓前二首"守律甚严，非白石不能为"，亦千虑一失矣。

角　招　西江舟中与楼观察同赋

甚时候。犹随朔雁南来，野菊霜后。怎离家久许，得到鄱阳，帆卸壶口。交亲念否。念渐老、郎当吟袖。雨棹烟篷何处，纵词赋动江关，也悲歌消瘦。　　生受。遣愁劝酒。青山绿水，将息人僝僽。岸容初腊逗。欲放梅花，冲寒能彀。词仙故旧。飏画毂、船头光溜。共谱清声角奏。奈摇落、怅垂垂，江潭柳。

按：清人史承谦《静学斋偶志》卷二载："又《角招》一词，西江舟中与楼观察同赋云：'甚时候。犹随朔雁南来，野菊霜后。怎离家久许，得到鄱阳，帆卸壶口。交亲念否。念渐老、郎当吟袖。雨棹烟篷何处，纵词赋动江关，也悲歌消瘦。　　生受。遣愁劝酒。青山绿水，将息人僝僽。岸容初腊逗。欲放梅花，冲寒能彀。词仙故旧。飏画毂、船头光溜。共谱清声角奏。奈摇落、怅垂垂，江潭柳。'……此数词近日所刊白石集项氏本及洪氏本俱未载，盖搜辑未及见耳。"未知是否为姜夔佚词，姑附录于此，以备稽考。

姜夔词总评

陈郁 《藏一话腴》甲集卷下：

白石道人姜尧章，气貌若不胜衣，而笔力足以扛百斛之鼎；家无立锥，而一饭未尝无食客。图史翰墨之藏，充栋汗牛。襟期洒落，如晋宋间人。意到语工，不期于高远而自高远。

沈义父 《乐府指迷》：

姜白石清劲知音，亦未免有生硬处。

柴望 《凉州鼓吹自序》（《秋堂诗余》卷首）：

大抵词以隽永委婉为尚，组织涂泽次之，呼嗥叫啸抑末也。唯白石词登高眺远，慨然感今悼往之趣，悠然托物寄兴之思，殆与古《西河》《桂枝香》同风致，视《青楼歌》《红窗曲》万万矣。故余不敢望靖康家数，白石衣钵或仿佛焉。

邓牧 《张叔夏词集序》（《伯牙琴》）：

古所谓歌者，诗三百止尔。唐宋间始为长短句，法非古，意古。然数百年来，工者几人？美成、白石逮今脍炙人口。知者谓丽莫若周，赋情或近俚；骚莫若姜，放意或近率。

黄昇　《中兴以来绝妙词选》卷六：

中兴诗家名流。词极精妙，不减清真乐府，其间高处，有美成所不能及。善吹箫。自制曲，初则率意为长短句，然后协以音律云。居鄱阳。

赵与訔　《白石道人歌曲跋》（《四印斋所刻词》）：

歌曲特文人余事耳，或者少谐音律。白石留心学古，有志雅乐。如《会要》所载，奉常所录，未能尽见也。声文之美，概具此编。

陈模　《怀古录》卷中：

近时作词者，只说周美成、姜尧章等，而以稼轩词为豪迈，非词家本色。……或曰：美成、尧章以其晓音律，自能撰词调，故人尤服之。

张炎　《词源》卷下：

词要清空，不要质实。清空则古雅峭拔，质实则凝涩晦昧。姜白石词如野云孤飞，去留无迹。吴梦窗词如七宝楼台，眩人眼目，碎拆下来，不成片断。此清空质实之说。

白石词如《疏影》《暗香》《扬州慢》《一萼红》《琵琶仙》《探春》《八归》《淡黄柳》等曲，不惟清空，又且骚雅，读之使人神观飞越。

虞集　《中原音韵序》：

宋代作者，如苏子瞻变化不测之才，犹不免制词如诗之诮；若周邦彦、姜尧章辈，自制谱曲，稍称通律，而词气又不无卑弱之憾。

陆辅之　《词旨》上：

古人诗有翻案法，词亦然。词不用雕刻，刻则伤气，务在自然。周清真之曲丽，姜白石之骚雅，史梅溪之句法，吴梦窗之字面，取四家之所长，去四家之所短，此翁（注者按：翁指张炎，号乐笑翁）之要诀。

陆友仁　《砚北杂志》卷下：

近世以笔墨为事者，无如姜尧章、赵子固，二公人品高，故所录皆绝俗。往余见姜贯道画图，后有子固端平三年，监新城商税日，叙姜尧章《庆宫春》词，爱其词翰丰茸，故备载之。

杨慎　《词品》卷四：

词极精妙，不减清真乐府。其间高处有周美成不能及者。善吹箫，自制曲，初则率意为长短句，然后协以音律云。……其腔皆自度者。传至今，不得其调，难入管弦。只爱其句之奇丽耳。

毛晋　《白石词跋》（《宋六十名家词》）：

白石词盛行于世，多逸"五湖旧约"及"燕雁无心"诸调。前人云："花庵极爱白石，选录无遗。"既读《绝妙词选》，果一一具载，真完璧也。范石湖评其诗云"有裁云缝月之妙手，敲金戛玉之奇声"，予于其词亦云。萧东夫于少年客游中独赏其词，以其兄之子妻之。不第而卒，惜哉！

宋徵璧　《倡和诗余序》：

吾于宋词得七人焉：曰永叔，其词秀逸；曰子瞻，其词放诞；曰少游，其词清华；曰子野，其词娟洁；曰方回，其词新鲜；曰小山，其词聪俊；曰易安，其词妍婉。他若黄鲁直之苍老，而或伤于颓；王介甫之劖削，而或伤于拗。晁无咎之规检，而或伤于朴；辛稼轩之豪爽，而或伤于霸；陆务观之萧散，而或伤于疏。此皆所谓我辈之词也。苟举当家之词，如柳屯田哀感顽艳，而少寄托；周清真蜿蜒流美，而乏陡健；康伯可排叙整齐，而乏深邃。其外则谢无逸之能写景，僧仲殊之能言情，程正伯之能壮采，张安国之能用意，万俟雅言之能叶律，刘改之之能使气，曾纯父之能书怀，吴梦窗之能累字，姜白石之能琢句，蒋竹山之能作态，史邦卿之能刷色，黄花庵之能审格，亦其选也。词至南宋而繁，亦至南宋而敝。作者纷如，难以概述。

刘体仁 《七颂堂词绎》：

词亦有初盛中晚，不以代也。……至姜白石、史邦卿，则如唐之中。

尤侗 《词苑丛谈序》：

词之系宋，犹诗之系唐也。唐诗有初、盛、中、晚，宋词亦有之。唐之诗，由六朝乐府而变；宋之词，由五代长短句而变。约而次之，小山、安陆，其词之初乎？淮海、清真，其词之盛乎？石帚、梦窗，似得其中。碧山、玉田，风斯晚矣。

先著 《词洁》：

韵，小乘也。……白石之词，无一凡近，况尘土垢秽乎？（《发凡》）

（评周邦彦《应天长慢》"条风布暖"）空淡深远，较之石帚作，宁复有异。石帚专得此种笔意，遂于词家另开宗派。如"条风布暖"句，至石帚皆淘洗尽矣。然渊源相沿，是一祖一祢也。（卷四）

施闰章 《百名家词钞·峡流词》引：

词贵清空，不尚质实，盖清空则灵，质实则滞。所以梦窗、白石，未免有偏胜之弊耳。

顾仲清 高佑釲《迦陵词全集序》引：

宋名家词最盛，体非一格。辛、苏之雄放豪宕，秦、柳之妩媚风流，判然分途，各极其妙。而姜白石、张叔夏辈，以冲澹秀洁得词之中正。

邹祗谟 《远志斋词衷》：

咏物固不可不似，尤忌刻意太似。取形不如取神，用事不若用意。宋词至白石、梅溪，始得个中妙谛。

邹祗谟 《倚声初集序》：

南宋诸家，蒋、史、姜、吴，警迈瑰奇，穷姿构彩；而辛、刘、陈、陆诸家，乘间代禅，鲸呿鳌掷，逸怀壮气，超乎有高望远举之思。

许昂霄 《词综偶评》：

词中之有白石，犹文中之有昌黎也。世固也以昌黎为穿凿生割者，则以白石为生硬也亦宜。

朱彝尊 《词综》卷首：

世人言词，必称北宋。然词至南宋，始极其工，至宋季而始极其变。姜尧章氏最为杰出。……言情之作，易流于秽，此宋人选词，多以雅为目，法秀道人语涪翁曰：作艳词当堕犁舌地狱。正指涪翁一等体制而言耳。填词最雅，无过石帚。

朱彝尊 《曝书亭集》：

支郎眼黄，何郎粉香。尊前一曲回肠，爱秦楼月凉。　　公羊榖梁，鄱易括苍。词人试数诸姜，算尧章擅场。（卷二十四　《江湖载酒集》之《醉太平·题姜开先赠歌者李郎秦楼月词》）

词莫善于姜夔，宗之者张辑、卢祖皋、史达祖、吴文英、蒋捷、王沂孙、张炎、周密、陈允平、张翥、杨基，皆具夔之一体。基之后，得其门者寡矣。（卷四十　《黑蝶斋诗余序》）

仁宗于禁中度曲时，则有若柳永；徽宗以大晟名乐时，则有若周邦彦、曹组、辛次膺、万俟雅言，皆明于宫调，无相夺伦者也。洎乎南渡，家各有词，虽道学如朱仲晦、真希元，亦能倚声中律吕，而姜夔审音尤精。（卷四十　《群雅集序》）

万树 《词律·发凡》：

周、柳，万俟等之制腔造谱，皆按宫调，故协于歌喉，播诸弦管，以迄白石、梦窗辈，各有所创，未有不悉音理而可造格律者。

王士禛 《花草蒙拾》：

宋南渡后，梅溪、白石、竹屋、梦窗诸子，极妍尽态，反有秦、李未到者。虽神韵天然处或减，要自令人有观止之叹。正如唐绝句至晚唐刘宾客、杜京兆，妙处反进青莲、龙标一尘。

王士禛　《香祖笔记》卷五：

宋姜夔尧章《白石集》，予钞之近百首，盖能参活句者。白石，词家大宗，其于诗亦能深造自得。

王士禛　《居易录》卷二：

白石，词中大家，与诚斋、石湖、遂初诸老友善。

鲁超　《今词初集题辞》：

余惟诗以苏、李为宗，自曹、刘迄鲍、谢，盛极而衰，至隋时风格一变，此有唐之正始所自开也。词以温、韦为则，自欧、秦迄姜、史，亦盛极而衰，至明末才情复畅，此昭代之大雅所由振也。

洪正治　《自序白石词刊本》（夏承焘《姜白石词编年笺校》引）：

白石在渡江诸贤中，品目显著，然且若此，则夫单家孤帙，其为名湮绝响者知复何限。

李良年　《锦瑟词话》引（《锦瑟词》附）：

香脆欲绝，惟姜白石有此，柳、秦两七远不敌也。

宋荦　《跋曹实庵咏物词》（《西陂类稿》卷二十八）：

迨白石翁崛起南宋，玉田、草窗诸公互相倡和，如"野云孤鹤，去留无迹"，此竹垞论所以必推南宋也。

陈玉璂　《苍梧词序》：

宋之能词者六十余家，如秦少游、高竹屋、姜白石、史邦卿、吴梦窗数子，始可称以新意合古谱者。杨诚斋论词六要：一曰按谱，一曰出新意是也。苟不按谱，则歌韵不协，歌韵不协，则凌犯他宫，非复非调；不出新意，则必蹈袭前人，即或炼字换句，而趣旨雷同，其神味亦索然易尽。

汪懋麟　《棠村词序》（《清名家词》）：

予尝论宋词有三派：欧、晏正其始，秦、黄、周、柳、姜、史、李清照之徒备其盛，东坡、稼轩放乎其言之矣。其余子，非无单词只句，可喜可诵，苟求其继，难矣哉。

汪森　《词综序》：

西蜀、南唐而后，作者日盛。宣和君臣，转相矜尚。曲调愈多，流派因之亦别。短长互见，言情者或失之俚，使事者或失之伉。鄱阳姜夔出，句琢字炼，归于醇雅。于是史达祖、高观国羽翼之，张辑、吴文英师之于前，赵以夫、蒋捷、周密、陈允衡、王沂孙、张炎、张翥效之于后，譬之于乐，舞《箾》至于九变，而词之能事毕矣。

曹炳曾　《书姜白石集后》（《放言居诗集》卷六附《杂著》）：

南宋词家推白石、玉田为领袖，而玉田实祖白石。所南郑氏叙张词，谓其仰扳尧章。山村仇氏亦云，与白石老仙相鼓吹。而玉田尝称白石"如野云孤飞，去留无迹。不惟清虚，兼又骚雅"。两人之词，实属一家。

焦袁熹　《此木轩直寄词》之《采桑子·编纂〈乐府妙声〉竟作》：

范家一队当先出，白石粼粼。未免清贫。制得新词果绝伦。　　诚知此事由天纵，一片闲云。野逸天真。寄语诸公莫效颦。

杜诏　《山中白云词序》（《山中白云词》城书室本）：

两家（注者按：指姜夔、张炎）足以概南宋。从此溯源北宋，研味乎淮海、清真，一归诸和雅，则词之能事毕矣。其有功于词学岂浅哉！

王时翔　《莫荆琰词序》（《小山诗文全稿·文稿》卷二）：

词自晚唐，温、韦主于柔婉，五季之末，李后主以哀艳之辞倡于上，而下皆靡然从之。入宋号为极盛，然欧阳、秦、黄诸君子且不免相沿袭，周、柳之徒无论已。独苏长公能盘硬语与时异趣，而复失之粗。南渡后得辛稼轩，寄深情于豪宕之中，其所制，往往苍凉悲壮，在古乐府当与魏武埒。斯可语于诗之变雅矣。迨姜白石出而后蕴藉深远，前人之作几可尽废。

闵华 《南圻合刻姜白石诗词成赋以识之》（《澄秋阁集》卷四）：

丰城埋剑气，合浦交珠光。神物有呵护，会合非寻常。缅昔白石翁，布衣家番阳。驰声公卿间，税驾山水乡。清诗琢冰雪，秀逸超尤杨。才人有仙语，美女无妍妆。特工长短句，含宫而咀商。宋乐见雅奏，越俗腾歌章。异代少继响，俎豆尊词场。诗歌凡六卷，或存而或亡。秀水朱检讨，考据称精详。太息不得见，欲辑徒茫茫。讵知物久晦，益用人弥彰。迩闻有善本，始自南村藏。传抄已南北，锓者多罣殃。监官张氏既刊，以事中辍，松陵汪氏欲继之，亦不果。南圻好古士，得此喜欲狂。去取辨真伪，字画推偏旁。整顿付梨枣，校对勤丹黄。镂板既已竟，印订成端良。传观悦四座，仿佛闻铿锵。初疑小红唱，月底箫声飏。又疑七弦操，流水松风凉。古人虽已杳，风流犹可望。公乎厄生前，泛越仍浮湘。身世成赘婿，官职惟斋郎。却于交友际，往往生慨慷。岂识六百载，有客爇瓣香。遗编为缉缀，不啻平生张。从兹是完璧，永永垂缥缃。临风试一诵，百丈生光芒。

田同之 《西圃词说》：

姜夔尧章崛起南宋，最为高洁，所谓"如野云孤飞，去留无迹"者。惜乎《白石乐府》五卷，今已无传，惟《中兴绝妙词》，仅存二十余阕耳。

许田 《屏山词话》：

南宋如姜白石、高竹屋、史梅溪、吴梦窗、蒋竹山、王碧山、张玉田诸家，皆不袭前贤一语，吐词属意，穷极工巧。丐其余渖，尚足自豪。欲不束缚于数子中，能自出一头地，今代中亦不过三四人也。

陈撰 《自跋白石词刊本》（夏承焘《姜白石词编年笺校》引）：

南宋词人，浙东、西特盛。若岳肃之、卢申之、张功甫、张叔夏、史邦卿、吴君特、孙季蕃、高宾王、王圣与、尹惟晓、周公谨、仇仁近及家西麓先生，先后辈出。而审音之精，要以白石为谐极。……先生事事精习，率妙绝无品。虽终身草莱，而风流气韵足以标映后世。当乾、淳间俗学充斥，文献湮替，乃能雅尚如此，洵称豪杰之士矣。

陈撰 《山中白云词疏证序》（《彊村丛书》）：

词莫尚于南宋景淳、德祐间，要以白石为宗主。其嗣白石而起者，无逾于玉田《白云》一集。

陈撰 《玉几山房听雨录》（蔡嵩云《乐府指迷笺释》引）：

南宋词人，浙东西特甚，而审音之精，要以白石为极诣。

厉鹗 《自跋白石词钞本》（夏承焘《姜白石词编年笺校》引）：

（白石词）玩其清妙秀远之词可矣。

厉鹗 《张今涪红螺词序》（《樊榭山房文集》卷四）：

尝以词譬之画。画家以南宗胜北宗。稼轩、后村诸人，词之北宗也。清真、白石诸人，词之南宗也。

厉鹗 《论词绝句》（《樊榭山房集·诗集》卷七）：

旧时月色最清妍，香影都从授简传。赠与小红应不惜，赏音只有石湖仙。

郑方坤 《论词绝句三十六首》（《蔗尾诗集》卷五）：

红牙铁板画封疆，墨守输攻各挽强。莫向此间分左袒，黄金留待铸姜郎。东坡问幕士云：我词比柳何如？对曰：柳郎中词只好十七、八女郎，执红牙拍，歌"杨柳岸，晓风残月"；学士词须关西大汉持铁绰板，唱"大江东去"。姜尧章所著石帚词，戛玉敲金，得未曾有。

张素　《石工、眉孙两家论词不合》（《闷寻鹦馆诗抄》）：

玉田新声最美，石帚旁谱尤精。要自肝雕肾镂，未嫌体弱神清。

吴淳还　《序武唐俞氏白石词钞》（夏承焘《姜白石词编年笺校》引）：

南宋词至姜氏尧章，始一变《花间》《草堂》纤秾靡丽之习。野云孤飞，去留无迹，前人称之审矣。

江炳炎　《白石道人歌曲》卷首《西江月》（夏承焘《姜白石词编年笺校》引）：

笔染沧江虹月，思穿冷岫孤云。淡然南宋古遗民，抹煞词坛衮衮。

就令秦郎色减，何嫌柳七声吞。将金铸像日三薰，舌底宫商细问。

姜虬绿　《跋姜忠肃祠堂白石词钞本》（夏承焘《姜白石词编年笺校》引）：

公晚年用意之精，审律之细，于此道真有深入。

江昱　《论词十八首》（《松泉诗集》卷一）：

石帚高情自度工，孤云无迹任西东。乐书不赏张兄死，只有吹箫伴小红。

汪筠　《读〈词综〉书后二十首》（《谦谷集》卷二）：

南渡江山未可凭，诸君哀怨尽情能。一从白石箫声断，谁倚琼楼最上层。

查礼　《榕巢词话》：

盖白石自度之曲有《扬州慢》《长亭怨慢》《淡黄柳》《石湖仙》《暗香》《疏影》《惜红衣》《角招》《徵招》《秋宵吟》《凄凉犯》《翠楼吟》《湘月》一十三调，白石盖深浃音律，精于按拍，故能各臻其妙。按：《砚北杂志》云：白石载雪诣范石湖，止既月，一日授简索句且徵新声，白石遂制《暗香》《疏影》二曲，石湖把玩不已，使妓小红习之，音节谐婉，寻以小红赠之。其夕大雪，白石过垂虹赋诗曰："自作新词韵最娇，小红低唱我吹箫。""新词"即指《暗香》《疏影》二调也。张叔夏云："白石《暗香》《疏影》二曲，前无古人，后无来者，自立新意，真为绝唱。"又评白石词云："词要清空，不要质实。姜白石如野云孤飞，去留无迹。"沈伯时评云："姜白石清劲知音，未免有生硬处。"余谓白石词雅丽清新，为有宋一代名家，而伯时尚云"不免生硬"，今人才识远逊古人，动辄裁割字句，交互平仄，凭意是逞，可乎？

章恺 《论词绝句八首》（《章北亭集》卷二）：

秀骨清魂画亦难，千秋白石压词坛。暗香疏影春风意，淡月黄昏一笛寒。

朱方蔼 《论词绝句》（王昶《蒲褐山房诗话》引）：

酒阑蟋蟀语秋塘，信是愁吟伴庾郎。赋物却能超物外，苔枝缀玉写疏香。

江春 《序陆钟辉白石词刊本》（夏承焘《姜白石词编年笺校》引）：

荀卿子有言，艺之至者，不能两而工。王良、韩哀善御而不能为车，奚仲天下之善为车者也；甘蝇、养由基善射而不能为弓，倕天下之善为弓者也。是故工于诗者不必兼于词，工于词者或不能长于诗，比比然矣。然吾观唐之李太白、白乐天、温飞卿，宋之欧阳永叔、苏子瞻，皆诗词兼工者，古或有其人焉。其在南渡，则白石道人实起而继之。其诗初学西江，已而自出机杼，清婉拔俗，其绝句则骎骎乎半山矣。其词则一屏靡曼之习，清空精妙，复绝前后。以禅宗论，白石为曹溪六祖能，竹屋、梦窗、梅溪、玉田之流，则江西让、南岳思之分支也。盖自唐、五代、北宋之南渡，而白石始得其宗，截断众流，独标新旨，可谓长短句之至工者矣。

王鸣盛 《蠅埜山人词评论》（《蠅埜山人词集》）：

北宋词人原只有艳冶、豪荡两派，自姜夔、张炎、周密、王沂孙方开清空一派，五百年来，以此为正宗。

王昶 《春融堂集》卷四十一：

姜氏夔、周氏密诸人，始以博雅擅名，往来江湖，不为富贵所熏灼，是以其词冠于南宋，非北宋之所能及。暨于张氏炎、王氏沂孙，故园遗民，哀时感事，缘情赋物，以写《闵周》《哀郢》之思，而词之能事毕矣。世人不察，猥以姜、史同日而语，且举以律君。夫梅溪乃平原省吏，平原之败，梅溪因以受黥，是岂可与白石比量工拙哉！譬犹名倡妙伎，姿首或有可观，以视瑶台之仙、姑射之处子，臭味区别，不可倍蓰算矣。（《江宾谷梅鹤词序》）

词，三百篇之遗也，然风雅正变，王者之迹，作者多名卿大夫，庄人正士。而柳永、周邦彦辈不免杂于俳优。后惟姜、张诸人以高贤志士，放迹江湖，其旨远，其词文，托物比兴，因时伤事，即酒席游戏，无不有《黍离》周道之感，与诗异曲而同工。且清婉窈眇，言者无罪，听者泪落。（《姚莅汀词雅序》）

唐之末造，诗人间以其余音绮语，变为填词。北宋之季，演为长调，变愈甚，遂不能复合于诗。故词至白石、碧山、玉田，与诗分茅设蕝，各极其工。（《琴画楼词钞自序》）

夏秉衡 《清绮轩词选序》：

至南北宋而作者日盛，如清真、石帚、竹山、梅溪、玉田诸集，雅正超忽，可谓词家上乘矣。

沈初 《编旧词存稿作论词绝句十八首》（《兰韵堂诗集》卷一）：

梅溪竹屋斗清新，体物幽思妙入神。那及番阳姜白石，天然标格胜于人。

王初桐　《小嫏嬛词话》卷二：

北宋之英华，至周清真而极；南宋之光气，自姜石帚而开。清真，北宋之殿；石帚，南宋之冠。

范石湖云：白石有裁云缝月之妙手，敲金戛玉之奇声。黄叔旸云：白石词极精妙，不减清真，其高处有美成不能及。赵子固云：白石，词家之申韩也。白石每率意为长短句，后乃协之声律，南渡宋人词如张辑、卢祖皋、史达祖、吴文英、蒋捷、王沂孙、张炎、周密、陈允平之徒皆宗之。白石洞晓音律，尝患中兴以来乐典久坠，庆元元年上《大乐议》一卷，《琴瑟考古图》一卷，诏以其书付有司收掌。朱文公谓夔深于礼乐，杨万里亟赏其诗，然卒不第，以布衣终，所著《白石道人丛稿》十卷，《诗说》一卷，《歌曲》五卷，《绛帖平》二十卷，《续书谱》四卷，《禊帖偏旁考》一卷，《集古印谱》一卷，《张循王遗事》一卷，行于世。近何起瀛著《姜夔传》云：姜夔，鄱阳布衣，后徙苕上。所居近白石洞天，因号石帚，又号白石道人，同时有黄岩老者，亦号白石，同学诗于萧千岩，时称双白石。严杰《姜夔传》云：夔系出九真唐谏议大夫公辅之裔，八世祖泮任饶州教授，即家于鄱阳，父噩，绍兴庚午进士。子二：瑾，太庙斋郎；瑛，嘉禾郡金判。

姜、张小令皆不工，犹老杜之绝句。

姜学周，张学姜。学焉而善变，每变愈工，发之极其盛，极盛难继，故词学至元而衰。

吴骞　《莲子居词钞序》（《愚谷文存》卷二）：

从来数填词家，咸推姜尧章，清新俊逸，几与秦七、黄九相颉颃。宗之者若张辑、卢祖皋、史达祖诸人，皆能自拔于流俗，一洗《花庵》《草堂》之陈言，得非用心有独苦乎？

李调元　《雨村词话》卷三：

姜白石夔《鹧鸪天》词三首，如"鸳鸯独宿何曾惯，化作西楼一缕云"，不但韵高，亦由笔妙。何必石湖所赞自制曲之敲金戛玉声，裁云缝月手也。

吴蔚光　《自怡轩词选序》：

文极于左，诗极于杜，词极于姜，其余皆不离乎此者近是。

吴锡麒　《董琴南楚香山馆词钞序》（《有正味斋骈体文》卷八）：

词之派有二：一则幽微要眇之音，宛转缠绵之致，戞虚响于弦外，标隽旨于味先，姜、史其渊源也，本朝竹垞继之，至吾杭樊榭而其道盛；一则慷慨激昂之气，纵横跌宕之才，抗秋风以奏怀，代古人而贡愤，苏、辛其圭臬也，本朝迦陵振之，至吾友瘦铜而其格尊。……岂得谓姜、史之清新为是，苏、辛之横逸为非？

杨芳灿　《松花庵诗余跋》：

裁云缝月，妙合自然，刻楮镂冰，意惟独造。有稼轩之豪迈，兼白石之清疏，此词家之最上乘也。尝论小词，秦、柳固为正宗，姜、辛亦非别派。与其摹写闺襜，千手一律，何如行吾胸臆，独开生面之为得乎？

凌廷堪　张其锦《梅边吹笛谱跋》引（《梅边吹笛谱》）：

慢词北宋为初唐，秦、柳、苏、黄如沈、宋，体格虽具，风骨未遒；片玉则如拾遗，骎骎有盛唐之风矣；南渡为盛唐，白石如少陵，奄有诸家，高、史则中允、东川，吴、蒋则嘉州、常侍。……填词之道，须取法南宋。然其中亦有两派焉，一派为白石，以清空为主，高、史辅之，前则有梦窗、竹山、西麓、虚斋、蒲江，后则有玉田、圣与、公谨、商隐诸人，扫除野狐，独标正谛，犹禅之有南宗也。一派为稼轩，以豪迈为主，继之者龙洲、放翁、后村，犹禅之北宗也。

郭麐 《灵芬馆词话》卷一：

词之为体，大略有四：……姜、张诸子，一洗华靡，独标清绮，如瘦石孤花，清笙幽磬，入其境者，疑有仙灵，闻其声者，人人自远。梦窗、竹屋，或扬或沿，皆有新隽，词之能事备矣。

郭麐 《无声诗馆词序》（《灵芬馆杂著》卷二）：

词家者流，其原出于国风，其本沿于齐梁，自太白以至五季，非儿女之情不道也。宋立乐府，用于庆赏饮宴，于是周、秦以绮靡为宗，史、柳以华缛相尚，而体一变。苏、辛以高世之才，横绝一时，而奋末广愤之音作。姜、张祖骚人之遗，尽洗秾艳，而清空婉约之旨深。自是以后，虽有作者，欲离去别见，其道无由。

郭麐 《桃花潭水词序》（《灵芬馆杂著三编》卷四）：

叔夏、梦窗、君特、尧章诸君之词，有过为掩抑屈折，令人不即可得其微旨，当时感慨所由，后来不尽知之也。

陈鸿寿 《灵芬馆词序》（《清名家词》）：

耆卿骞翮于津门，邦彦厉响于照碧，词至北宋而一变。石帚、玉田理定而摛藻，梅溪、竹山情密而引辞，词至南宋而又一变。

徐养源 《拟南宋姜夔传》（夏承焘《姜白石词编年笺校》附）：

世之论雅乐者，辄耻言俗乐。……其最善言乐者，中朝惟有沈括，南渡惟有姜夔。之二人者，深明俗乐，而又能推俗乐之条理，上求合乎雅乐。故其立论悉中窾要，非凭私逞臆者可同日道也。

秦恩复 《日湖渔唱跋》（《词学丛书》）：

南渡词人推白石、玉田得雅音之正宗，此外如梅溪、竹屋、梦窗、竹山、弁阳、碧山，指不胜屈，并皆高掇前贤，别开生面，如五色之相宣，如八音之迭奏,洶乎无美不备,有境必臻,洋洋乎巨观也。

江藩　《词源跋》：

玉田生词与白石齐名。词之有姜、张,如诗之有李、杜也。

吴衡照　《莲子居词话》：

咏物虽小题,然极难作,贵有不粘不脱之妙,此体南宋诸老尤擅长。姜白石《蟋蟀》云："候馆迎秋,离宫吊月,别有伤心无数。"……数语刻画精巧,运用生动,所谓空前绝后矣。(卷一)

东坡之大,与白石之高,殆不可以学而至。(卷四)

沈道宽　《论词绝句》(《话山草堂诗钞》卷一)：

白石清声自一家,尽刊雕饰洗铅华。流传衣钵归初祖,提唱宗风到竹垞。

邓廷桢　《双砚斋词话》：

词家之有白石,犹书家之有逸少,诗家之有浣花。盖缘识趣既高,兴象自别。其时临安半壁,相率恬熙。白石来往江淮,缘情触绪,百端交集,托意哀丝。故舞席歌场,时有击碎唾壶之意。……若夫新声自度,筝柱旋移,则如郢中之歌,引商刻羽,杂以流徵矣。以此辉映湖山,指挥坛坫,百家腾跃,尽入环中。评者称其有缝云剪月之奇,戛玉敲金之妙,非过情也。

西泠词客,石帚而外,首数玉田。论者以为堪与白石老仙相鼓吹。……盖白石硬语盘空,时露锋芒。

词调合小令慢词计之,不下六百有奇,无不可填。……《湘月》一调,白石自注云："《念奴娇》之鬲指声。"白石精于宫谱,故于《念奴娇》外,别为此词。

包世臣 　《为朱震伯序月底修箫谱》(《艺舟双楫》卷三)：

　　意内而言外，词之为教也；然意内不可强致，言外非学不成。是词学得失可形论说者，言外而已。言成则有声，声成则有色，声色成而味出焉。三者具，则足以尽言外之才矣。夫感人之速莫如声，故词别名倚声。倚声得者又有三：曰清、曰脆、曰涩。不脆则声不成，脆矣而不清则腻，脆矣清矣而不涩则浮。屯田、梦窗以不清伤气；淮海、玉田以不涩伤格；清真，白石则殆于兼之矣。六家于言外之旨得矣，以云意内，惟玉田、白石耳。淮海时时近之，清真、屯田、梦窗失之弥远，而俱不害为可传者，则以其声之幺妙铿鏧，恻恻动人，无色而艳，无味而甘故也。

宋翔凤 　《论词绝句二十首》(《洞箫楼诗纪》卷三)：

　　垂虹亭畔老词人，缝月裁云意总真。赖得词原三卷在，异时法曲识传薪。扬州陆氏重刻宋本白石词集，旁注谱，近人罕解，后秦编修刻张叔夏《词原》足本，其说皆在，可以通白石之谱矣。

　　诗从杜曲波逾阔，词到鄱阳音太希。纵有玉田相鼓吹，还当无缝逊天衣。

宋翔凤 　《乐府余论》：

　　宋元之间，词与曲一也。以文写之则为词，以声度之则为曲。……于是度曲者，但寻其声；制词者，独求于意。古有遗音，今成绝响。……兹白石尚传遗集，玉田更有成书。点画方迷，指归难见。

　　词家之有姜石帚，犹诗家之有杜少陵，继往开来，文中关键。其流落江湖，不忘君国，皆借托比兴，于长短句寄之。如《齐天乐》，伤二帝北狩也；《扬州慢》，惜无意恢复也；《暗香》《疏影》，恨偏安也。盖意愈切，则辞愈微，屈、宋之心，谁能见之。乃长短句中，复有白石道人也。

宋翔凤 《洞箫词》：

《暗香·题姜白石诗词合集，即用集中韵》

照来古色。有词仙未老，高楼吹笛。望久玉梯，欲上浮槎把星移。清思湖山自冷，又风雨、飘零遗笔。任几辈、换羽移宫，谁复继斯席。

乡国。韵正寂。久付与蠹蟫，数卷尘积。去波未竭，红药桥边屡追忆。明月当空尚有，须洗尽、楼台金碧。按旧调、都在也，小红唱得。

《疏影·前题用集中韵》

红牙拍玉。过好风几信，时雨经宿。自制新词，还度新声，付与哀丝豪竹。江南自昔销魂地，况隔断、高楼西北。更愁他、倚遍阑干，早是一春人独。　　须记垂虹旧路，马塍好未损，吟到浓绿。梦里天涯，多少情怀，觅向空山茅屋。华年怕续伤心史，剩几首、苍凉词曲。待后来、织上旋机，碎锦又难成幅。

《四库全书总目提要》：

词自鄱阳姜夔，句琢字炼，始归醇雅，而达祖、观国为之羽翼，故张炎谓数家格调不凡，句法挺异，俱能特立清新之意，删削靡曼之词。乃《草堂诗余》于白石、梅溪则概未寓目，《竹屋词》亦止选其《玉蝴蝶》一阕，盖其时方尚甜熟，与风尚相左故也。（《竹屋痴语提要》）

夔诗格高秀，为杨万里等所推；词亦精深华妙，尤善自度新腔，故音节文采，并冠绝一时，其诗所谓"自制新词韵最娇，小红低唱我吹箫"者，风致尚可想见。（《白石道人歌曲提要》）

《四库全书简明目录》：

夔诗格高秀，迥出一时，词亦华妙精深，尤娴于音律。故于《九歌》，皆注律吕，琴曲亦注指法，自制诸曲皆注节拍于旁，似西域旁行之字，亦足以资考核。（《白石道人歌曲》）

朱锦琮 《校礼堂词序》：

宋之姜夔，复能搜讲古制，为一代盛典。惟其精于律吕，故其词可播之管弦。

周济 《介存斋论词杂著》：

北宋词多就景叙情，故珠圆玉润，四照玲珑。至稼轩、白石一变而为即事叙景，使深者反浅，曲者反直。吾十年来服膺白石，而以稼轩为外道，由今思之，可谓瞽人扪籥也。稼轩郁勃，故情深，白石放旷，故情浅；稼轩纵横，故才大，白石局促，故才小。惟《暗香》《疏影》二词，寄意题外，包蕴无穷，可与稼轩伯仲。余俱据事直书，不过手意近辣耳。

白石词，如明七子诗，看是高格响调，不耐人细思。

白石以诗法入词，门径浅狭，如孙过庭书，但便后人模仿。

白石好为小序，序即是词，词仍是序，反覆再观，如同嚼蜡矣。词序，序作词缘起，以此意词中未备也。今人论院本，尚知曲白相生，不许复沓，而独津津于白石词序，一何可笑。

周济 《词辨自序》（《介存斋论词杂著》附录）：

白石疏放，酝酿不深。

周济 《宋四家词选目录序论》：

白石脱胎稼轩，变雄健为清刚，变驰骤为疏宕。盖二公皆极热中，故气味吻合，辛宽姜窄，宽故容秽，窄故斗硬。

白石小序甚可观，苦与词复。若序其缘起，不犯词境，斯为两美已。

董士锡 《餐华吟馆词叙》（《齐物论斋文集》卷二）：

昔柳耆卿、康伯可未尝学问，乃以其鄙嫚之辞缘饰音律以投时好，而词品以坏。姜白石、张玉田出，力矫其弊为清雅之制，而词品以尊。虽然，不合五代、全宋以观之，不能极词之变也，不读秦少游、周美成、苏子瞻、辛幼安之别集，不能撷词之盛也。元明至今，姜、张盛行而秦、周、苏、辛之传响几绝，则以浙西六家独宗姜、张之故。盖尝论之，秦之长，清以和；周之长，清以折；而同趋于丽。苏、辛之长，清以雄；姜、张之长，清以逸；而苏、辛不自调律，但以文辞相高，以成一格，此其异也。六子者，两宋诸家皆不能过焉。然学秦病平，学周病涩，学苏病疏，学辛病纵，学姜、张病肤，盖取其丽与雄与逸而遗其清，则五病杂见而三长亦渐以失。

顾翰 《听秋声馆词话》卷十九引：

苏、辛二家词，如天仙化人，不可仿佛，最不易学，亦不宜学，非若姜、史诸家，各有轨辙可循。

周之琦 《心日斋十六家词选》上姜夔《霓裳中序第一》后附录：

自制词则创自白石词律，引姜个翁、周密等词为式，个翁谬制不足数，周词差近疏误，亦且多旁注，可平可仄等字，又皆以意为之，不免隔膜，由万氏未见白石词集，少把握耳。

周之琦 《心日斋十六家词选》：

词之有令，唐五代尚已。宋惟晏叔原最擅胜场。贺方回差堪接武。其余间有一二名作流传，然非专门之学。……大抵宋词闲雅有余，跌宕不足，长调则有清新绵邈之音，小令则少抑扬抗坠之致。盖时代升降使然，虽片玉、石帚不能自开生面，况其下者乎！

周之琦 《心日斋十六家词选》附：

洞天山水写清音，千古词坛合铸金。怪底纤儿诮生硬，野云无迹本难寻。

程恩泽 《程侍郎遗集》卷六《题周稺圭前辈〈金梁梦月词〉》：

涩体清真掩抑弦，飞腾石帚五通仙。君能并作洪炉铸，更把余金范玉田。

戈载 《宋七家词选》：

词学至宋盛矣、备矣，然纯驳不一，优劣迥殊。欲求正轨以合雅音，唯周清真、史梅溪、姜白石、吴梦窗、周草窗、王碧山、张玉田七人，允无遗憾。（卷一）

白石之词清气盘空，如野云孤飞，去留无迹，其高远峭拔之致，前无古人，后无来者，真词中之圣也。盖白石深明律吕之学。（卷三）

孙麟趾 《词径》：

识见低，则出句不超。超者出乎寻常意计之外。白石多清超之句，宜学之。

高澹、婉约、艳丽、苍莽，各分门户。欲高澹学太白、白石。

谭莹 《论词绝句一百首》（《乐志堂诗集》卷六）：

石帚词工两宋稀，去留无迹野云飞。旧时月色人何在，戛玉敲金拟恐非。

前无古更后无今，可向尊前一集寻。锦瑟未知终不信，小红低唱有余音。

蔡宗茂 《拜石山房词钞叙》：

词盛于宋代。自姜、张以格胜，苏、辛以气胜，秦、柳以情胜，而其派乃分。然幽深窅眇，语巧则纤；跌宕纵横，语粗则浅。异曲同工，要在各造其极而已。

张鸿卓 《绿雪轩论词》：

周、秦绮靡，苏、辛豪迈，梦窗、竹山研炼，石帚、玉田清超，耆卿则善道俗情，山谷又兼俳语，此家数之别也。

华长卿　《论词绝句》(《梅庄诗钞》卷五)：

缝月裁云推妙手，敲金戛玉诩奇声。咏梅绝调高千古，岂止词华媲美成。

杨希闵　《词轨》卷六：

白石词南宋无出其右者，玉田、梦窗诸君皆附庸也。

李肇增　《采香词叙》：

尧章歌曲，隐《黍离》之感；同甫平生，抗中兴之疏。词士深约，义概存焉，骚雅以还，信未可以靡靡訾矣。又况欧、范诸公，比物荃荪，非无丽语，宅心钟鼎，卓建大猷，往烈未泯。

张文虎　《舒艺室杂著剩稿》：

往在金陵，尝与周缦云侍御论词，缦老曰："竹垞言南宋诸家皆宗白石，然窃谓梦窗实本清真，于子何如？"予曰："白石何尝不自清真出，特变其秾丽为淡远耳。自国初以来，以玉田配白石，正以其得淡远之趣。近时诸家，又桃姜、张而趋二窗，顾草窗深细而雅，门径稍宽，或易近似，未见能涉梦窗之藩篱者，此犹白石之于清真矣。"(《绿梅花龛词序》)

二十年前言长短句者，家白石而户玉田，使苏、辛不得为词，今则俎豆二窗而桃姜、张矣。(《索笑词序》)

陈澧　《论词绝句六首》(《陈东塾先生遗诗》)：

自琢新词白石仙，暗香疏影写清妍。无端忽触胡沙感，争怪经师作郑笺。张皋文谓《疏影》词为二帝之愤。

刘熙载　《艺概·词曲概》：

姜白石词幽韵冷香，令人挹之无尽。拟诸形容，在乐则琴，在花则梅也。

词家称白石曰白石老仙，或问毕竟与何仙相似？曰：藐姑冰雪，盖为近之。

词中用事，贵无事障。晦也，肤也，多也，板也，此类皆障也。姜白石词用事入妙，其要诀所在，可于其《诗说》见之。曰："僻事实用，熟事虚用""学有余而约以用之，盖用事者也，乍叙事而间以理言，得活法者也"。

杜文澜 《梦窗词稿叙》（《梦窗四稿》）：

梦窗词以绵丽为尚，笔意幽邃，与周美成、姜尧章并为词学之正宗。

蒋春霖 《潜庐挥麈录》引：

白石能自度腔，脱尽畦畛，仙乎仙乎！诗家可配李白。

白石天才，非人力所至；弁阳、乐笑两翁，差有畦径；梦窗好为堆砌，贻误后学匪浅。

谢章铤 《赌棋山庄词话》：

词之原出古乐府，乐府多杂俗谚，如稀妃沦浮之类，填词者效之而每放愈下，稍近鄙亵。又以其道之通于曲也，因而"则个""甚么""呆坐""快活"等字无不阑入，而词品坏矣。推波助澜，山谷无乃罪过，此白石所以以雅字为宗旨。（卷三）

北宋多工短调，南宋多工长调；北宋多工软语，南宋多工硬语。……白石、高、史，南宋之正宗也。（卷十二）

词家讲琢句而不讲养气，养气至南宋善矣。白石和永，稼轩豪雅，然稼轩易见，而白石难知。史之于姜，有其和而无其永。刘之于辛，有其豪而无其雅。至后来之不善学姜、辛者，非懈则粗。（卷十二）

白石道人为词中大宗，论定久矣。读其说诗诸则，有与长短句相通者。（卷十二）

此即疏密相间之说也。故白石字雕句刻，而必准之以雅。雅则气和而

不促，辞稳而不浇。何患其不精巧委曲乎？（卷十二）

谢章铤 《赌棋山庄全集》：

词渊源《三百篇》，萌芽古乐府，成体于唐，盛于宋，衰于元、明，复昌于国朝。温、李，正始之音也，晏、秦，当行之技也。稼轩出，始用气，白石出，始立格。呜乎！词虽小道，难言矣。（卷一 《叶辰溪我闻室词叙》）

苏、辛志于君国，故其词肮脏而不猥；秦之情深，姜之行洁，故词缠绵而娟秀。（卷三 《词话纪余》）

词之兴也，大抵由于尊前惜别，花底谈心，情事率多亵近。数传而后，俯仰激昂，时有寄托，然而其量未尽也。故赵宋一代作者，苏、辛之派不及姜、史，姜、史之派不及晏、秦，此固正变之推未穷，而亦以填词为小道，若其量之只宜如此者。（卷五 《与黄子寿论词书》）

谢元淮 《填词浅说》：

自度新曲，必如姜尧章、周美成、张叔夏、柳耆卿辈，精于音律，吐辞即叶宫商者，方许制作。

李慈铭 《越缦堂读书记·赤城词》：

南宋百余年中所号词中大家者，惟辛幼安为历城人，姜尧章为鄱阳人，余皆浙人耳。予尝论词固莫富于南宋，律亦日密，然语芜意浅，俚鄙百出，此事遂成恶道。……就中作者，惟稼轩最为清矫，不锢所溺，而石帚名最盛，业最下，实群魔之首出者。

沈祥龙 《论词随笔》：

古诗云："识曲听其真。"真者，性情也，性情不可强。观稼轩词，知为豪杰，观白石词知为才人，其真处有自然流出者。词品之高低，当于此辨之。

白石诗云"自制新词韵最娇",娇者如出水芙蓉,亭亭可爱也。徒以嫣媚为娇,则其韵近俗矣。试观白石词,何尝有一语涉于嫣媚?

流畅宜学白石、玉田,然不可流于浅易。

许玉琢 《城南拜石词自序》(《薇省词钞》卷十):

白石道人自制曲十三首,又《鬲溪梅令》《杏花天影》《醉吟商小品》《玉梅令》《霓裳中序第一》,虽非自制,而摘词定谱,实始尧章。一洗柔滑纤缛之习。

冯煦 《蒿庵类稿》:

垂虹亭子笛绵绵,吸露餐风解蜕蝉。洗尽人间烟火气,更无人是石湖仙。(卷七 《论词绝句》)

宋之为慢词者,美成首出,姜、张而极。片玉所甄,率在大观、政和间,北宋之季也。白石、玉田连蹇不偶,《黍离》之歌,《橘颂》之章,比比有之,南宋之季也。慢为衰世之作,殆有征耶?(卷十六 《和珠玉词序》)

冯煦 《蒿庵论词》:

白石为南渡一人,千秋论定,无俟扬榷。《乐府指迷》独称其《暗香》《疏影》《扬州慢》《一萼红》《琵琶仙》《探春慢》《淡黄柳》等曲,……其实石帚所作,超脱蹊径,天籁人力,两臻绝顶,笔之所至,神韵俱到。非如乐笑、二窗辈,可以奇对警句,相与标目,又何事于诸调中强分轩轾也?

陶方琦 《序许增刊白石词本》(夏承焘《姜白石词编年笺校》引):

白石道人洞侚音律,大乐建议,协诸太常,故其为词如野云孤飞,去留无迹,不惟清虚,且又骚雅。昔哲所誉,自稽极程。宜乎五音平章,百祀馨祝。

缪荃孙　《宋元词四十家序》(《艺风堂文集》卷五)：

南宋词人，姜、张并举，《暗香》《疏影》，石帚以坚洁自矜；《绿意》《红情》，春水以清空流誉。洎足药粗豪之病，涤姣荡之疵，于是有《双白词》之刻。

樊增祥　《东溪草堂词选自叙》(《樊山集》卷二十三)：

高、孝以来，词流益夥，翳惟白石，实长齐盟，于是史邦卿、吴君特羽翼于前，王圣与、张叔夏标映于后。此五君者，譬诸渥洼美驷，荆野明瑶，词学一日不湮，斯人亦一日不没。邦卿昵于韩氏，清议所羞，要其纂组丽密，宫羽犹斐，不以人废，斯之谓欤？君特以酞粹之姿，发瑶瑰之想，万花共采，五鲭合鼐，七宝楼台之喻，殆乐笑翁之过言乎？碧山感物之咏，上薄骚经，玉田托兴之辞，义均宋赋，拟诸石帚，具体而微。……声音感人、回肠荡气，以李重光为君；演绎和畅、丽而有则，以周美成为极；清劲有骨、淡雅居宗，以姜尧章为最。至于长短皆宜、高下应节，亦终无过于美成者。

沈泽棠　《忏庵词话》：

石帚之骚越苍凉，飞行绝迹，玉田之空虚绵邈，举重如轻，皆梦窗所短。然其词境幽涩，正足以药剽滑之弊。张叔夏云："吴梦窗如七宝楼台，眩人眼目，坼碎下来，不成片段。"此病词家亦须知之。

学白石者易生硬，学玉田者易浮滑，学梦窗者易堆垛。能消息于张、吴二家，是为合作。若白石老仙，则直须性情学问，俱到十分，方许问津矣。

石帚词换头处，多不轻放过，最宜深味。

王鹏运　《长亭怨慢》小序(《清名家词》)：

《白石道人自制曲》一卷，高亢清空，声出金石。

胡薇元　《岁寒居词话》：

《白石道人歌曲》，姜夔尧章撰。词精深华妙，为诚斋所推。尤善自度腔，音节文采，冠绝一时，所谓"自制新腔韵最娇，小红低唱我吹箫"，风致可想。

沈曾植　《海日楼札丛》：

其（汪莘）所称举，则南渡初以至光、宁，士大夫涉笔诗余者，标尚如此，略如诗有江西派。然石湖、放翁，润以文采，要为乐而不淫，以自别为诗人旨格。曾端伯《乐府雅词》，是以此意裁别者。白石老人，此派极则，诗与词几合同而化矣。吴梦窗、史邦卿影响江湖，别成绚丽，特宜于酒楼歌馆，钉坐持杯，追拟周、秦，以缵东都盛事。于声律为当行，于格韵则卑靡。

邹弢　《三借庐赘谭》卷六：

词学衰于康雍朝，乾嘉时张戈辈出，韵学中兴，至今日填词家益众，然皆不免拘守姜张，而学北宋四大家者甚少。不知姜张之词纯乎白描，无才力以学之，犹画虎类狗反为所误矣。

朱依真　《论词绝句》（《餐樱庑词话》引）：

合是诗中杜少陵，词场牛耳让先登。暗香疏影精神在，夜月清寒照马塍。白石墓在西马塍。

李佳　《左庵词话》卷上：

词以意趣为主，意趣不高不雅，虽字句工颖，无足尚也。意能迥不犹人最佳。东坡词最有新意，白石词最有雅意。

林纾　《文微·论诗词第十》：

词家惟姜石帚能结响哑，不善学则必流于滞涩；辛幼安结响能高，不善学必入于枵。

陈廷焯　《云韶集》：

自张叔夏出，斟酌古今，词品愈纯，大致亦不外白石词体。词至南宋，正如诗至盛唐，呜呼至矣。北宋词极其高，南宋词极其变，两宋作者断以清真、白石为宗。（卷二）

白石词亦是祖述清真，而高者令美成却步。白石词神游象外，如白云在空，随风变灭，盖圣于词者。两宋作者，前推方回、清真，后推白石、梅溪，然方回、清真各极其盛，梅溪或稍逊焉。若白石神清意远，不独方回、清真不得专美于前，直欲合唐宋元明诸家，尽归笼罩矣。词至白石而知词人之有总萃焉，清劲似美成，风骨似方回，骚情逸志，视晏、欧如舆台矣，高举远引，视秦、柳如傀儡矣，清虚中见魄力，直令苏、辛避席，刚健中含婀娜，是又竹屋、梅溪、梦窗、草窗、竹山、玉田以及元明诸家之先声也，呜呼，至矣。（卷六）

词有白石，犹史有马迁，诗有杜陵，书有羲之，画有陆探微也。（卷六）

碧山学白石得其清者，他如西麓得白石之雅，竹山得白石之俊快，梦窗、草窗得白石之神，竹屋、梅溪得白石之貌，玉田得其骨，仲举得其格，盖诸家皆有专司，白石其总萃也。（卷九）

南宋白石出，诗冠一时，词冠千古，诸家皆以师事之。（卷九）

陈廷焯　《词坛丛话》：

古今词人众矣，余以为圣于词者有五家。北宋之贺方回、周美成，南宋之姜白石，国朝之朱竹垞、陈其年也。

词中之有姜白石，犹诗中之有渊明也。琢句炼字，归于纯雅。不独冠绝南宋，直欲度越千古。《清真集》后，首推白石。

白石，词中之仙也。

白石词，如白云在空，随风变灭，独有千古。同时史达祖、高观国两家，直欲与白石并驱，然终让一步。他如张辑、吴文英、赵以夫、蒋捷、周密、陈允平、王沂孙诸家，各极其盛，然未有出白石之范围者。

陈廷焯　《词则·大雅集》：

白石词清虚骚雅，前无古人，后无来者，真词中之圣也。（卷三）

白石、梅溪皆祖清真。白石化矣，梅溪或稍逊焉。然高者亦未尝不化。（卷三）

南宋词家，白石、碧山纯乎纯者也；梅溪、梦窗、玉田辈，大纯而小疵，能雅不能虚，能清不能厚也。（卷四）

陈廷焯　《词则·闲情集》：

绮语自白石出之，亦自闲雅，具有仙笔。（卷二）

陈廷焯　《白雨斋词话》：

姜尧章词，清虚骚雅。每于伊郁中饶蕴藉，清真之劲敌，南宋一大家也。梦窗、玉田诸人，未易接武。（卷二）

南渡以后，国势日非。白石目击心伤，多于词中寄慨，不独《暗香》《疏影》二章，发二帝之幽愤，伤在位之无人也。特感慨全在虚处，无迹可寻，人自不察耳。（卷二）

感慨时事，发为诗歌，便已力据上游，特不宜说破，只可用比兴体。即比兴中，亦须含蓄不露，斯为沉郁，斯为忠厚。……南宋词人，感时伤事，缠绵温厚者，无过碧山，次则白石。白石郁处不及碧山，而清虚过之。（卷二）

白石词以清虚为体，而时有阴冷处，格调最高。沈伯时讥其生硬，不知白石者也。黄叔旸叹为美成所不及，亦漫为可否者也。惟赵子固云："白石，词家之申、韩也。"真刺骨语。（卷二）

美成、白石，各有至处，不必过为轩轾。顿挫之妙，理法之精，千古词

宗，自属美成。而气体之超妙，则白石独有千古，美成亦不能至。（卷二）

美成词于浑灏流传中，下字、用意，皆有法度；白石则如白云在空，随风变灭。所谓各有独至处。（卷二）

白石长调之妙，冠绝南宋，短章亦有不可及者。（卷二）

词法之密，无过清真。词格之高，无过白石。词味之厚，无过碧山。词坛三绝也。（卷二）

周、秦词以理法胜，姜、张词以骨韵胜，碧山词以意境胜。要皆负绝世才，而又以沉郁出之，所以卓绝千古也。（卷八）

白石，仙品也。东坡，神品也，亦仙品也。梦窗，逸品也。玉田，隽品也。稼轩，豪品也。然皆不离于正。故与温、韦、周、秦、梅溪、碧山同一大雅，而无傲而不理之诮。（卷十）

窃谓白石一家，如闲云野鹤，超然物外，未易学步。……总之，谓白石拔帜于周、秦之外，与之各有千古则可。（卷十）

白石、梅溪、碧山、玉田词，修饰皆极工，而无损其真气，何也？《列子》云："有色者，有色色者。"知此可以言词矣。（卷十）

稼轩求胜于东坡，豪壮或过之，而逊其清超，逊其忠厚。玉田追踪于白石，格调亦近之，而逊其空灵，逊其浑雅。故知东坡、白石具有天授，非人力所可到。（卷十）

张祥龄　《词论》：

周清真，诗家之李东川也。姜尧章，杜少陵也。吴梦窗，李玉溪也。张玉田，白香山也。

词至白石，疏宕极矣。梦窗辈起，以密丽争之。至梦窗而密丽又尽矣，白石以疏宕争之。三王之道若循环，皆图自树之方，非有优劣。况人之才质限于天，能疏宕者不能密丽，能密丽者不能疏宕。

南唐二主、冯延巳之属，固为词家宗主，然是勾萌，枝叶未备；小山、耆卿而春矣；清真、白石而夏矣；梦窗、碧山，已秋矣；至《白云》，万宝告成，无可推徙。元故以曲继之，此天运之终也。

蒋兆兰 　《词说》：

南渡以后，尧章崛起，清劲遒峭，于美成外别树一帜。张叔夏拟之"野云孤飞，去留无迹"，可谓善于名状。继之者亦惟《花外》与《山中白云》，差为近之。然论气格，迥非敌手也。

郑文焯 　《批校白石道人歌曲》：

近世词家，务为雕绚，意制浅疏，以为倚声中别有取字一格。元明以降，益用胸驰臆断，文不雅驯。观于清真、白石诸大家，无一字无来历，尽从唐人诗句剪裁而出，使读者但惊叹于清妙而已。

郑文焯 　《词林翰藻·郑文焯致朱祖谋书》（《词学》第七辑）：

功甫赋《促织词》不使才气，自成名贵，澹雅冲和，其盛唐雅颂之遗音欤？石帚则如《变风》《小雅》，几以奴仆命骚，超然异撰，两家皆各尽能事，诚未易轩轾也。

周、姜取字至纯粹，若柳、吴则取字至博。近考屯田于二谢诗极多运用，至梦窗更博于史，而镕铸工，顾韵中字例，亦不若周、姜之精严已。

石帚令词，爱其琢句老成，取字雅洁，多从昌谷诗中得来。

郑文焯 　《瘦碧词自序》（《大鹤山房全书》）：

余平生慕尧章之为人，疏古冲澹，有晋宋间风，又能深于礼乐，以敷文博古自娱。当时名公硕儒贤之遇之者，既众且笃矣！而卒无能振之于窭困无聊之地，以养其岩壑之身，文苑、隐逸两传无称，仅于乐志存其所议，比于伶伦，使尧章当日弗侗声律，则亦没没而已矣。……白石一布衣，才不为时求，心不与物竞，独以歌曲声江湖，幸免于庆元伪学之党籍，可不谓之知几者乎？知几故言能见道，吾是以有取焉。

白石以沉忧善歌之士，振响于南渡之际，进议大乐，志在复古，而道不行。顾所谓铙部鼓吹、越九歌，固能缘饰诗乐。其自制词曲，旁缀音谱，杂以乐句，则仍当时乐工之所为。

郑文焯　《郑大鹤先生论词手简》（《大鹤山人词话》附录）：

沈伯时论词云："读唐诗多，故语多雅淡。"宋人有隐括唐诗之例。玉田谓："取字当从温、李诗中来。"今观美成、白石诸家，嘉藻纷缛，靡不取材于飞卿、玉溪，而于长爪郎奇隽语，尤多裁制。尝究心于此，觉玉田言不我欺。……白石以沉忧善歌之士，意在复古，进《大乐议》，率为伶伦所厄，其志可悲，其学自足千古。叔夏论其词，如"野云孤飞，去留无迹"，百世兴感，如见其人。……细绎白石歌曲，得其雅淡疏宕之致，一洗金钗钿合之尘。

郑文焯　《批校唐五代词选》：

石帚词，骚雅原于高澹，如孤云野鹤养空而游。当党禁之余，值南渡之会，士大夫流离坏乱，以北人落南，多侨寄萧寺，或一官疏放，失志无归，莫不恻隐盼愉，缘情造端，以词自陶其感遇，而苕雪之间遂多词客之迹，兴往情来，形赠景答，凄异之音，流传弦筦。独石帚幽寒自逸，其所作一如其人之馨絜，无忓微身世之感，意绝荣落，终老江湖，故所为词虽少，逊清真之高浑，而超逸纯粹则过之，当时论者翕然无异词，且服其行谊之高焉。

康有为　《江山万里楼词钞序》：

若美成之跌荡悠扬，苏、辛之倪宕遒上，梦窗之七宝楼台，姜、张之清新俊逸，亦各穷工极妍矣。然韵味之隽，含蓄之深，神情之远，词句之逸，未有若三李者。

陈锐　《裛碧斋词话》：

词如诗，可模拟得也……白石得渊明之性情。

白石拟稼轩之豪快，而结体于虚。梦窗变美成之面貌，而炼响于实。南渡以来，双峰并峙，如盛唐之有李、杜矣。顾词人领袖必不相轻。今梦窗四稿中，屡和石帚，而姜集中不及梦窗，疑不可考。至《草堂诗余》不选石帚一字，则又咄咄一怪事。

陈锐　《词学季刊》创刊号《词比自序》：

大抵词自五季以降，以耆卿为先圣，美成为先师。白石道人崛起南渡之余，明心见性，居然成佛作祖；而四明吴君特以其轶才，贯串百氏，蔚为大宗，令人有观止之叹。

况周颐　《香海堂馆词话》（龙榆生《唐宋名家词选》引　注者按：此则不见《蕙风丛书》本《香海棠馆词话》）：

碧山乐府如书中欧阳信本，准绳规矩极佳。二晏如右军父子。贺方回如李北海。白石如虞伯施，而隽上过之。公谨如褚登善。梦窗如鲁公。稼轩如诚悬。玉田如赵文敏。

张德瀛　《词徵》卷五：

太史公文，疏荡有奇气；吴叔庠文，清拔有古气。词家惟姜石帚、王圣与、张叔夏、周公谨足以当之。数子者感怀君国，所寄独深。非以曼辞丽藻，倾炫心魂者比也。

读石帚诸人所制乃知姑射仙姿，去人不远，破觚为圜，要分别观之。

许庚飏　《王鹏运四印斋刊双白词序》：

自群雅音沦，《花间》实倚声之祖；大晟论定，《片玉》以协律为工。建炎而还，作者尤盛。竹斋、竹屋；梅溪、梅津。公谨以《渔笛》按腔，君特以梦窗名集。花庵有选，蘋云竞歌。然好为纤秾者，不出乎秦、柳；

力矫靡曼者，自比于苏、辛。求其并有中原，后先特立，尧章、叔夏，实为正宗。

夏敬观　《蕙风词话》附录《蕙风词话诠评》：

转折笔圆，恃虚字为转折耳。意圆，则前后呼应一贯。神圆，则不假转折之笔，不假呼应之意，而潜气内转。方者，本质，天所赋也。圆者，功力，学所致也。方圆二字，不易解释。梦窗，能方者也。白石、玉田，能圆者也。知此可悟方圆之义。方中不见圆，盖神圆也，惟北宋人能之。子野、方回、耆卿、清真，皆是也。

白石、玉田一派，勾勒得当，亦近质实，诵之如珠走盘，圆而不滑。

高旭　《论词绝句》（《未济庐诗集》）：

白石当年善写生，人间从此有奇音。梅花清瘦荷花冷，再谱扬州蟋蟀声。

高旭　《十大家词题词·姜白石》（《中华新报》1909年6月17日）：

运以申韩之气，沉雄博大兼赅。力能镕铸骚雅，生面划然别开。

王国维　《人间词话》：

昭明太子称陶渊明诗："跌宕昭彰，独超众类，抑扬爽朗，莫之与京。"王无功称薛收赋："韵趣高奇，词义晦远，嵯峨萧瑟，真不可言。"词中惜少此二种气象，前者唯东坡，后者唯白石，略得一二耳。

古今词人格调之高，无如白石。惜不于意境上用力，故觉无言外之味，弦外之响，终不能与于第一流之作者也。

南宋词人，白石有格而无情，剑南有气而乏韵。其堪与北宋人颉颃者，唯一幼安耳。近人祖南宋而祧北宋，以南宋之词可学，北宋不可学也。学南宋者，不祖白石，则祖梦窗，以白石、梦窗可学，幼安不可学也。

读东坡、稼轩词，须观其雅量高致，有伯夷、柳下惠之风。白石虽似蝉蜕尘埃，然终不免局促辕下。

苏、辛，词中之狂。白石犹不失为狷。若梦窗、梅溪、玉田、草窗、西麓辈，面目不同，同归于乡愿而已。

诗人对宇宙人生，须入乎其内，又须出乎其外。入乎其内，故能写之。出乎其外，故能观之。入乎其内，故有生气。出乎其外，故有高致。美成能入而不能出，白石以降，于此二事皆未梦见。

东坡之旷在神，白石之旷在貌。白石如王衍口不言阿堵物，而暗中为营三窟之计，此其所以可鄙也。

"纷吾既有此内美兮，又重之以修能。"文字之事，于此二者，不能缺一。然词乃抒情之作。故尤重内美，无内美而但有修能，则白石耳。

白石尚有骨，玉田则一乞人耳。

樊志厚　《人间词序》二：

白石之词，气体雅健耳。至于意境，则去北宋人远甚。

吴庠　《清空质实说》（《同声月刊》第一卷第九号）：

质之对待字为文，非清也。质者，本质也，即词家之命意也。惟质故实，所谓意余于辞也。文者，文饰也，即词家之遣辞也。惟文故空，所谓辞余于意也。予故以为梦窗词，正是文而空，不是质而实；白石词正是质而实，不是文而空。不过梦窗文中有质，白石质外有文，而其传诵之作，又皆有清气往来，此其所以为名家也。

梁启勋　《曼殊室随笔·词论》：

自元明以后，以为宋词之歌谱，久已失传，岂图吉光片羽，尚得此五百余阕可以附诸歌喉，是诚可喜。默卿自序曰："兹谱之作，即以歌曲之法歌词，亦冀由今之声以通于古乐之意焉耳。按宋人歌词，一音协一字，故姜夔、张炎辈所传词谱,四声阴阳,不容稍紊。今之歌曲,则一字可协数音,曼衍抑扬,萦纡赴节,即使分寸节度,不能如宋词之谨严,亦足以谐协竹肉矣。"

吴梅　《词学通论》:

南渡以后,国势日非,白石目击心伤,多于词中寄慨。不独《暗香》《疏影》,发二宗之幽愤,伤在位之无人也,特感慨全在虚处,无迹可寻,人自不察耳。盖词中感喟,只可用比兴体,即比兴中亦须含蓄不露,斯为沉郁。若慷慨发越,终病浅显。如《扬州慢》"自胡马窥江去后,废池乔木,犹厌言兵",已包涵无数伤乱语。又如《点绛唇·丁未冬过吴松作》,通首只写眼前景物,至结处云:"今何许,凭阑怀古,残柳参差舞。"其感时伤事,只用"今何许"三字提唱,无穷哀感,都在虚处。他如《石湖仙》《翠楼吟》诸作,自是有感而发,特未敢臆断耳。

陈匪石　《旧时月色斋词谭》:

白石梦窗皆善炼气。但白石之气清刚拔俗,在字句外,人得而见之;梦窗之气,潜气内转,伏于无字句中,人不得而见之。此所以知白石者较多,知梦窗者较少。而一般对君特肆攻击者,犹不免为吴氏之门外汉也。

陈匪石　《宋词举》卷上:

选南宋词者,戈顺卿取史、姜、吴、周、王、张六家,周稚圭取姜、史、吴、王、蒋、张六家,周止庵则以辛、王、吴为领袖。夫张炎之妥溜,王沂孙之沉郁,吴文英极沉博绝丽之观,擅潜气内转之妙。姜夔野云孤飞,语淡意远;辛弃疾气魄雄大,意味深厚,皆于南宋自树一帜。流风所被,与之化者各若干人。然蒋捷身世之感,同于王、张。雕琢之工,导源吴氏。周密附庸于吴,尤为世所同认。姑舍蒋、周,而录张、王、吴、姜、辛,意实在此。至此五家者,相因相成,往往可见,然各有千古,不能相掩也。史达祖步趋清真，几于笑颦悉合，虽非戛戛独造，然南渡以降，专为此种格调者，实无其匹。故效戈、周之选，不敢过而废之。初学为词者，先于张、王求雅正之音，意内言外之旨，然后以吴炼其气意，以姜拓其胸襟，以辛健其笔力，而旁参之史，藉探清真之门径，即可望北宋之堂室，犹是周止庵教人之法也。

陈匪石　《声执》卷上：

词之用韵，虽与诗有相承之关系，然词以应歌，当筵命笔，每不免杂以方音……如真、庚、侵三部，寒、覃二部，萧、尤二部，及入声屋、质、月、药、洽五部，按之古今分部及音理，皆不相通，而有时互相羼杂。即知音之清真、白石、梦窗亦每见之。

凡词中无韵之处，忽填同韵之字，则迹近多一节拍，谓之犯韵，亦曰撞韵。守律之声家，悬为厉禁。近日朱、况诸君，尤斤斤焉。而宋词于此，实不甚严。即清真、白石、梦窗亦或不免。彼精通声律，或自有说。吾人不知节拍，乃觉彷徨。

词境极不易说，有身外之境，风雨山川花鸟之一切皆是。有身内之境，为因乎风雨山川花鸟发于中而不自觉之一念。身内身外，融合为一，即词境也。仇述庵问词境如何能佳。愚答以"高处立，宽处行"六字。能高能宽，则涵盖一切，包容一切，不受束缚。生天然之观感，得真切之体会。再求其本，则宽在胸襟，高在身分。名利之心固不可有，即色相亦必能空，不生执着。渣滓净去，翳障蠲除，冲夷虚澹，虽万象纷陈，瞬息万变，而自能握其玄珠，不浅不晦不俗以出之。叫嚣僿薄之气皆不能中于吾身，气味自归于醇厚，境地自入于深静。此种境界，白石、梦窗词中往往可见，而东坡为尤多。若论其致力所在，则全自养来，而辅之以学。《蕙风词话》曰：多读书，谨避俗，又曰：取古人词之意境极佳者，缔耗于吾想望中,使吾性灵相浃而俱化。皆入手之法门,特不免仍有迹象耳。蕙风说境,上述数语以外,尚有数条语亦近是。

蔡嵩云 《乐府指迷笺释引言》(《词学季刊》第三卷第四号):

宋末词风,除稼轩外,可分二派:导源白石而自成一体者,东泽、竹山、中仙、玉田诸家,皆其选也;导源清真而各具面目者,梅溪、梦窗、西麓、草窗诸家,皆其选也。

蔡嵩云 《柯亭词论》:

北宋如屯田、方回、清真、雅言诸家,南宋如白石、梅溪、梦窗、草窗、玉田诸家,大都妙解音律,所为词,声文并茂。

白石词在南宋,为清空一派开山祖,碧山、玉田皆其法嗣。其词骚雅绝伦,无一点浮烟浪墨绕其笔端,故当时有"词仙"之目。"野云孤飞,去留无迹",有定评矣。

屈向邦 《白石词评跋》(《陈澧集》):

白石眷怀家国,随感而发,非只以风流气韵标映一世为高者,特读者未能悉心索隐阐微耳。

宣雨苍 《词谰》:

词,诗余也。其源从乐府长短句递迁而来。唐人采乐府制新律,而后有词。其嚆矢于何人,无可指实。第举世之所传最首出者,李白之《菩萨蛮》《忆秦娥》,然亦不得即谓权舆于太白也。其后有唐一代,所传作者,韦应物、王建、韩翃、白居易、刘禹锡、皇甫松、司空图、韩偓,并有著作。而温庭筠最称杰出。五季南唐,小令之工,后无能媲。北宋词引为慢声,正如初唐五七言律诗,多在古近体之间。求其通体工称之作,殊不多数。舍东坡如天马行空,别成一格外,余子如淮海、耆卿,相传诸作,往往一首中虽有可诵名句,而俗艳浮响,无谓俚言,亦复不免杂出,金鍮互见。诚不能为古人曲讳。至于清真，渐臻完密，然生硬处仍时有之。盖其时犹以为词者乃诗之余，未足并重。但以寻声为尚，而修词次之。此其所以失也。南宋作者究心倚声，重于诗歌，一时士夫能文章者，无不旁通音律，故能声文并茂。其最高为姜尧章。《词品》谓其高处有美成不能及者。多自制曲，初则率意为长短句，既成，乃按以律吕，无不协者。其《长亭慢》自序亦如此。是知尧章之制词，固先有文而后有声，有声而后有律，深合歌以永、律谐声之道。此其所以集大成也。

世以姜史并称，梅溪细腻熨帖，允称作家。而考其根柢，实不逮姜远甚。盖白石风度，如孤云野鹤，高致在诗人陶孟之间，岂彼权门堂吏所可希及。人有真性情而后有真文字，彼搔首弄姿者，虽工亦奚以为。

草窗与玉田相近，玉田于白石具体而微，然风骨终不能及。

白石集中，亦间作艳词。如戏平甫、戏仲远诸作。游戏之中，仍具深情。又其苕溪记见，金陵感梦，均艳在情致，而不在语言。是方称为艳词合作。予亦习为之，但师白石一派，断不敢肆口昵昵。非戒之，盖鄙之耳。

应酬文字，每多溢美不衷之言，未免近谄。不佞生平之所深恶痛绝，故不敢作，不忍作，不能作。即勉强作之，亦断不工，诚不若不作为得。尝观古人此等著作，亦绝少当意。善乎，白石一穷布衣，生平受知于当代名公钜儒，其自述者实繁有徒，而张平甫最称知己。至谓十年相处，情甚骨肉，亦不得不谓交游之广矣。就集中观之，其所交中，微平甫、石湖外，余子见者几何。盖与张、范之交，素心晨夕，迥异流俗，故得有此。然余子能好白石者，自非庸俗不文可知，乃其自甘穷放，绝不以此为罔道求合之具，益足信其品操之高逸、著作之矜贵矣。

顾宪融　《填词百法》：

词而曰填，其义维何？曰：词之兴也，大率先有腔而后有词。以词就腔，字数平仄皆有一定，不能任意增减移易，而后方叶于律，故曰填也。考宋杨元素尝先制一腔，而张子野、苏东坡填词实之，名曰《劝金船》；沈遵制《醉翁操》，有声无辞，东坡为填词实之，亦名《醉翁操》；范石湖制腔而姜白石亦填词实之，名《玉楼令》；《霓裳曲》十八阕，皆虚谱无词，白石为作《中序第一》。此皆以词填腔，俾叶律而便歌者也。然亦有先率意为长短句，然后叶之以律，定其宫调，命之以名，如白石《长亭怨慢·自序》云云者。要其必精于音律，故能自制腔，非尽人所能仿效也。（卷上）

姜氏词高远峭拔，清气盘旋，其才力自有过人处。周氏所云，未为定论，若小序繁冗，自无足论。学者欲求下手处，当先自俗处求雅、滑处求涩可也。（卷下）

姚锡均　《示了公论词绝句》十二首（民国铅印本《南社》第十八集）：

飞行绝迹定谁俦，七宝楼台密不疏。区别梦窗和白石，一饶秾致一清虚。

《续修四库全书总目提要》《国朝词雅二十四卷》：

词自姜夔以来，屏浮艳，祛俗滥，雅音是饬，气味醇深。

陈闳慧　《东瓯词徵》卷十四《风入松》：

雪澄以姜石帚象贻铁尊师，并题一词，梅伯、姜门先有和作，余亦继声。

暗香疏影曲中人。词笔旧传神。红牙拍共箫声缓，韵最娇、雅称朱唇。慧业三生不昧，才名千载如新。……

周煐 《倚琴楼词话》：

词至白石而大，清正宏阔，各极其妙。且又深诣音律，故其改正《满江红》，自度《暗香》《疏影》诸曲，均协律入微，一整宿病。广元三年丁巳四月曾上书论雅乐，并进《大乐议》一卷，《琴瑟考古图》一卷，使古乐得传，厥功亦伟矣。惜今人作词，不重音律，遂令古乐存而若亡，世有白石，曷亟兴乎？

成舍我 《天问庐词话》：

近世之词，多流于滑。药滑之法，惟一涩字，庶几能除其病根。大抵师法北宋者，易染此症。若从梦窗、白石、清真等入手，便决无此失矣。

潘与刚 《读红馆词话》：

词能炼则句整，能有气则句圆，然过则不及，多炼则伤物，多气则无物。伤物之病，梦窗是也；无物之病，白石是也。昔人先我言之矣。

赵尊岳 《珍重阁词话》：

风度最不宜求致，须在日常涵养，频蓄于心，时上诸口，久之遂似位置其身于花明柳暗之间，偶拈韵语，风度必佳。若但在读书上求之，必并致骨干纤柔之弊。语之苍润，各有风度。白石语最苍而风度亦最胜。风度固不徒训侧艳者也。

赵尊岳 《填词丛话》：

词固不易为，小序尤不易为，盖楔子也。然与词又不得相犯，白石最长于此，使人先读，即为神往。（卷一）

词语苍润，各有风度。白石语最苍，风度最胜。又小令促拍中求见风度为难，若能见之，益臻其妙。（卷一）

风度随词中之语意以逞其长，若论气度，则苍劲之语，亦当出之以雍容之笔，白石元宵出行诸作庶得之矣。（卷一）

若再断代言之，同时竞爽，自各极其胜场。十国蕃艳之中，南唐二主独以至情见著。北宋柳缛、贺疏，周雅、秦秀；南宋吴密、姜苍，张俊、周丽；元则遗山天颖，惟以雄胜。明仅二陆沉著可诵。（卷二）

词意极深挚而出以清疏之笔，苍劲之音者，白石当屈首指。原来笔苍不害情挚，而深入浅出，尤为词家之至义。惟运笔特难。千古词人，学白石多不可得，可以知之。（卷三）

宋词以晏、秦、周、柳、苏、吴、姜、张为八大家。……姜之苍雅，张之骀荡，均为百世之师。（卷四）

文字以风会而转移，积久必变。《花间》蕃艳，至北宋而一变为冲淡之致，专以第一义发为渊穆之音。第一义语，固人人心目所习知。然能出以厚淡渊穆之笔，则醰然有味，固非易易。南宋又不期而别生境界。以求取胜于前人也，则不得不屏汰此厚淡之境，渐尚丽密。太羹玄酒，又觉其不如玉旨金醴之耳目一新。此亦必然之势，有以致之。由今以言，学者当先于北宋师清真，南宋师白石，较有蹊径而不失浑成。若今日而仍专于第一义，漫以空声浮响，自托厚淡，必致徒见其弊，有已蹈此失者，又当研求梦窗炼字造句之法以药之。（卷四）

咏物不能不用故实，惟不宜直说、明说，而又当使读者一见便知，则在运笔之法，有以存其精义，去其迹象。白石《咏梅》，即其至者。若将一故实，勉为刻凿，使可强作词语，则或纤或粗，均非运典之道。好学深思者，于此当舍之勿用，不能以一小故实，害全词之气息格调也。（卷五）

论诗有穷而后工之说，词则不然，虽穷亦当以华贵雍容之音出之。一涉寒酸，便蹈卑格。小山"舞低、歌尽"一联，固决不出诸三家村里。即以白石之艰虞，尚曰"笼纱未出马先嘶"，又曰"白头居士无呵殿"，

虽写贫迫之情，具见雍容之致。至"东风历历红楼下"，更是何等风情！可知郊寒岛瘦，若作词者，当变其法。（卷五）

《花间》不易遽学，古蕃锦岂人尽可织？下之如梦窗之七宝楼台，《珠玉》之浑金朴玉，《小山》之风神淡厚，苏辛之清雄天成，均不易为师资。《乐章》善道眼前之景物，一一写来，无不精深。笔力又复骞举，宽不失疏，岂易着墨？清真、梦窗，浑厚精整，少有途辙，为学词者所必由。淮海风神足，白石出笔健，玉田意境跌宕，亦学者所当永为圭臬者。（卷五）

词语多寄情花柳，然不能运以慧心，则人是人，花柳是花柳，何曾能合之使有情。慧心所及，初不必定用清空之字。如"摇落风霜，有手栽双柳"，亦何尝不深于情。其苍劲处，当为白石所赞叹。（卷五）

赵尊岳 《蓉影词跋》：

倚声之学，托始于唐，浸盛于五季。其君若臣，歌舞宴酣，风流相尚。雕琼镂玉，方巧化工，《尊前》《花间》，奄有众美。爰及天水晏氏父子，引温、韦之绪。欧、苏、秦、柳，风雅所宗。子野、方回，并世郢匠。清真崛起，为两宋关键，间以质拙胜，非深于此道不易知。南渡已还，麦秀黍离，家国之感，发为咏歌。白石老仙，风格遒上，宜与稼轩分镳平辔。梦窗专家，斯诣造极，蕃艳之笔，运以沉思，致密之中，饶有清气。七宝楼台之喻，甚非知人之言。竹山高节，艳而有骨。公谨、圣与，丽而有则；玉田王孙，后来之秀，清辞丽句，叹观止焉。

张伯驹 《丛碧词话》：

姜白石词，俊朗者使人神飞心畅；其晦涩者亦使人费解凝思。承淮海之先天，亦开梦窗之后地。

闻野鹤 《悃簃词话》：

自乐笑翁有"姜白石如野云孤飞"一语，于是论词者竞尊石帚，而梦窗则竟折抑矣。要知"清空""质实"云者，不徒以面目判也。石帚天分孤高，洞晓声律，其学自宜迈人。所谓清空者，犹不过其面目耳。若梦窗则作词浑厚，遣辞周密，若天孙锦裳，异光曜目，无丝缕俗韵，特学者每以蕴意深邃为憾，于是有以凝滞诮之者矣。要之皆非本也。且所谓"金碧楼台，拆散下来，不成片段"者，此语尤未能适当。词如人体然，完好无恙，则神采奕奕，使从而支解焉，则臭腐随之矣。以其臭腐，遂亦谓人体不善耶？试以姜白石之野云拆之，亦未审其果成何片段也。嗟乎，惟其不能成片段，益足见构造之者之苦心。且楼台自楼台，亦正无烦于拆散。而乐笑翁乃以此抑梦窗，真冤煞矣。

寇莱公如春日园林，蔚然深秀。苏东坡如深山剑客，不娴俗礼。秦少游如花间丽色，却扇一笑，百媚横生。黄山谷如村女媚客，简直乏致。欧阳公如豪家子弟，仪态大方。张子野如春花百树，浅深互见。周美成如周公制礼，大体略备。王荆公如蛮夷入贡，不谙礼数。辛稼轩如草野人入掌枢密，动辄粗戾。蒋竹山如蓬门丽质，清秀有余。柳耆卿如通天老狐，醉即露尾。康与之如春场笙歌，繁乐聒耳。史梅溪如剪彩成花，细而近纤。姜白石如江介澄波，悠然一往。吴梦窗如天孙云锦，一丝一缕，尽发奇光，俗子庸夫，见之却步。李易安如中人举鼎，时虞绝脰。王碧山如天家姬侍，神采幽馨，迥非凡艳。周公谨如辞树红英，难免浮浪。朱淑贞如碧窗鹦鹉，略解语言。陆放翁如野僧说法，清而无味。张玉田如中郎凋谢，典型尚存。余则自桧以外，可无讥矣。

清代戈载有宋七家之选，一周美成，二史梅溪，三姜石帚，四吴梦窗，五周草窗，六王圣与，七张叔夏。综其得失，可得而称焉。美成盖代词才，律细而不枯，意深而不刻。灏灏落落，百世之所宗也。梅溪能巧，上者故自清新，下者辄流浮俗。白石清响，为世所称，然音律故娴，意象未备，虽幽逸自喜，要其去美成远矣。梦窗刻意苦搜，镂冰煮雪，一字一句，古丽照人。樊身云所谓"五花共采，万鲭合胾"者也。后者学之，辄伤碎乱。梦窗独能寓郁厚于藻采之中，是盖上人一等者。草窗细敏，丽而有则，然古雅之致尽矣。圣与尤称艳绵丽尽致，特稍逊梦窗耳。至于玉田，下驷才也，妄欲随逐其后，吾无称焉。

闻野鹤 《词论》：

古今词学，概分两宗，而皆以太白为祖。其一如《菩萨蛮》之"暝色入高楼，有人楼上愁"，花间诸子，皆学此种，降而至永叔、淮海、小山，支别渐繁，而后来之梅溪、梦窗、草窗等属焉。其一如《忆秦娥》之"西风残照，汉家陵阙"，堂庑广大，李重光颇近之，降而至东坡、稼轩、改之，则专以奔放为能矣。唯美成、白石，互有出入。

介存曰"白石诗法入词"，此语大确。白石清远高妙，第不能当一"深"字。

介存言"白石用诗法"，余谓白石用字亦多诗眼。

美成《满庭芳》"年年如社燕"云云，白石似学此种。

玉田最是清彻，然浑娴不如片玉，隽秀不如白石，恐是天分不高，抑亦时代为之也。

祝南 《无庵说词》：

刘融斋谓白石词"拟诸形容，在乐则琴，在花则梅"，以格韵言也；张玉田谓白石词"如野云孤飞，去留无迹"，以意境言也。余谓白石实兼众长，集中有绝类稼轩者，如《玲珑四犯》《翠楼吟》《永遇乐》诸阕是；有绝类美成者，如《霓裳中序第一》《秋宵吟》《月下笛》诸阕是；至若

《惜红衣》《念奴娇》《扬州慢》《琵琶仙》《长亭怨慢》以及《暗香》《疏影》等作，于清虚骚雅中自饶激楚之音，凄婉之味，则前无古人，自开气派。玉田以下，历数百年，宗风不坠，胥于此中求之也。常州词人尊稼轩、美成而力诋白石，门户之见甚深，然于白石亦何曾有毫发损哉！

令词非白石所长，然如《点绛唇》《鬲溪梅令》等，亦非凡手可及。王观堂只赏其"淮南皓月冷千山，冥冥归去无人管"，殆取其有远韵耶？以此两语，较之"今何许。凭阑怀古，残柳参差舞"与"谩向孤山山下觅盈盈，翠禽啼一春"，情味孰为浓至，必有能辨之者。

梅溪词用心过细，时病巧琢，然清丽圆美，自是出色当行之作，其佳者便可比肩美成，笔力差弱耳。或以侪之白石，非知言也。白石工力未必胜梅溪，白石格韵，断非梅溪可到。

玉田警句最多，善用翻仄之笔，亦不少回复荡漾之境，然非白石之俦匹也。白石超逸排荡处，句调乃极精洁；玉田稍一用力，便觉浮粗矣。白石层折多而铺排少，故有开阖，有顿宕；玉田以铺排为层折，故貌似开阖，实乃平平，甚至有笔无意。

玉田专学白石"高柳垂阴，老鱼吹浪"一类句调耳，非真白石也。二白并称，不免冤煞尧章。

陈运彰 《双白龛词话》：

入声字在词中，用之得当，声情激越，最是振起其调。此惟美成、尧章两家，独擅其胜。盖出天成自然之音节，有定法，即非有定法。当验诸唇吻齿牙之间。不能泥守一字一声，锲舟守株以求之也。昧者为之，步趋不失，而未有不揿喉棘舌者。

陈永年 《词品》：

白石嘤求稼轩，脱胎耆卿，而孤标绝俗，如邈姑冰雪，一尘不染。虽集大成之清真,犹若有不能范围者,况其下邪?

张龙炎　《读词小纪》:

盛英问:"君将何以状姜白石歌曲?"对曰:"'秋林霜月,石上流泉',何如?"又曰:"何以状张玉田词?"曰:"则惟'白云舒卷,微风天末'乎?"

朱生豪　夏承焘《天风阁学词日记》引:

"数峰清苦,商略黄昏雨",白石词格似之。

沤盦　《沤盦词话》:

静安辩词境,又有"隔""不隔"之别。谓:白石写景之作,如"二十四桥仍在,波心荡冷月无声"(按此系《扬州慢》中之句),"数峰清苦,商略黄昏雨""高树晚蝉,说西风消息",虽格韵高绝,然如雾里看花,终隔一层!……如欧阳公《少年游》咏春草,上半阕云:"阑干十二独凭春,晴碧远连云。二月三月,千里万里,行色苦愁人。"语语都在目前,便是不隔。至云"谢家池上,江淹浦畔",则隔矣!……白石"酒祓清愁,花消英气",则隔矣。余谓凡词之融化物境、心境以写出之者,皆为"不隔";了无境界,仅搬弄字面以取巧者为"隔";"隔"无"不隔"之分野,惟在此耳。"谢家池上,江淹浦畔","酒祓清愁,花消英气",此数句皆仅在字面上搬弄取巧,谓之"隔"也,宜矣!至若白石《扬州慢》下半阕,乃感怀杜牧而作。杜牧诗云:"二十四桥明月夜,玉人何处教吹箫?"今白石之过扬州也(按白石于淳熙丙申至日过扬州),昔时之箫声,早已绝响,而美人名士,亦俱归黄土,惟桥与月尚如故耳!故有"二十四桥仍在,波心荡,冷月无声"之句,不可谓非"语语都在目前",而含思凄惋,有弦外之音,真可谓千古绝唱!静安仅以写景视之,自难领悟;其于白石之词境,殆亦如"雾里看花,终隔一层"欤!静安尝推崇南唐中主词"菡萏香销翠叶残,西风愁起绿波间",谓"大有众芳芜秽,美人迟暮之感"。然则白石"数峰清苦,商略黄昏雨""高树晚蝉,说西风消息",融心境于物境中,其迟暮之感,沉郁之致,更是凄然欲绝,隔于何有?乃静安独赏南唐,贻讥白石!"故知解人,正不易得!"(即用静安语)

朱庸斋 《分春馆词话》:

词调各具特点,有宜于直抒者,如《破阵子》调,豪放如辛弃疾"醉里挑灯看剑",婉约如晏几道"记得青楼当日事",均一气直抒;有宜于曲折者,如《点绛唇》调,自冯延巳以来均一语一曲折,姜夔之作幽峭挺拔,在婉约派之外,亦复如是。(卷二)

史梅溪与姜白石同时,成就亦大,且能自成风格。然白石在词坛之声名与影响当在其上,盖梅溪远不如白石之浑厚。(卷四)

白石虽脱胎于稼轩,然具南宋词之特点,一洗绮罗香泽、脂粉气息,而成落拓江湖、孤芳自赏之风格。此乃糅合北宋诗风于词中,故骨格挺健,纵有艳词,亦无浓烈脂粉气息,而以清幽出之;至伤时吊古一类,又无粗豪与理究气味,而以峭劲出之。总之白石词以清逸幽艳之笔调,写一己身世之情,在豪放与婉约外,宜以"幽劲"称之。予以为词至白石遂不能总括为婉约与豪放两派耳。(卷四)

陈述叔先生道出白石似稼轩处,在于传神而不取其形,此诚有理,然仍有未尽处。白石受稼轩之影响为词中之行气及树立骨格,其《永遇乐·次稼轩北固楼韵》乃模仿稼轩者;又"自胡马窥江去后,废池乔木,犹厌言兵"似稼轩;"最可惜一片江山,都付与啼鴂"亦似稼轩;"数峰清苦,商略黄昏雨"用重笔为刚坚幽清之风格,均亦近乎稼轩也。(卷四)

玉田受白石影响，显而易见，然欠白石之矫劲，清复处则胜之，其咏物词《绮罗香·红叶》近似白石，不如史梅溪之刻画雕琢，而幽咽、沉着过之；《高阳台·西湖春感》一首，尤逼似白石，词意凄怆，出笔舒徐自然，既不以刻画见长，又不以丽密取胜。玉田主清空，其作品诚如所论。（卷四）

参考文献

陈柱编:《白石道人词笺平》,商务印书馆,1930年版。

夏承焘校辑:《白石诗词集》,人民文学出版社,1959年版。

夏承焘笺校:《姜白石词编年笺校》,上海古籍出版社,1981年版。

杜子庄选注:《姜白石诗词》,江西人民出版社,1981年版。

夏承焘校,吴无闻注释:《姜白石词校注》,广东人民出版社,1983年版。

孙玄常笺注:《姜白石诗集笺注》,山西人民出版社,1986年版。

殷光熹主编:《姜夔诗词赏析集》,巴蜀书社,1994年版。

黄兆汉编著:《姜白石词详注》,台湾学生书局,1998年版。

陶尔夫、胡俊林、杨燕:《姜张词传》,吉林人民出版社,1999年版。

刘乃昌编著:《姜夔词新释辑评》,中国书店,2001年版。

韩经太、王维若选注:《姜夔词选》,人民文学出版社,2005年版。

陈书良笺注:《姜白石词笺注》,中华书局,2009年版。

夏承焘：《唐宋词人年谱》，上海古籍出版社，1979年版。

杨海明：《唐宋词史》，江苏古籍出版社，1987年版。

王伟勇：《南宋词研究》，文史哲出版社，1987年版。

吴润霖：《姜白石与音乐》，上海音乐出版社，1988年版。

叶嘉莹：《唐宋词十七讲》，岳麓书社，1989年版。

陶尔夫、刘敬圻：《南宋词史》，黑龙江人民出版社，1992年版。

刘少雄：《南宋姜吴典雅词派相关词学论题之探讨》，台湾大学出版委员会，1995年版。

（美）J·Z爱门森：《清空的浑厚——姜白石文艺思想纵横》，上海文艺出版社，1997年版。

刘扬忠：《唐宋词流派史》，福建人民出版社，1999年版。

赵晓岚：《姜夔与南宋文化》，学苑出版社，2001年版。

姜夔文学艺术研究会编：《姜夔与合肥》，香港天马图书有限公司，2002年版。

（美）林顺夫著，张宏生译：《中国抒情传统的转变——姜夔与南宋词》，上海古籍出版社，2005年版。

刘崇德、龙建国：《姜夔与宋代词乐》，江西高校出版社，2006年版。

袁向彤：《姜夔与宋韵研究》，齐鲁书社，2007年版。

吴莺莺：《姜夔与合肥及交游考》，黄山书社，2009年版。

贾文昭编：《姜夔资料汇编》，中华书局，2011年版。

上海辞书出版社文学鉴赏辞典编纂中心编：《姜夔诗词鉴赏辞典》，上海辞书出版社，2015年版。

辑评征引书目

刘克庄撰，王秀梅点校：《后村诗话》，中华书局，1983年版。

柴望：《凉州鼓吹自序》，金启华等编《唐宋词集序跋汇编》，江苏教育出版社，1990年版。

张炎：《词源》，《词话丛编》本。

叶寘：《爱日斋丛抄》，中华书局，2010年版。

陆辅之：《词旨》，《词话丛编》本。

陆友仁：《砚北杂志》，广陵书社，1995年版。

杨慎：《词品》，《词话丛编》本。

沈际飞：《草堂诗余续集》，中国国家图书馆藏明末翁少麓刻本。

潘游龙：《精选古今诗余醉》，辽宁教育出版社，2003年版。

卓人月：《古今词统》，《续修四库全书》本。

王又华：《古今词论》，《词话丛编》本。

刘体仁：《七颂堂词绎》，《词话丛编》本。

贺裳：《皱水轩词筌》，《词话丛编》本。

沈雄：《古今词话》，《词话丛编》本。

先著、程洪撰，胡念贻辑：《词洁辑评》，《词话丛编》本。

李调元：《雨村词话》，《词话丛编》本。

许昂霄：《词综偶评》，《词话丛编》本。

张惠言：《词选》，中华书局，1957年版。

周济：《宋四家词选目录序论》，《词话丛编》本。

吴衡照：《莲子居词话》，《词话丛编》本。

宋翔凤：《乐府余论》，《词话丛编》本。

邓廷桢：《双砚斋词话》，《词话丛编》本。

孙麟趾：《词径》，《词话丛编》本。

陈澧著，梁守中点校：《白石词评》，黄国声主编《陈澧集》，上海古籍出版社，2008年版。

李佳：《左庵词话》，《词话丛编》本。

谢章铤：《赌棋山庄词话》，《词话丛编》本。

汪瑔：《旅谭》，《词话丛编》附。

谭莹：《论词绝句一百首》，孙克强、裴喆编《论词绝句二千首》，南开大学出版社，2014年版。

谭献：《谭评词辨》，程千帆主编《清人选评词集三种》，齐鲁书社，1988年版。

蒋敦复：《芬陀利室词话》，《词话丛编》本。

刘熙载撰，袁津琥校注：《艺概注稿》，中华书局，2009年版。

杨希闵：《词轨》，中国国家图书馆藏清末抄本。

李慈铭：《越缦堂读书记》，上海书店出版社，2000年版。

陈廷焯撰，孙克强主编：《白雨斋词话全编》，中华书局，2013年版。

文廷式撰，汪叔子编：《文廷式集》，中华书局，1993年版。

沈祥龙：《论词随笔》，《词话丛编》本。

张德瀛:《词徵》,《词话丛编》本。

陈锐:《袌碧斋词话》,《词话丛编》本。

郑文焯:《白石道人歌曲批语》,孙克强、杨传庆辑《大鹤山人词话》,南开大学出版社,2009年版。

况周颐:《历代词人考略》,全国图书馆文献缩微复制中心,2003年版。

况周熙:《蕙风词话》,《续修四库全书》本。

沈泽棠:《忏庵词话》,《近现代词话丛编》本。

俞陛云:《唐五代两宋词选释》,上海古籍出版社,1985年版。

王国维:《人间词话》,《词话丛编》本。

王闿运:《湘绮楼词选》,中国国家图书馆藏民国二年(1913)刻本。

碧痕:《竹雨绿窗词话》,《词话丛编续编》本。

梁启勋:《词学》,中国书店,1985年版。

梁启勋:《曼殊室随笔》,上海书店出版社,1948年版。

梁令娴:《艺蘅馆词选》,广东人民出版社,1981年版。

蔡嵩云著,张响、曹辛华整理:《蔡嵩云〈柯亭词评〉》,《词学》第三十辑,华东师范大学出版社,2013年版。

蔡嵩云:《柯亭词论》,《词话丛编》本。

陈匪石编著:《宋词举》,金陵书画社,1983年版。

俞平伯:《唐宋词选释》,人民文学出版社,1979年版。

刘永济:《唐五代两宋词简析·微睇室说词》,中华书局,2007年版。

胡适选注:《词选》,中华书局,2007年版。

叶绍钧选注:《周姜词》,商务印书馆,1929年版。

张伯驹:《丛碧词话》,《近现代词话丛编》本。

顾宪融：《填词百法》，中原书局，1931年版。

闻野鹤：《词论》，杨传庆、和希林编《辑校民国词话三十种》，花木兰文化出版社，2016年版。

唐圭璋选释：《唐宋词简释》，上海古籍出版社，1981年版。

胡云翼选注：《宋词选》，中华书局，1962年版。

吴世昌著，吴令华辑注：《词林新话》，北京出版社，2000年版。

潘与刚：《读红馆词话》，杨传庆、和希林编《辑校民国词话三十种》，花木兰文化出版社，2016年版。

翁麟声：《怡簃词话》，杨传庆、和希林编《辑校民国词话三十种》，花木兰文化出版社，2016年版。

沈祖棻：《宋词赏析》，北京出版社，2003年版。

朱庸斋：《分春馆词话》，广东人民出版社，1989年版。